MORTAL ENGINES

2. L'OR DU PRÉDATEUR

MORTAL
ENGINES

1. Mécaniques fatales
2. L'or du prédateur
3. Machinations infernales
4. Plaine obscure

PHILIP REEVE

MORTAL ENGINES

2. L'OR DU PRÉDATEUR

Traduit de l'anglais
par Luc Rigoureau

GALLIMARD JEUNESSE

Pour Sarah et Sam

Titre original : *Predator's Gold*

Publié initialement en Grande-Bretagne par Scholastic Ltd, 2003

Première partie

1
Le Nord glacé

Réveillée tôt, Freya resta un moment allongée dans l'obscurité, à éprouver les trémulations et les balancements de la ville propulsée sur la glace par ses moteurs puissants. Encore à moitié assoupie, elle attendit que ses servantes viennent l'aider à se lever. Il lui fallut quelques minutes pour se rappeler qu'elles étaient toutes mortes.

Repoussant ses couvertures, elle alluma les lampes à argon et se rendit dans sa salle de bains en se frayant un passage au milieu des vêtements poussiéreux qu'elle avait abandonnés en tas sur le plancher. Depuis plusieurs semaines, elle s'exhortait à prendre une douche; mais, une fois encore ce matin-là, le système complexe de la robinetterie l'emporta, et elle fut incapable d'obtenir de l'eau chaude. Comme d'ordinaire, elle finit par se borner à remplir le lavabo et à s'asperger le visage et le cou. Elle utilisa le mince morceau de savon qu'il restait pour en frotter ses cheveux avant de les plonger dans l'eau. Les domestiques chargées de sa toilette se seraient servies de shampoings, de lotions, d'onguents, de conditionneurs et de toute une série de baumes aux parfums agréables. Malheureusement, toutes sans exception avaient péri, et les alignements de flacons rangés dans le vaste placard de la pièce intimidaient Freya. Confrontée à pareil choix, elle préférait renoncer.

Au moins, elle avait compris comment s'habiller seule. Elle ramassa une des longues robes chiffonnées qui gisaient à terre, la coucha sur le lit et s'y tortilla en partant du bas jusqu'à ce qu'elle parvienne à passer la tête et les bras par les bons trous. Le grand gilet bordé de fourrure qui accompagnait la tenue fut beaucoup plus simple à enfiler, même si elle rencontra quelques difficultés pour le fermer. Ses bonnes avaient toujours agrafé ses vêtements avec rapidité et aisance, rieuses, jacassant à propos de la journée à venir, sans jamais se tromper ni de bouton ni de boutonnière. Sauf qu'elles n'étaient plus.

Durant quinze minutes, Freya jura, tira et tâtonna avant de s'observer dans son miroir couvert de toiles d'araignée. « Pas si mal », songea-t-elle, tout bien considéré. Lorsqu'elle entra dans la pièce où elle conservait ses bijoux, elle se rendit compte que la plupart des parures les plus belles avaient disparu. Ces derniers temps, les objets avaient tendance à s'évaporer. Où ? Freya n'en avait pas la moindre idée. De toute façon, elle n'avait pas vraiment besoin de poser une tiare sur sa chevelure (poisseuse d'avoir été lavée au savon) ni de parer son cou crasseux d'un collier d'or et d'ambre. Maman n'aurait bien sûr guère apprécié qu'elle parût sans ses atours, mais maman était morte également.

Dans les couloirs déserts et silencieux de son palais, la poussière s'accumulait en couches épaisses comme de la neige fraîche. Elle sonna un valet de pied, l'attendit en regardant par une fenêtre. Dehors, la pâlotte nuit arctique teintait de gris les toits givrés de sa cité. Dans le quartier des mécaniciens, le sol tremblait, secoué par le travail des pignons et des pistons. On ne percevait que fort peu de mouvement, dans ces parages, les Hautes Glaces, au nord du Grand Nord, là où le paysage n'offrait rien à la vue, si ce n'est une plaine blanche qui luisait doucement en reflétant le ciel.

Le valet arriva en rajustant sa perruque poudrée.

– Bonjour, Smew, le salua-t-elle.

– Bonjour, Votre Splendeur.

Elle fut vaguement tentée de le convoquer dans son bureau afin de le prier de bien vouloir remédier à la crasse générale, à son linge sale, aux pierres précieuses qui s'évanouissaient dans la nature ; d'être assez aimable pour lui montrer comment fonctionnait la douche. Mais Smew était un homme, et il eût été impensable de rompre avec la tradition qui interdisait aux représentants du sexe masculin de pénétrer dans les appartements de la margravine. Elle se contenta donc de lui dire ce qu'elle lui disait tous les matins.

– Vous pouvez m'escorter à la salle du petit déjeuner, Smew.

Dans l'ascenseur qui l'emmenait au rez-de-chaussée, elle imagina sa ville arpentant la calotte glaciaire, tel un minuscule insecte noir rampant sur une immense assiette immaculée. La seule question importante était : quelle était sa destination ? C'était ce qui tourmentait Smew, Freya le devinait à la façon dont ses yeux interrogateurs ne cessaient de se poser brièvement sur elle. Le Comité d'Orientation exigerait lui aussi une réponse. Se sauver çà et là devant des prédateurs affamés était bien joli, mais il était temps que Freya déterminât le futur de sa ville. Depuis mille ans, les habitants d'Anchorage comptaient sur la Maison des Rasmussen pour prendre ce genre de décision. Les femmes de la dynastie n'étaient-elles pas spéciales ? N'avaient-elles pas toujours régné sur la cité après la Guerre d'Une Heure ? Les Dieux Givrés ne leur parlaient-ils pas dans leurs rêves, leur indiquant quelle route devait suivre Anchorage si l'on souhaitait trouver de bons partenaires commerciaux et éviter les ennemis et les chausse-trapes de la glace ?

Hélas, Freya était la dernière représentante de la lignée, et les divinités refusaient de lui adresser la parole. Comme tout le monde, désormais, sinon pour s'enquérir de la manière la plus courtoise qui fût du moment où elle choisirait un itinéraire. « Pourquoi moi ? » avait-elle envie de leur crier. « Je ne suis qu'une jeune fille ! Je n'ai jamais demandé à devenir margravine ! » Nonobstant, elle était la seule à qui l'on pût poser la question.

Enfin, ce matin, Freya leur donnerait une réponse. Au passage, elle était loin d'être certaine qu'ils l'apprécieraient.

Elle mangea en solitaire, perchée sur une haute chaise noire, devant une longue table noire. Le cliquetis de son couteau sur son assiette et de sa cuiller dans sa tasse ressemblait à un épouvantable fracas, dans le silence de plomb. Sur les murs ombreux, des portraits d'ancêtres divins la contemplaient, l'air vaguement impatient, comme si eux aussi avaient guetté l'instant où elle arrêterait leur destination.

– Rassurez-vous ! leur lança-t-elle, j'ai décidé.

Le petit déjeuner terminé, son chambellan surgit.

– Bonjour, Smew.

– Bonjour à vous, ô Lumière des Terres Polaires.

Le Comité d'Orientation attend le bon plaisir de Votre Splendeur.

Freya hocha le menton, et le domestique ouvrit la porte à la volée afin de permettre aux membres du comité d'entrer. Il y en avait eu vingt-trois, autrefois ; n'avaient survécu que M. Scabious et Mlle Pye.

Windolene Pye était une grande femme banale d'âge moyen aux cheveux blonds noués en un chignon plat, comme si elle avait placé un chausson aux pommes en équilibre sur le sommet de son crâne. Secrétaire du défunt Chef Navigateur, elle donnait l'impression de se débrouiller plutôt bien avec les cartes et autres données géographiques. Malheureusement, elle cédait toujours à la nervosité en présence de la margravine et se confondait en courbettes chaque fois que Freya reniflait.

Son collègue, Søren Scabious, était très différent. Sa famille avait présidé aux commandes des machines pratiquement depuis le jour où la ville était devenue mobile, et il était presque un égal de Freya, pour autant que cela fût possible. La situation eût-elle été normale, la jeune fille aurait épousé son fils Axel l'été suivant. Par tradition, la margravine choisissait souvent son consort parmi les mécaniciens, afin de contenter la caste des ingénieurs. Sauf que les circonstances étaient exceptionnelles, et qu'Axel était mort. Par-devers elle, Freya se réjouissait de ne pas avoir Scabious pour beau-père ; c'était un tel vieux bougon, confit dans la tristesse et le silence. Sa toge de deuil noire se fondait dans la pénombre de la pièce du petit déjeuner, comme une tenue de camouflage, mettant en évidence le masque blême de son visage, qui paraissait du coup séparé de son corps.

– Bonjour, Votre Splendeur, dit-il en exécutant une révérence raide, cependant que Mlle Pye multipliait les saluts en rougissant.

– Quelle est notre position ? demanda la jeune fille.

– Nous sommes à environ trois cents kilomètres au nord de la chaîne des Tannhäusers, Votre Splendeur, pépia Mlle Pye. La couche de glace est sûre, et nous n'avons pas repéré d'autres cités.

– La salle des machines attend vos instructions, Lumière des Terres Polaires, enchaîna Scabious. Désirez-vous que nous retournions vers l'est ?

– Non !

Freya frissonna en se rappelant qu'il s'en était fallu de peu, par le passé, qu'ils ne fussent dévorés. S'ils rebroussaient chemin, ou s'ils s'aventuraient au sud, le long des frontières gelées, les Grands-Veneurs d'Arkangel l'apprendraient à coup sûr. Vu ce qu'il restait d'hommes pour manœuvrer la cité, la souveraine n'était pas sûre qu'ils parviendraient à semer une nouvelle fois le gros prédateur.

– En ce cas, nous devrions peut-être nous orienter

à l'ouest, Votre Splendeur ? suggéra Mlle Pye avec timidité. Quelques bourgades hivernent sur la côte est du Groenland, l'occasion de faire un peu de négoce.

– Non, répéta Freya d'une voix ferme.

– Votre Splendeur a-t-elle une autre destination à l'esprit ? supputa Scabious. Les Dieux Givrés vous auraient-ils parlé ?

La margravine hocha la tête avec la solennité qui s'imposait. En réalité, la proposition qu'elle s'apprêtait à soumettre avait hanté son esprit pendant plus d'un mois, et elle ne croyait pas qu'elle lui eût été soufflée par une divinité quelconque. C'était la seule façon qu'elle-même avait trouvée de préserver à jamais sa ville des rapaces, des maladies et des vaisseaux espions.

– Cap sur le Continent Mort, décréta-t-elle. Nous rentrons à la maison.

2
Hester et Tom

Hester Shaw commençait à prendre goût au bonheur. Après des années à mener une existence pitoyable dans les fossés boueux et les bleds d'éboueurs du Terrain de Chasse, elle avait enfin trouvé sa place dans le monde. Elle possédait son propre aérostat, le *Jenny Haniver* – en se dévissant le cou, elle apercevait la courbe supérieure de son ballon rouge, juste derrière ce cargo de Zanzibar transportant des épices, au pilier d'ancrage dix-sept – et elle avait Tom. Le tendre, le beau et l'intelligent Tom qu'elle aimait de tout son cœur, et qui, en dépit de toute logique, semblait l'aimer en retour.

Longtemps, elle avait cru que ça ne durerait pas. Ils étaient si différents, et Hester si loin d'être belle : grand épouvantail dénué de grâce aux cheveux cuivrés coiffés en deux tresses trop serrées, au visage coupé en deux par un coup de sabre qui, non content de l'avoir privée d'un œil et de la majorité de son nez, avait tordu sa bouche en un rictus retroussé sur ses dents. « Ça ne durera pas », s'était-elle répété à l'infini tandis qu'ils attendaient que les artisans de l'Île Noire réparent le malheureux *Jenny Haniver*, en bien piteux état. « Il ne reste avec moi que parce qu'il a pitié », avait-elle conclu, lorsqu'ils s'étaient envolés pour l'Afrique avant de filer vers l'Amérique du Sud. « Qu'est-ce qu'il me trouve ? » s'était-elle demandé, à l'époque où ils s'étaient enrichis à transporter des marchandises vers les vastes villes pétrolifères de l'Antarctique puis brusquement ruinés en larguant leur cargaison afin d'échapper à des pirates de l'air, au-dessus de la Terre de Feu. En retraversant l'Atlantique bleu au sein d'une caravane marchande, elle s'était chuchoté : « Il est impossible que ça dure. »

Et pourtant, si. Voilà plus de deux ans que cela durait. Profitant du soleil de septembre sur le balcon de *La Zone de Déformation*, un des nombreux cafés de la rue principale de Port-Céleste, Hester se surprenait à croire que cela durerait toute la vie. Sous la table, elle serra la main de Tom et lui adressa son sourire dévié ; il la regarda avec autant d'amour que la première fois où elle l'avait embrassé, dans la lumière vacillante de la Méduse, la nuit où sa cité était morte.

Cet automne-là, Port-Céleste avait pris la direction

du nord, et elle flottait pour l'instant au-dessus des Landes Glacées. Des bourgades d'éboueurs qui avaient écumé la banquise durant des mois sous le soleil de minuit s'étaient agglutinées sous le port franc afin d'y mener négoce. Les montgolfières se succédaient à ses pieux d'amarrage, déversant des trafiquants de Pré-Tech hauts en couleur qui se mettaient à bonimenter aussitôt qu'ils posaient le pied sur les coursives en alliage léger. Le Grand Nord était un terrain fertile pour qui cherchait des restes de technologie perdue, et ces messieurs vendaient également des pièces détachées de Traqueurs, des accumulateurs de pistolets Tesla, tout un bric-à-brac de machineries héritées d'une demi-douzaine de civilisations différentes, y compris des bouts d'une antique machine volante qui était restée intacte, figée dans les Hautes Glaces depuis la Guerre d'Une Heure.

Les Landes Glacées s'étiraient au sud, à l'ouest et à l'est dans une brume froide ; c'était un pays pierreux sans chaleur où les Dieux Givrés régnaient huit mois sur douze, et où des plaques de neige s'étaient déjà formées dans les ornières ombreuses des traces laissées par les locomopoles. Au nord s'élevait le mur de basalte noir de la chaîne des Tannhäusers, des volcans qui marquaient la limite septentrionale du Terrain de Chasse. Plusieurs d'entre eux étaient en éruption, et des volutes de fumée grise grosses comme des colonnes partaient à l'assaut du ciel. Entre les pics, derrière un fin nuage de cendres, Hester et Tom distinguaient les vastes étendues blanches du Cryodésert, où quelque chose se déplaçait, immense, crasseux, implacable, telle une montagne qui aurait décidé de se faire la belle.

Sortant un télescope d'une poche de son manteau, la jeune femme y vissa son œil et ajusta la lunette jusqu'à ce que l'image floue devienne nette. Il s'agissait d'une mégapole : huit niveaux d'usines, de quartiers d'esclaves et de cheminées polluantes, une nuée de dirigeables dans son sillage, vaisseaux parasites qui tamisaient la suie rejetée par le monstre afin de récupérer des minerais et, tout en bas, fantomatique sous les nuages de neige et de pierres concassées, le train des roues gigantesques.

– Arkangel !

– Tu as raison, acquiesça Tom après lui avoir emprunté le télescope. L'été, elle se cantonne au pied des contreforts nord des Tannhäusers, dévorant les villes d'éboueurs qui ont le malheur de franchir les cols. La calotte glaciaire est bien plus épaisse aujourd'hui qu'autrefois, mais il y a encore des endroits trop fins pour supporter le poids d'Arkangel avant le début de l'hiver.

– Espèce de monsieur-je-sais-tout ! railla Hester.

– Ce n'est pas ma faute, se défendit-il. J'ai été

apprenti Historien, je te rappelle. Nous étions forcés de mémoriser la liste des plus grandes locomopoles du monde, et Arkangel était dans les toutes premières. Je ne risque pas de l'oublier.

– Frimeur ! Dommage que ça ne soit pas Zimbra ou Xanne-Sandansky. Tu ferais moins le malin.

Tom s'était remis à épier les mouvements de la ville.

– Elle ne va pas tarder à échanger ses roues contre ses patins d'acier afin de partir en quête de cités polaires et de petites agglomérations d'éboueurs Snowmades à gober, commenta-t-il.

Pour l'instant toutefois, Arkangel semblait ne vouloir s'adonner qu'au commerce. Trop grosse pour se glisser dans les étroites vallées de la chaîne volcanique, elle envoya plusieurs aérostats vers Port-Céleste. Celui qui ouvrait la marche fendit avec arrogance la nuée de montgolfières qui tournoyaient autour de la ville flottante avant de venir s'ancrer au pilier numéro six, juste sous le perchoir de Hester et de Tom. Ils sentirent de faibles vibrations quand ses crampons d'arrimage agrippèrent le quai. C'était un vaisseau d'attaque rapprochée aux formes fuselées ; son ballon beige s'ornait d'un loup peint en rouge sous lequel un nom s'étalait en lettres gothiques : *Turbulence de l'Air Pur*.

Descendant de la nacelle blindée, des hommes remontèrent le quai à grands pas pesants pour gagner la rue principale. C'étaient des costauds en manteaux et toques de fourrure qui portaient des cottes de mailles sous leurs tuniques. L'un d'eux était coiffé d'un casque d'acier sur lequel avaient été greffés deux énormes pavillons de phonographe. Un tuyau reliait ce couvre-chef au micro en laiton que tenait un acolyte dont la voix ainsi amplifiée tonitrua au-dessus du port :

– Bien le bonjour, voyageairs ! La prestigieuse Arkangel, Pilon des Hautes Glaces, Fléau du Grand Nord, Dévoreuse de la colonie statique du Spitzberg vous salue ! Nous remettrons de l'or à quiconque nous aidera à localiser les bourgades du cercle polaire. Trente souverains pour toute information menant à une capture !

Sans cesser de beugler, il se fraya un chemin entre les tables de *La Zone de Déformation*, cependant que, autour de lui, les aviateurs secouaient la tête, fronçaient les sourcils ou se détournaient. Depuis que le gibier s'était raréfié, plusieurs gros prédateurs s'étaient mis à offrir des récompenses en échange de renseignements. Rares étaient ceux qui le faisaient au grand jour, cependant. Les honnêtes négociants aériens commençaient à craindre qu'on ne leur interdît purement et simplement l'accès aux petites villes septentrionales. En effet, quel maire digne de ce nom prendrait le risque d'accueillir un vaisseau qui pouvait, dès le lendemain de son départ, aller vendre sa position à un grand urbivore affamé comme Arkangel ? Mais il y avait les autres, les contrebandiers, les plus ou moins pirates, les marchands dont les affaires n'étaient pas aussi florissantes qu'ils l'avaient escompté – eux étaient prêts à accepter l'or du prédateur.

– Si vous avez commercé cet été avec Kivitoo, Breidhavik ou Anchorage et si vous savez où ils envisagent d'hiverner, venez me rencontrer au restaurant *Le Ballon et la Nacelle* ! poursuivit le nouveau venu. Trente souverains d'or, mes amis. Assez pour ravitailler vos vaisseaux en carburant et *luftgaz* pendant un an...

C'était un jeune homme qui avait l'air idiot, riche et bien nourri.

– Piotr Masgard, murmura une aviatresse Dinka à ses amis installés à la table voisine de celle de Hester et de Tom. Le plus jeune fils du Direktor d'Arkangel. Il a baptisé sa bande de voyous les Grands-Veneurs. Ils ne se bornent pas à acheter des informations. D'après la rumeur, ils se rendent en aérostat dans les bourgades paisibles mais trop rapides pour Arkangel et les obligent à s'arrêter ou à faire demi-tour à la pointe de l'épée pour les livrer aux mâchoires de leur cité.

– Mais c'est injuste ! s'exclama Tom qui avait tendu l'oreille.

Malheureusement pour lui, son cri indigné retentit au moment où le laïus de Masgard s'achevait. Le Grand-Veneur se retourna aussitôt et son large visage aux beaux traits paresseux se fendit d'un sourire.

– *Injuste*, gamin ? Qu'est-ce qui est injuste ? Nous vivons dans un monde où les villes s'entre-dévorent, tu sais.

Hester se raidit. Que Tom fût épris d'équité était une chose qu'elle ne comprendrait jamais. Cela tenait sans doute à l'éducation qu'il avait reçue. Quelques années passées dans une ville d'éboueurs à ne compter que sur son sens de la débrouille l'auraient débarrassé de ce penchant absurde ; il avait cependant grandi au sein de la Guilde des Historiens londoniens, dont les us et coutumes consistaient à oublier la réalité. En dépit de tout ce dont il avait été témoin depuis, il ne pouvait s'empêcher d'être choqué par les types de l'acabit de Masgard.

– Je dis seulement que cela va à l'encontre des règles du darwinisme municipal, expliqua Tom en fixant le costaud.

Il avait beau s'être mis debout, il était obligé de lever la tête pour rencontrer le regard de son interlocuteur, qui mesurait au moins trente centimètres de plus que lui.

– Les cités rapides mangent les lentes, les fortes avalent les faibles, tel est le principe, enchaîna-t-il.

Comme dans la nature. En revanche, proposer des primes ou pirater ses proies ne crée que déséquilibre.

Il s'adressait à Masgard comme si ce dernier avait été un contradicteur du club de débats des apprentis Historiens. D'ailleurs, le sourire de l'homme s'élargit. Écartant son manteau de fourrure, il tira son épée, provoquant un tohu-bohu de chaises renversées, tout le monde alentour essayant de se carapater. Hester attrapa Tom par le col et l'entraîna sans quitter la lame de l'œil.

– Espèce d'idiot, laisse tomber !

Masgard la toisa puis partit d'un rire homérique avant de rengainer son arme.

– Regardez-moi ça ! rugit-il. Le morveux a besoin d'une belle pour le protéger !

Sa bande s'esclaffa également. S'empourprant, Hester rajusta son vieux foulard rouge afin de dissimuler ses cicatrices.

– Viens donc me rejoindre plus tard, ma mignonne ! poursuivit Masgard. Je suis toujours à la maison, pour une charmante donzelle ! Et n'oublie pas, si tu as des renseignements sur le trajet d'une ville, je te refilerai trente pièces d'or. Tu pourras t'acheter un nouveau nez !

– Je m'en souviendrai, promit la jeune femme.

Elle poussa vivement Tom devant elle. La colère bouillonnait en elle, tel un corbeau encagé. Elle aurait aimé relever le défi et se battre. Elle était prête à parier que Masgard ignorait comment se servir du sabre dont il s'enorgueillissait. Cependant, elle s'efforçait aujourd'hui de maîtriser ce côté sombre et rancunier de sa personnalité. Elle se borna donc à tirer son couteau et à trancher en douce le tuyau du micro de Masgard quand elle passa près de lui. La prochaine fois qu'il se lancerait dans ses péroraisons, ce serait lui qui se ridiculiserait.

– Excuse-moi, marmonna Tom, penaud, tandis qu'ils filaient sur les quais d'amarrage, à présent encombrés par de nouveaux marchands et touristes en provenance d'Arkangel. Je ne voulais pas... j'ai juste pensé que...

– C'est bon, le consola-t-elle.

Elle aurait voulu lui avouer que, s'il ne s'était pas lancé de temps en temps dans ce genre de croisades courageuses et idiotes, il n'aurait pas été lui-même; qu'elle ne l'aurait pas aimé avec autant de force. Comme elle était incapable de mettre des mots sur ce qu'elle ressentait, elle l'attira sous un pilier d'ancrage et, après s'être assurée que personne ne les regardait, enroula ses bras maigres autour de sa nuque, ôta son foulard et l'embrassa.

– Partons, murmura-t-elle ensuite.

– Mais nous n'avons pas encore de cargaison. Nous espérions obtenir un chargement de fourrure...

– Il n'y a pas de pelletiers, ici, juste des trafiquants de Pré-Tech. Or, nous ne voulons pas donner là-dedans, n'est-ce pas ?

Comme il semblait hésiter, elle l'embrassa derechef afin de couper court à ses objections.

– J'en ai assez de Port-Céleste, reprit-elle. Je veux regagner les Routes Migratoires.

– D'accord, céda-t-il.

Il lui sourit, caressa sa bouche, sa joue, la trace que le coup d'épée avait laissée dans son sourcil.

– D'accord, répéta-t-il. Nous avons eu notre content de cieux septentrionaux. Partons.

Ce ne fut hélas pas aussi simple. Lorsqu'ils arrivèrent au pilier dix-sept, un homme les attendait près du *Jenny Haniver*, assis sur un gros ballot de cuir. Hester, qui n'avait toujours pas digéré les quolibets de Masgard, cacha de nouveau son visage. Lâchant sa main, Tom alla à la rencontre de l'inconnu.

– Bonjour ! s'écria ce dernier. Monsieur Natsworthy ? Mademoiselle Shaw ? J'ai cru comprendre que vous étiez les propriétaires de ce petit aérostat magnifique. Fichtre ! Ils m'ont dit à la capitaineric que vous étiez jeunes, mais je ne pensais pas que vous l'étiez autant ! Vous êtes encore des enfants !

– J'ai presque dix-huit ans, se défendit Tom.

– Aucune importance, aucune importance ! L'âge ne compte pas quand on a bon cœur. Et je suis certain que c'est votre cas. J'ai demandé à mon ami du port qui était ce charmant garçon, et il m'a expliqué qu'il s'agissait de Tom Natsworthy, le pilote du *Jenny Haniver*. Alors, je me suis dit : « Pennyroyal, c'est sûrement là l'homme qu'il te faut. » Et me voilà !

Pour être là, il était là, en effet. C'était un petit bonhomme un peu corpulent doté d'une barbe blanche bien taillée, dont le crâne commençait à se dégarnir. Sa tenue était typique des éboueurs du Grand Nord – long manteau et toque de fourrure, tunique pleine de poches, pantalons ouatinés, bottes en peau doublées. Ces vêtements paraissaient cependant trop onéreux pour lui, comme s'ils avaient été créés par un costumier, en vue d'une pièce destinée à être jouée dans le Cryodésert.

– Alors ? demanda-t-il.

– Alors quoi ? rétorqua Hester qui avait aussitôt pris en grippe ce type affecté.

– Désolé, monsieur, intervint Tom, plus courtois. Nous ne saisissons pas très bien ce que vous...

– Oh, pardonnez-moi ! Permettez-moi de vous éclairer. Je m'appelle Pennyroyal, Nimrod Beauregard Pennyroyal. Après avoir exploré ces immenses et horribles montagnes cracheuses de feu, je rentre chez moi. J'aimerais embarquer sur votre ravissant dirigeable.

3
Le passager

Le nom de Pennyroyal disait quelque chose à Tom, sans qu'il sût toutefois mettre le doigt dessus. Il était sûr de l'avoir entendu mentionner durant un cours, à l'époque où il était apprenti Historien, mais il avait oublié ce que l'homme avait pu faire ou déclarer pour mériter d'être cité. Le jeune garçon d'alors avait dû consacrer trop de temps à ses rêveries pour prêter attention à ses maîtres.

– Nous ne prenons pas de passagers, refusa tout net Hester. Nous partons pour le sud, seuls.

– Le sud m'ira très bien ! se réjouit le bonhomme. Je suis de la station balnéaire flottante de Brighton. Elle effectue une croisière sur la Mer du Milieu cet automne. J'ai hâte de rentrer chez moi, mademoiselle Shaw. Mes éditeurs, Fewmet et Spraint, me réclament à cor et à cri mon prochain livre. Ils l'exigent avant le festival de la Lune, et j'ai besoin de la quiétude de mon bureau pour collationner mes notes.

Tout en jacassant, il jeta un rapide coup d'œil par-dessus son épaule, scrutant les visages des badauds. Il transpirait légèrement, et Hester eut l'impression qu'il n'était pas tant pressé de regagner ses pénates que de ficher le camp d'ici, ce qui était louche. Par malheur, Tom avait été accroché.

– Vous êtes écrivain, monsieur Pennyroyal ?

– *Professeur* Pennyroyal, s'il vous plaît, se rengorgea l'autre. Je suis explorateur, aventurier et auteur alternatif. Vous avez peut-être lu certains de mes ouvrages : *Villes perdues des sables*, ou *Merveilleuse Amérique – la vérité sur le Continent Mort*.

Le garçon se souvint alors où il avait entendu son nom : lors d'un cours sur les courants récents de l'historiographie donné par Chudleigh Pomeroy, le directeur adjoint de la Guilde des Historiens. D'après ce dernier, Pennyroyal n'avait aucun respect pour le véritable travail scientifique. Ses expéditions audacieuses n'étaient qu'acrobaties, et il nourrissait ses œuvres de théories farfelues et de récits racoleurs, sentimentaux et échevelés. Grand amateur de théories farfelues et de récits racoleurs, Tom avait aussitôt cherché les ouvrages de l'auteur à la bibliothèque du musée, mais la Guilde s'était opposée à leur faire une place sur ses étagères, et le garçon n'avait jamais su où les voyages de Pennyroyal l'avaient mené. Il regarda Hester.

– Nous avons de la place pour un passager, Het, plaida-t-il. Et l'argent nous serait utile...

La jeune femme plissa le front.

– Le tarif n'est pas un souci, s'empressa de lancer l'historien en agitant une bourse rebondie. Voyons... cinq souverains tout de suite, et cinq de plus quand nous arriverons à destination. Ce n'est pas autant que ce que Piotr Masgard offre pour qui accepte de trahir un pauvre bourg, mais ce n'est pas si mal, et vous rendrez ainsi un fier service à la littérature.

Hester fixait un rouleau de cordage posé sur le quai. Elle savait qu'elle ne gagnerait pas cette bataille. Cet inconnu trop amical avait compris comment plaire à Tom, et même elle était obligée d'admettre que dix souverains ne se refusaient pas. Elle tenta néanmoins une dernière chose pour éviter l'inévitable.

– Que contient votre bagage ? demanda-t-elle en tapotant du pied le ballot. Nous ne transportons pas de Pré-Tech. Nous ne savons que trop bien les dérives auxquelles elle conduit.

– Par les dieux ! se récria Pennyroyal. Je ne puis qu'approuver. Tout Alternatif que je sois, je ne suis pas complètement stupide. J'ai été témoin de ce qui arrivait parfois à ceux qui consacrent leur existence à traquer des vieilleries. Ils finissent empoisonnés par des radiations bizarres ou sautent sur des trucs pas au point. Ne vous inquiétez pas, il n'y a là que quelques dessous de rechange ainsi que quelques milliers de pages de notes et de dessins destinés à mon prochain livre : *Les Montagnes de feu – phénomène naturel ou antique bévue ?*

Hester donna un second coup de pied au colis qui se renversa doucement sans émettre cependant les bruits métalliques qui auraient suggéré que Pennyroyal mentait. Elle baissa les yeux – à terre, une ville rampait lentement vers l'ouest, traînant son ombre derrière elle. « Pourquoi pas, après tout ? » se décida la jeune femme. La Mer du Milieu, avec sa tiédeur et sa couleur bleue, les changerait de ces Landes Glacées, et le trajet ne leur prendrait qu'une semaine. Elle devait réussir à partager Tom avec le Professeur pendant huit jours, non ? Puisqu'elle l'aurait pour elle seule jusqu'à la fin de leur vie.

– Très bien, accepta-t-elle.

Sur ce, elle arracha sa bourse au petit homme et en sortit cinq souverains avant qu'il n'ait eu le temps de se raviser.

– Nous vous aménagerons une couche dans le compartiment avant, Professeur, disait Tom de son côté. Si vous le souhaitez, nous mettrons l'infirmerie à votre disposition. Elle vous servira de bureau. Je pensais rester encore une nuit sur place et décoller à l'aube.

– Si ça ne vous ennuie pas, Tom, répondit l'autre en jetant un nouveau et étrange coup d'œil terrifié vers les docks, je préférerais partir tout de suite. Mieux vaut ne pas faire attendre ma muse...

Haussant les épaules, Hester rouvrit la bourse.

– À votre guise, marmonna-t-elle. Nous quitterons les lieux dès que nous en aurons reçu l'autorisation. Ça vous coûtera deux souverains de supplément.

Le soleil se coucha, charbon rouge sur la brume des Tannhäusers occidentales. Des ballons continuaient à monter du groupe de villes marchandes rassemblées sur les étendues basaltiques, des aérostats et des dirigeables arrivaient encore en provenance d'Arkangel. L'un d'eux appartenait à un aimable vieillard appelé Widgery Blinkoe, un antiquaire spécialisé dans la Pré-Tech qui joignait les deux bouts en louant des chambres au-dessus de sa boutique, dans le quartier portuaire d'Arkangel, et en jouant les informateurs auprès de qui acceptait de le rémunérer.

Laissant à ses épouses le soin d'amarrer son vaisseau, M. Blinkoe fila tout droit à la capitainerie.

– Avez-vous aperçu cet homme ? demanda-t-il à l'employé de service.

Ce dernier examina la photographie posée sur son bureau.

– Mais c'est ce délicieux historien ! s'exclama-t-il. M. Pennyroyal !

– Délicieux, mon œil ! brailla un Blinkoe furibond. Il a logé chez moi pendant six semaines et a déguerpi dès que Port-Céleste a pointé son nez en oubliant de me régler ce qu'il me devait. Où est-il ? Où puis-je mettre la main sur cet abominable voleur ?

– Désolé, mon ami, rigola l'autre à qui il ne déplaisait pas d'apprendre de mauvaises nouvelles. Il est arrivé sur l'un des premiers vaisseaux d'Arkangel. Il cherchait un transport en partance pour le sud. Je l'ai mis en relation avec les deux mômes qui possèdent le *Jenny Haniver*. Celui-ci a décollé il y a dix minutes à peine à destination de la Mer du Milieu.

L'antiquaire gémit et frotta son large visage blême. Il ne pouvait se permettre de perdre les vingt souverains que Pennyroyal lui avait promis. Pourquoi, mais pourquoi diable n'avait-il pas obligé l'escroc à le payer d'avance ? Il avait été si flatté quand le sournois lui avait offert un exemplaire dédicacé de *Merveilleuse Amérique* (« À mon très cher ami Widgery, avec mes sentiments les meilleurs ») et tellement excité par la promesse d'une mention de son nom dans le prochain ouvrage du grand auteur qu'il n'avait pas flairé l'entourloupe lorsque Pennyroyal s'était mis à boire sur son compte chez tous les marchands de vin, laissant ardoise après ardoise. Il n'avait même pas protesté quand le bandit avait courtisé la plus jeune des dames Blinkoe ! La peste soit de ces maudits écrivains !

Soudain, un mot du responsable déchira le brouillard d'apitoiement sur lui-même et le début de migraine qui obscurcissaient l'esprit de l'antiquaire. Un nom. Un nom familier. Un nom qui avait de la valeur !

– Vous avez bien dit le *Jenny Haniver* ?

– Oui, monsieur.

– Mais c'est impossible ! Il a disparu quand les dieux ont détruit Londres !

– Pas du tout, monsieur. Voilà deux ans qu'il écume les cieux et commerce avec les cités ziggourats des Néo-Mayas.

Le remerciant, Blinkoe fila. Plutôt rondouillard, il ne courait que rarement. Mais là, ça en valait la peine. Écartant des enfants qui, tour à tour, regardaient les environs à l'aide d'un télescope fixé sur la rambarde, il scruta le ciel. Au sud-ouest, le soleil couchant se reflétait sur les vitres arrière d'un modeste aérostat rouge à la nacelle bordée à clins et doté de deux moteurs Jeunet-Carot.

Le vieillard se dépêcha de regagner son vaisseau, le *Mauvaise Passe*, et ses patientes moitiés.

– Vite ! cria-t-il en s'engouffrant dans l'habitacle. Branchez la radio !

– Pennyroyal vous aura encore glissé entre les doigts, commenta une de ses épouses.

– Pourquoi ne suis-je pas surprise ? se moqua une autre.

– Exactement comme à Arkangel, renchérit une troisième.

– Silence, femmes ! brailla Blinkoe. L'heure est grave !

– Le malfrat ne mérite pas autant d'efforts, grommela sa quatrième compagne.

– Pauvre cher Professeur Pennyroyal, se lamenta la cinquième.

– Oubliez-le, celui-là ! beugla leur commun mari.

Retirant son chapeau, il posa les écouteurs sur son crâne et brancha la radio sur une onde secrète tout en intimant d'un geste impatient à la pleureuse de cesser ses jérémiades et de mettre le contact.

– Je connais des gens qui payeront un bon prix pour ce que je viens d'apprendre, se réjouit-il. Le vaisseau sur lequel Pennyroyal vient de s'enfuir est l'ancien dirigeable d'Anna Fang !

Tom se rendait compte seulement maintenant à quel point la compagnie d'autres historiens lui avait manqué. Hester écoutait toujours avec complaisance les anecdotes qui lui revenaient du temps de son apprentissage, mais elle n'avait guère à proposer en échange. Elle avait vécu d'expédients toute son enfance. Elle avait beau savoir comment grimper à bord d'une ville lancée à pleine vitesse, comment piéger et écorcher un chat, où frapper un voleur potentiel là où ça faisait le plus mal, elle ne s'était jamais souciée d'étudier l'Histoire de l'univers qu'elle habitait.

À présent, il avait Pennyroyal à sa disposition, un homme dont l'exquise personnalité emplissait le poste de commandement du *Jenny Haniver*. L'historien avait une théorie ou une anecdote sur pratiquement tous les sujets et, en l'écoutant, Tom éprouvait presque de la nostalgie pour ses années passées au musée de Londres, au milieu des livres, des grands événements, des reliques et des disputes savantes.

– Prenez ces montagnes, pérorait Pennyroyal, en désignant les fenêtres tribord.

Ils longeaient un vaste éperon des Tannhäusers, et le rougeoiement de la lave qui bouillonnait dans un cratère se reflétait sur le visage de l'explorateur.

– Elles constitueront le sujet de mon prochain ouvrage. D'où viennent-elles ? Nous savons, d'après les cartes ayant survécu, qu'elles n'existaient pas dans l'Antiquité. Comment expliquer qu'elles aient surgi aussi rapidement ? Quel phénomène est-il à leur origine ? C'est comme dans le lointain Shan Guo. Le Zhan Shan est le plus haut pic sur Terre, or il n'est mentionné dans nul document ancien. Ces jeunes chaînes sont-elles le résultat d'une dynamique volcanique naturelle, ainsi qu'on nous l'a toujours enseigné, ou sont-elles l'aboutissement d'une technologie d'avant la Guerre d'Une Heure qui aurait atrocement mal tourné ? Une expérience énergétique, peut-être, ou bien une arme terrifiante ! Un producteur de volcans, vous imaginez ça, Tom ?

– La Pré-Tech ne nous intéresse pas, répliqua Hester par automatisme.

Installée à la carte des tables, elle essayait d'arrêter une route, et l'historien lui tapait de plus en plus sur les nerfs.

– Naturellement, très chère ! se récria le bavard en se tournant vers elle mais en fixant la cloison (il n'avait pas encore assez confiance en lui-même pour avoir la certitude qu'il aurait le cran de la regarder en face sans grimacer). Bien sûr que non ! C'est là un préjugé très noble et fort raisonnable. Pourtant...

– Il ne s'agit pas d'un préjugé, le coupa-t-elle en pointant vers lui un compas à pointes sèches d'une telle façon qu'il eut peur qu'elle ne le blessât. Ma mère était archéologue. Une exploratrice, une aventurière, une historienne, exactement comme vous. Elle s'est rendue dans les contrées sans vie de l'Amérique et y a déniché un objet qu'elle a rapporté chez nous. Un machin appelé la Méduse. Les dirigeants de Londres en ont eu vent et ont envoyé leur sbire, Thaddeus

Valentine, pour la liquider. Au passage, c'est à lui que je dois mon visage. Il a emporté la chose à Londres, les Ingénieurs ont réussi à la remettre en marche et, boum ! La Méduse leur a explosé au nez, et c'en a été fini de la ville.

– Ah ! commenta Pennyroyal, refroidi. Oui, tout le monde est au courant de ce qui s'est passé. Je ne me souviens plus très bien de ce que je faisais, à l'époque. J'étais à bord de Cittàmotore, en compagnie d'une ravissante jeune femme répondant au doux nom de Minty Bapsnack. Nous avons vu la déflagration illuminer le ciel occidental à des milliers de kilomètres...

– Eh bien nous, nous étions juste à côté. Nous avons résisté à l'onde de choc et avons pu observer ce qu'il restait de Londres le lendemain matin. Une cité entière, la patrie de Tom, réduite en cendres par une arme que ma mère avait mise au jour. Voilà pourquoi nous évitons la Pré-Tech.

– Ah, répéta l'autre, très embarrassé à présent.

– Je vais me coucher, annonça Hester. J'ai mal à la tête.

Ce qui était vrai. Subir pendant des heures les discours de Pennyroyal avait déclenché une pulsation violente et douloureuse derrière son œil aveugle. Elle s'approcha du fauteuil du pilote avec l'intention d'embrasser Tom mais, peu désireuse de s'afficher devant l'historien, elle se ravisa et se borna à lui effleurer l'oreille.

– Réveille-moi quand tu auras besoin d'une pause, murmura-t-elle.

Puis elle gagna l'arrière de l'appareil et la cabine bâbord.

– Ouf ! souffla Pennyroyal quand elle eut disparu.

– Elle a du caractère, convint Tom, gêné par l'éclat de sa compagne. Mais elle est adorable, croyez-moi. Une fois qu'on la connaît...

– Certes, certes. Derrière son apparence quelque peu originale, on devine qu'elle est d'une absolue...

Il s'interrompit, chercha un terme louangeur à l'égard de la jeune fille, n'en trouva aucun, et se contenta de contempler les sommets nimbés de lune et les lumières d'une petite ville qui se déplaçait sur la plaine.

– Elle se trompe à propos de Londres, finit-il par reprendre. Quand elle affirme que la locomopole a été réduite en cendres, du moins. J'ai rencontré des gens qui s'étaient rendus sur place, et il reste pas mal de choses de l'épave. Des sections entières des Entrailles gisent à l'ouest de Batmunkh Gompa. Une archéologue de ma connaissance, une charmante jeune femme répondant au doux nom de Cruwys Morchard, soutient même qu'elle a exploré l'un des plus gros fragments. Ça paraît extraordinaire : des squelettes calcinés un peu partout, de grands pans d'immeubles et de machines à moitié fondus. Les radiations persistantes de la Méduse engendrent des lumières multicolores qui dansent parmi les débris comme des feux follets.

Ce fut au tour de Tom de céder au malaise. La destruction de sa ville natale était encore une blessure à vif. Depuis deux ans et demi, l'éclat de l'énorme explosion continuait d'éclairer ses rêves. N'ayant nulle envie de parler de la fin de Londres, il orienta la conversation sur le sujet favori du Professeur Pennyroyal : le Professeur Pennyroyal.

– Vous avez dû visiter des endroits intéressants, non ?

– Intéressants ? Le mot est faible, mon ami. Si vous saviez ce qu'il m'a été donné de voir ! Lorsque nous atteindrons Brighton, j'irai droit chez un libraire vous acheter mes œuvres complètes. Je m'étonne que vous n'ayez jamais eu l'occasion de les parcourir, vous qui êtes un garçon si brillant.

– Ils ne les avaient pas, à la bibliothèque du musée, éluda Tom.

– Voilà qui n'est guère surprenant ! Cette Guilde de prétendus Historiens ! Pfff ! De vieux débris poussiéreux... Figurez-vous que j'ai proposé ma candidature pour être admis dans ce cénacle. Leur chef, Thaddeus Valentine, m'a retoqué aussi sec. Tout ça parce qu'il n'appréciait pas certaines des découvertes que j'avais faites en Amérique !

Tom fut perplexe. Il n'aimait guère qu'on dépréciât son ancienne Guilde. Pour Valentine en revanche, c'était différent. L'homme avait tenté de le tuer et il avait assassiné les parents de Hester. Ceux qui ne l'aimaient pas avaient par conséquent raison à ses yeux.

– Et qu'aviez-vous donc trouvé, en Amérique, Professeur ?

– Ah ! C'est une longue histoire, Tom. Souhaitez-vous l'entendre ?

Le garçon acquiesça. À cause du vent, il ne pouvait se permettre de quitter les commandes cette nuit. Il aurait plaisir à écouter un récit qui l'aiderait à rester éveillé. De surcroît, la conversation avait ravivé en lui le souvenir d'une époque plus facile, lorsque, blotti sous ses couvertures dans le dortoir des apprentis de Troisième Rang, il avait lu à la lueur d'une lampe électrique les livres des célèbres explorateurs, tels Monkton Wylde, Chung-Mai Spofforth, Thaddeus Valentine, Fishacre et Compton Cark.

– Je vous en prie, Professeur. Je suis tout ouïe.

4
La terre des braves

– L'Amérique du Nord, commença Pennyroyal, est un continent mort, tout le monde sait cela. Découverte en 1924 par Christophe Columbo, le fameux explorateur et policier, elle est devenue la patrie d'un empire qui, un jour, a régné sur le monde avant d'être entièrement détruit lors de la Guerre d'Une Heure. C'est un pays de déserts rouges fantomatiques, de marais empoisonnés, de cratères provoqués par les bombes atomiques, de rochers piqués de rouille et dépourvus de vie. Seuls quelques téméraires chercheurs s'y aventurent, des archéologues comme Thaddeus Valentine et la mère de votre malheureuse amie, afin d'y récupérer des bouts de Pré-Tech dans les antiques bunkers.

« Pourtant, des rumeurs courent, qui racontent tout autre chose. Des histoires. Des légendes narrées par de vieux loups du ciel dans des caravansérails miteux. Des contes à dormir debout mentionnant des aérostats qui auraient dérivé de leur trajectoire et survolé une Amérique extrêmement différente : des paysages verdoyants de forêts et de plaines, de vastes lacs bleus. Il y a une cinquantaine d'années, un aviateur nommé Snøri Ulvaeusson est même censé avoir atterri dans une enclave luxuriante qu'il aurait baptisée Vineland et dont il aurait établi une carte destinée au maire de Reykjavik. Sauf que, naturellement, lorsque les scientifiques contemporains se sont mis en quête de ce plan, ils ont fait chou blanc. Les autres fariboles suivent toujours le même schéma : le pilote aurait passé des années à essayer de localiser à nouveau cette terre, en vain. Ou alors, il aurait posé son engin au sol pour s'apercevoir que la verdure qui paraissait si tentante d'en haut n'était qu'un ramassis d'algues toxiques flottant à la surface d'un lac volcanique.

« Les authentiques historiens, ceux de notre acabit, Tom, sont cependant conscients que ces légendes recèlent toujours une part de vérité. Après avoir collecté tous les récits possibles et imaginables, j'en ai conclu qu'il y avait là une trace digne d'être suivie. L'Amérique est-elle vraiment morte, ainsi que l'ont affirmé depuis le début des hommes sages tels que Valentine, ou existerait-il une contrée, très au nord des villes détruites que privilégient les chasseurs de Pré-Tech, où les rivières et l'eau de la fonte des glaces provenant des confins du Cryodésert auraient lavé les sols des poisons qui les avaient ravagés, les rendant de nouveau fertiles ?

« Moi, Pennyroyal, je me suis juré de découvrir la vérité ! Au printemps de l'année 89, j'ai monté une expédition. Mes quatre compagnons et moi-même avons embarqué à bord de mon dirigeable, l'*Allan Quatermain*. Nous avons traversé l'Atlantique Nord et n'avons pas tardé à aborder les côtes de l'Amérique, près d'un lieu que les anciennes cartes appellent New York. L'endroit était aussi mort que promis : rien que des cratères dont les bords s'étaient vitrifiés sous l'effet de l'intense chaleur dégagée durant ce conflit vieux de plusieurs millénaires ; ils s'étaient transformés en cette substance connue sous le nom de Verre Renforcé.

« Nous avons redécollé et mis le cap à l'ouest, au cœur même du Continent Mort, lorsque nous avons été frappés par une catastrophe. Des tempêtes d'une férocité quasi surnaturelle ont réduit à l'état d'épave mon malheureux *Allan Quatermain*, et ce au beau milieu d'un immense territoire pollué. Trois de mes camarades ont péri dans l'accident, le quatrième quelques jours plus tard, empoisonné par l'eau d'un étang qui paraissait pourtant potable, mais qui avait dû être teintée par quelque maudit produit chimique d'autrefois, car le pauvre est mort en ayant viré au bleu et en empestant la chaussette sale.

« Je suis parti seul en direction du nord, traversant la Plaine des Cratères où s'élevaient autrefois les cités légendaires de Chicago et Milwaukee. J'avais renoncé à découvrir mon Amérique verdoyante. Mon unique espoir était d'atteindre les abords du Cryodésert afin d'y être secouru par un groupe de Snowmades.

« J'ai cependant fini par perdre tout espoir. Affaibli par la fatigue et le manque d'eau, je me suis couché dans une vallée aride séparant de grandes montagnes noires hostiles. "Est-ce donc ainsi que va terminer Nimrod Pennyroyal ? " ai-je crié, en proie à la désolation. "Exactement !" ont semblé me répondre ces pierres coupantes. Je n'en pouvais plus, comprenez-vous ? J'ai recommandé mon âme à la déesse de la Mort et fermé les yeux, m'attendant à ne les rouvrir que lorsque je serais devenu un spectre des Confins Ombreux. Quand j'ai repris conscience, j'étais enveloppé dans des fourrures et allongé au fond d'un canoë, cependant que de charmants jeunes gens pagayaient avec entrain.

« Il ne s'agissait pas de collègues explorateurs originaires du Terrain de Chasse, contrairement à ce que j'ai d'abord cru, mais d'autochtones ! Oui, Tom, il existe réellement une tribu qui vit dans la partie la plus septentrionale du Continent Mort ! Jusqu'alors, j'avais pris pour argent comptant le discours traditionnel, celui dont la Guilde des Historiens n'aura pas manqué de vous abreuver, à savoir que les rares malheureux ayant survécu à la chute de l'Amérique s'étaient enfuis sur la banquise et s'étaient mêlés aux Inuits, donnant ainsi naissance à la race que nous nommons les Snowmades. Je constatais à présent que certains étaient restés sur place. Descendants désormais sauvages d'une nation dont l'avidité et l'égoïsme avaient conduit le monde à sa perte, ces barbares avaient pourtant conservé assez d'humanité pour aider la loque affamée que j'étais, moi, Pennyroyal !

« Grâce à quelques signes, j'ai réussi à converser avec mes sauveteurs. Il y avait là une fille et un garçon qui se prénommaient respectivement Lavable-en-Machine et Comptez-Douze-Jours-pour-la-Livraison. Apparemment, ils accomplissaient leur propre petite expédition quand ils m'avaient trouvé. Ils récupéraient le Verre Renforcé dans la ville antique de Duluth. (Au passage, j'ai pu observer que ces sauvages appréciaient un collier de cette matière tout autant que les élégantes de Paris ou de Traktiongrad. Mes deux nouveaux amis croulaient sous les amulettes et les boucles d'oreilles.) Ils étaient entraînés à résister dans ces atroces déserts américains, habitués à retourner les pierres pour manger les asticots comestibles qui s'y cachent, détectant quelle eau était potable en observant la façon dont y poussaient certains types d'algues. Toutefois, ces plaines n'étaient pas leur patrie. Non, ils étaient originaires d'un endroit sis plus au nord, et j'avais l'impression qu'ils y retournaient, avec moi en prime !

« Imaginez un peu mon excitation, Tom ! Remonter cette rivière s'apparentait à remonter aux origines du monde. Pour commencer, il n'y a eu que de la roche nue, percée çà et là par des façades que le temps avait ravagées ou des poutres métalliques, uniques restes des immenses bâtiments des Anciens. Puis, un jour, j'ai repéré une tache de mousse verte, suivie d'une autre. Au fur et à mesure que nous progressions, de l'herbe, des fougères, des joncs sont apparus, bouquets luxuriants poussant sur les berges de la rivière qui était de plus en plus claire. Comptez-Douze-Jours a même pêché du poisson que Lavable-en-Machine nous préparait tous les soirs sur un feu de camp. Ensuite ont surgi les arbres, Tom ! Des bouleaux, des chênes et des sapins recouvraient les alentours, et le cours d'eau s'est évasé pour se déverser dans un vaste lac. Sur ses rives, les cahutes rustiques de la tribu. Quel spectacle pour un historien ! L'Amérique, renaissant après tous ces millénaires !

« Je vous épargnerai les détails de mes trois années de cohabitation avec ces bons sauvages. Je ne vous raconterai pas comment j'ai sauvé la somptueuse fille du chef, Code-Postal, des griffes d'un ours affamé, comment elle s'est éprise de moi et comment j'ai été contraint de m'échapper, car son fiancé était furieux. Je ne vous ennuierai pas non plus avec les détails de mon départ vers un nord encore plus lointain, sur la banquise, et mon retour, après bien d'autres péripéties, sur le Terrain de Chasse. Vous pourrez lire tout cela dans mon best-seller interurbain *Merveilleuse Amérique* lorsque nous serons à Brighton.

Tom resta longtemps sans mot dire, la tête remplie des splendeurs dépeintes par Pennyroyal. Il avait du mal à croire qu'il n'avait encore jamais entendu parler de la découverte du Professeur. C'était exceptionnel ! Monumental ! Refuser la candidature d'un tel homme prouvait que la Guilde des Historiens n'était qu'un ramassis de sots !

– Mais y êtes-vous jamais retourné, Professeur ? finit-il par demander. Une deuxième expédition, un meilleur équipement vous auraient sûrement...

– Hélas ! soupira l'autre. Je n'ai jamais trouvé de quoi financer un autre voyage. Rappelez-vous que mes appareils photo et mes échantillons avaient tous été détruits lors du naufrage de l'*Allan Quatermain*. J'avais emporté quelques objets en quittant la tribu, mais tous s'étaient perdus durant mon retour. Sans preuves, comment pouvais-je espérer intéresser des mécènes ? La parole d'un historien alternatif ne suffit pas. Figurez-vous, ajouta-t-il tristement, qu'il y en a encore aujourd'hui pour estimer que je n'ai jamais mis les pieds en Amérique.

5
Les Renards du Ciel

La voix de Pennyroyal pérorait toujours dans le poste de commandement lorsque, le lendemain matin, Hester se réveilla. Était-il resté debout toute la nuit ? Sans doute pas, songea-t-elle en se lavant le visage au petit évier de la cuisine du *Jenny Haniver*. Il avait bien dû aller se coucher, contrairement au pauvre Tom, et était revenu, alléché par l'odeur du café matinal préparé par son compagnon.

Tout en se brossant les dents, elle regarda par le hublot – tout était préférable à son reflet dans le miroir. Le ciel avait la couleur d'un flan figé que rayaient des nuages couleur rhubarbe. Trois points noirs flottaient sur l'horizon. Croyant à des saletés sur le carreau, Hester les frotta avec sa manche et s'aperçut qu'elle se trompait. Soucieuse, elle alla chercher son télescope et observa les taches sombres. Elle n'en fut que plus inquiète.

Quand elle arriva dans le poste de pilotage, Tom s'apprêtait à prendre un peu de repos. Les bourrasques continuaient de souffler, mais ils étaient loin des volcans à présent, et le vent ne risquait plus de les précipiter sur une colonne de fumée et de cendres ou sur une falaise abrupte. Tom paraissait content, bien qu'épuisé. Il adressa un grand sourire à Hester lorsqu'elle surgit. L'historien occupait le siège du copilote, une tasse à la main.

– Le Professeur m'a raconté ses expéditions, annonça Tom, ravi, en se levant pour laisser les commandes à Hester. Tu n'imagines pas quelles aventures il a vécues !

– Sans doute pas, acquiesça-t-elle. Mais la seule chose qui m'intéresse pour l'instant, c'est pourquoi une flotte de vaisseaux de combat se dirige vers nous.

Pennyroyal émit un couinement terrifié avant de plaquer sa paume sur sa bouche. S'approchant de la fenêtre bâbord, Tom regarda dans la direction indiquée par la jeune fille. Les points noirs étaient plus près, désormais ; il s'agissait bien de trois aérostats volant de front.

– Sûrement des négociants se rendant à Port-Céleste, murmura-t-il, plein d'espoir.

– Ce n'est pas une caravane, objecta Hester. C'est un peloton d'attaque.

Tom s'empara des jumelles suspendues sous le tableau de bord. Les dirigeables se trouvaient à une quinzaine de kilomètres d'eux, ce qui ne l'empêcha pas de remarquer qu'ils étaient rapides et lourdement armés. Une espèce d'insigne vert était peint sur leur ballon d'une blancheur immaculée, ce qui, paradoxalement, leur donnait un air sinistre, fantômes de vaisseaux filant dans le jour naissant.

– Ce sont des combattants de la Ligue, lâcha Hester sur un ton las. Je reconnais les capots de leurs moteurs. Des Renards du Ciel de Murasaki.

Elle avait peur, non sans raison. Ces deux dernières années, elle et Tom avaient pris soin d'éviter la Ligue Anti-mouvement, dans la mesure où le *Jenny Haniver* avait appartenu à l'un de ses agents, la malheureuse Anna Fang. S'ils n'avaient pas dérobé l'aérostat au sens propre du terme, ils avaient conscience que la Ligue ne partagerait pas forcément cet avis. Ils avaient pensé être à l'abri dans le Nord, où les forces de la Ligue étaient moindres depuis la chute de la colonie statique du Spitzberg, un an auparavant.

– Mieux vaut filer, reprit Hester. Vent arrière, et nous essayons de les distancer ou de les semer dans les montagnes.

Tom hésita. Le *Jenny Haniver* était beaucoup plus

véloce que sa nacelle en bois et ses moteurs d'occasion le laissaient supposer, mais il doutait qu'il fût en mesure de distancer des Renards du Ciel.

– Nous enfuir ne ferait que nous rendre coupables à leurs yeux, objecta-t-il. Nous sommes innocents. Je vais les contacter pour voir ce qu'ils nous veulent.

Il tendait la main vers la radio quand Pennyroyal intercepta son geste.

– Non, Tom ! J'ai entendu parler de ces vaisseaux blancs. Ce ne sont pas des combattants réguliers de la Ligue. Ils appartiennent aux Assaillants Verts, un nouveau groupuscule de fanatiques qui opèrent à partir de bases secrètes, ici dans le Nord. Ces extrémistes ont juré de détruire toutes les locomopoles et leurs habitants ! Par les dieux, si vous les autorisez à nous rattraper, ils nous assassineront !

Le visage de l'explorateur avait pris une teinte de fromage caillé, et des perles de sueur luisaient sur son front et son nez. La main qui agrippait le poignet du jeune homme tremblait. Tom eut du mal à accepter qu'un brave ayant survécu à autant d'aventures pût avoir peur. Il lui fallut pourtant se rendre à l'évidence.

Hester se retourna vers le hublot juste au moment où l'un des aérostats lançait une fusée intimant au *Jenny Haniver* de s'arrêter afin de permettre un abordage. Sans véritablement croire ce que racontait l'historien, Hester jugeait ces dirigeables menaçants. Elle songeait aussi qu'ils n'étaient pas là par hasard. On les avait envoyés à leur recherche.

– Fonce, murmura-t-elle en effleurant le bras de Tom.

Ce dernier souleva la barre de direction, inclinant le *Jenny Haniver* de façon à ce qu'il soit nez au nord et poussé par les bourrasques. Il manœuvra quelques manettes en laiton, et le grondement des moteurs monta dans les aigus. Nouveau levier et, cette fois, de petites voiles se déplièrent, demi-cercles en soie de silicone qui s'étiraient entre les moteurs et les flancs des réservoirs de gaz, ajoutant un peu de prise au vent.

– On s'éloigne ! cria-t-il en observant à la jumelle leurs ennemis.

Ces derniers n'étaient pas du genre à renoncer, toutefois. Accélérant à leur tour, ils obliquèrent de manière à prendre le même cap que leur proie. Au bout d'une heure, ils avaient regagné suffisamment de terrain pour qu'on distinguât clairement l'insigne peint sur leurs flancs – pas la roue brisée de la Ligue Anti-mouvement, mais un éclair vert agressif.

Tom scruta le paysage grisâtre qui s'étendait sous eux, espérant y apercevoir une ville où se réfugier. Il n'y en avait aucune, à l'exception de deux bourgades d'élevage lapones qui conduisaient lentement vers l'est leurs troupeaux de rennes à travers la toundra.

Tom n'arriverait pas à les rallier sans que les Renards du Ciel leur coupent la route. La chaîne des Tannhäusers barrait l'horizon. Ses gorges étroites et ses nuages étaient les seuls abris possibles.

– Que fait-on ? s'enquit-il.

– Continue, conseilla Hester. Nous arriverons peut-être à les perdre dans les montagnes.

– Et s'ils nous tirent dessus ? gémit Pennyroyal. Ils sont affreusement proches.

– Ils veulent le *Jenny* en un seul morceau, précisa la jeune femme. Ils n'utiliseront pas leurs roquettes.

– Ah bon ? Mais pourquoi auraient-ils envie de mettre la main sur ce vieux coucou ?

La tension rendait le bonhomme irritable. Quand Hester lui eut expliqué l'histoire, il se mit à brailler.

– Le vaisseau d'Anna Fang ? Sainte Clio ! Mais les Assaillants Verts vénèrent Anna Fang ! Le mouvement a été fondé sur les cendres de la Flotte du Nord et s'est promis de venger ceux que les agents de Londres avaient tués à Batmunkh Gompa ! Il est évident qu'ils souhaitent récupérer l'aérostat. Bonté divine, pourquoi ne m'avez-vous pas averti que vous l'aviez volé ? J'exige d'être remboursé !

L'écartant sans ménagement, Hester s'installa à la table des cartes pour étudier un relevé des Tannhäusers.

– Tom ? Il y a une passe entre les cratères, à l'ouest

de notre position. Le col de Drachen. Si ça se trouve, nous tomberons là-bas sur une ville où nous poser.

Ils poursuivirent donc leur chemin, grimpant au-dessus des pics enneigés, allant même jusqu'à frôler dangereusement une colonne de fumée épaisse que vomissait un jeune volcan. Ils ne virent ni col ni cité et, après une heure de vol durant laquelle les Renards du Ciel n'avaient cessé de se rapprocher, une salve de roquettes fusa le long des vitres ; les projectiles explosèrent à quelques encablures de la proue tribord.

– Par Quirke ! s'exclama Tom.

Hélas, si le dieu de Londres avait été infichu de sauver sa propre locomopole, au nom de quoi serait-il venu à l'aide d'un petit vaisseau délabré perdu dans les vapeurs sulfureuses des Tannhäusers ?

– Mais ils nous canardent ! se lamenta Pennyroyal en essayant de se cacher sous la table.

– Merci du renseignement ! aboya Hester, furieuse de constater qu'elle s'était trompée. On se demandait justement ce qu'étaient ces déflagrations.

– Vous aviez dit qu'ils ne le feraient pas !

– Ils visent nos moteurs, intervint Tom. S'ils parviennent à les démantibuler, ils n'auront plus qu'à nous harponner et à envoyer une équipe à bord.

– Eh bien, réagissez, nom d'un chien ! s'emporta l'historien. Ripostez !

– Nous ne sommes pas armés.

Après l'ultime et terrifiante bataille que Tom avait menée au-dessus de Londres, lorsqu'il avait abattu le *Septième Ciel* dont l'équipage avait brûlé vif sous ses yeux, le jeune homme s'était engagé solennellement à ce que le *Jenny Haniver* fût pacifique. Depuis, ses têtes de lancement étaient vides, ce que commençait à regretter le garçon. Par sa faute, Hester et le Professeur Pennyroyal allaient tomber entre les mains des Assaillants Verts.

D'autres roquettes furent tirées. Le moment était venu de tenter l'impossible. En appelant une nouvelle fois à Quirke, Tom pivota brutalement sur tribord et fila droit sur les montagnes, fonçant entre le soleil et les ombres que projetaient les rochers de basalte sculptés par le vent. Soudain, à terre, il repéra une autre traque. Une minuscule bourgade d'éboueurs fuyait à toutes roues dans une gorge, talonnée par les mâchoires béantes d'une grosse locomopole rouillée à trois ponts. Tom dirigea le *Jenny Haniver* vers le sol, sans cesser de jeter des coups d'œil dans son périscope où les trois Renards du Ciel s'accrochaient toujours à ses basques. Pennyroyal se rongeait les ongles tout en priant une liste de divinités obscures.

– Ô grand Poskitt ! Ô Deeble, préserve-nous !

Hester brancha la radio et demanda à la ville l'autorisation de s'amarrer. Une énième roquette s'écrasa sur un pan rocheux, envoyant des éclats de pierre à une trentaine de mètres à bâbord. Une voix de femme résonna dans le poste, brouillée par le larsen. Elle s'exprimait en airsperanto, la langue des aviateurs, avec un fort accent slave.

– Ici la capitainerie de Novaïa-Nijni. Votre requête est rejetée.

– Quoi ? hurla l'explorateur.

– Mais ce n'est pas..., commença Tom.

– Il s'agit d'une urgence, plaida Hester. Nous sommes pourchassés !

– Nous le savons. Nous ne voulons pas d'ennuis. Novaïa-Nijni est une cité pacifique. Restez au loin, sinon nous ouvrons le feu.

Un tir du premier de leurs poursuivants explosa juste devant eux. Les voix dures des pilotes de la flotte des Assaillants Verts submergèrent un instant les menaces en provenance de la ville, puis celle de la femme revint, insistante :

– Ne vous approchez pas, *Jenny Haniver*, ou nous déclenchons la batterie antiaérienne.

Tom eut tout à coup une idée. Il n'avait pas le temps d'en parler à Hester et, par ailleurs, il ne pensait pas qu'elle serait d'accord, car c'était une manœuvre qu'il empruntait à Thaddeus Valentine, dans un épisode des *Aventures d'un historien pragmatique*, l'un des ouvrages qu'il avait adoré lire pendant son apprentissage, avant de découvrir la vérité sur les activités de celui qu'il avait tant admiré. Crachant son gaz à travers ses valves dorsales, le *Jenny Haniver* se laissa tomber en plein sur la trajectoire de Novaïa-Nijni et se rua sur elle, comme s'il cherchait une collision frontale. Dans la radio, la voix émit un hurlement qui déclencha ceux de Hester et de Pennyroyal, cependant que Tom rasait les usines rouillées en bordure du pont central et se dirigeait entre deux énormes piliers de soutènement, à l'ombre de l'étage supérieur. Derrière les fuyards, deux des Renards du Ciel freinèrent, mais leur leader fut plus audacieux et suivit Tom au cœur de la locomopole.

C'était la première visite du garçon dans la ville, et elle se révéla plutôt brève. D'après ce qu'il en aperçut, elle était organisée selon un plan identique à celui de sa pauvre chère vieille Londres, de vastes avenues partant en étoile du centre de chaque niveau. L'aérostat planait le long de l'une d'elles, à hauteur des réverbères, tandis que des visages ahuris se mettaient aux fenêtres des immeubles et que, sur les trottoirs, les passants s'égaillaient pour se mettre à couvert. Au milieu de ce pont s'élevait un bouquet de colonnes et de puits d'ascenseur parmi lesquels le dirigeable louvoya, frôlant les unes et les autres, éraflant son ballon et la peinture de ses ailettes de direction. Leur poursuivant n'eut pas autant de chance. Ni Tom ni Hester ne virent exactement ce qui se produisit, mais un fracas assourdissant leur parvint par-dessus les grondements des moteurs du *Jenny Haniver*, et le périscope leur montra la carcasse du Renard du Ciel qui chutait vers le sol, sa nacelle oscillant follement.

Ils surgirent de l'autre côté de la ville, dans la lumière aveuglante du soleil. Ils avaient réussi à s'enfuir, apparemment, et même Pennyroyal, jusque-là pétrifié, se joignit bruyamment à la vague de joie qui éclata dans l'habitacle. Hélas, les Assaillants Verts ne se découragèrent pas. Le *Jenny Haniver* traversa les fumées d'échappement de Novaïa-Nijni pour tomber en plein sur les deux vaisseaux restants qui l'attendaient.

Une roquette percuta le moteur tribord, faisant exploser au passage les vitres du poste de pilotage et expédiant Hester au sol. Elle rampa vers Tom, courbé au-dessus du tableau de bord, les cheveux et les vêtements pleins d'éclats de verre. L'explorateur était vautré sur la table des cartes, et un filet de sang coulait de son crâne chauve, là où l'un des extincteurs en laiton l'avait frappé en se décrochant sous l'impact. Hester le tira sur une banquette près de la fenêtre. Il respirait, bien que ses yeux fussent révulsés, et que seules deux demi-lunes blanches fussent visibles sous les paupières. Il donnait l'impression d'observer des choses fort intéressantes qui se seraient trouvées à l'intérieur de son crâne.

D'autres fusées furent tirées. Une pale d'hélice tordue siffla tout près, tourbillonnant en direction des plaines neigeuses comme un boomerang mal lancé. Tom avait beau tirer des manettes et pousser des leviers, l'aérostat ne lui obéissait plus. Soit le gouvernail avait été touché, soit ses câbles avaient été sectionnés. Une bourrasque violente en provenance des montagnes projeta brusquement l'engin vers ses adversaires. Surpris, le pilote de l'aéronef le plus proche voulut éviter la collision et heurta de plein fouet son acolyte.

La déflagration qui en résulta, à vingt mètres à peine sur tribord, submergea le poste de commandement du *Jenny Haniver* d'un rougeoiement violent. Lorsque Hester recouvra sa vision, le ciel grouillait de débris qui volaient partout. Des morceaux plus importants rebondirent sur les flancs des volcans et dégringolèrent vers la vallée, provoquant un vacarme énorme. Au loin, les rugissements et les couinements de Novaïa-Nijni indiquaient que la locomopole poursuivait sa route. Malgré ce charivari, la jeune fille percevait les battements de son cœur, forts et rapides, et elle devina que les moteurs du *Jenny Haniver* s'étaient arrêtés. Au regard de la frénésie avec laquelle Tom se débattait au-dessus du tableau de bord, il ne semblait guère y avoir d'espoir qu'ils redémarrent. Un vent mordant s'engouffrait par les carreaux brisés, porteur de flocons de neige et d'une odeur froide et propre de glace.

Hester adressa une brève prière aux âmes des aviateurs disparus en souhaitant que leurs fantômes gagnent rapidement les Confins Ombreux au lieu de traîner dans les parages et de provoquer de nouveaux ennuis. Puis, d'une démarche raide, elle s'approcha de Tom. Ce dernier abandonna sa lutte vaine pour reprendre le contrôle du dirigeable et l'enlaça. Dans les bras l'un de l'autre, ils contemplèrent l'horizon. Le vaisseau dérivait au-dessus d'un grand volcan. Au-delà, il n'y avait plus de montagnes, juste une plaine bleue et blanche qui s'étalait à l'infini. Ils étaient désormais à la merci de la bise qui les poussait inexorablement en direction du Cryodésert.

6
AU-DESSUS DES GLACES

– Ça va mal, annonça Tom. Je ne peux pas réparer les dégâts sans me poser, et si nous descendons là-dessus…

Il n'eut pas besoin d'en rajouter. Trois jours s'étaient écoulés depuis le désastre survenu au col de Drachen, et la terre au-dessus de laquelle dérivait le *Jenny Haniver* était aussi accueillante qu'une lune givrée ; c'était un désert hachuré de glaces antédiluviennes. Çà et là, un pic émergeait de la blancheur mais, blême, inhospitalier, il n'abritait pas plus de vie que les alentours. Aucune ville ni bourgade n'était visible, non plus que des bandes de Snowmades, et les réguliers appels de détresse de l'aérostat restaient sans réponse. On avait beau n'être qu'en début d'après-midi, le soleil se couchait déjà, disque d'un rouge terne qui n'émettait aucune chaleur.

Hester prit Tom dans ses bras et le sentit frissonner sous son grand manteau d'aviateur doublé de mouton. Le froid qui régnait dans ces parages était atroce. Il ressemblait à une créature vivante qui attaquait votre chair, cherchant un chemin pour pénétrer vos pores et étouffer la maigre chaleur qui subsistait difficilement dans votre corps. Hester avait déjà l'impression qu'il avait envahi ses os. Elle devinait qu'il grignotait le sillon que le sabre de Valentine avait tracé dans son crâne. Pourtant, elle avait plus chaud que le pauvre Tom, qui était sorti dans les nacelles-moteurs pendant une heure afin de gratter la glace qui s'y était formée pour voir si des réparations étaient possibles.

Elle l'entraîna à l'arrière du vaisseau et l'installa sur la couchette de leur cabine, le recouvrant de couvertures et de manteaux supplémentaires avant de se blottir à son côté pour partager avec lui le peu de tiédeur qu'il lui restait.

– Comment va le Professeur Pennyroyal ? demanda-t-il.

Hester grogna. Difficile à dire. L'explorateur n'avait pas repris conscience, et elle commençait à soupçonner que ça risquait de durer. En cet instant, il était allongé sur le lit qu'elle lui avait préparé dans la cuisine, protégé par son duvet et les quelques plaids qu'elle et Tom pouvaient se permettre de lui offrir.

– Chaque fois que je pense qu'il a enfin claqué, et qu'il est temps de le balancer par-dessus bord, il bouge et marmonne, maugréa-t-elle.

Elle s'endormit d'un sommeil facile et agréable. En rêve, elle vit une étrange lumière qui nimbait la cabine, une lueur vacillante qui explosait et bougeait, tel le rougeoiement qu'avait produit la Méduse. En se rappelant cette nuit, elle se plaqua contre Tom et mêla sa bouche à la sienne. Quand elle ouvrit les yeux, le miroitement onirique n'avait pas disparu, jouant sur les traits magnifiques du garçon.

– Aurores boréales, chuchota-t-il.

– Quoi ? Où ?

– Les lumières du Grand Nord, expliqua-t-il, hilare, en désignant la fenêtre.

Dans la nuit, un voile de couleurs scintillantes recouvrait la banquise, tantôt vert, tantôt rouge, tantôt doré ou tout cela en même temps, se fanant parfois jusqu'au quasi-néant, devenant plus vif et tourbillonnant en ruisseaux vertigineux à d'autres moments.

– J'ai toujours eu envie d'en voir, poursuivit Tom. Depuis que je les ai découvertes dans le livre de Chung-Mai Spofforth, *Une saison chez les Snowmades*. Et les voici. Comme si elles avaient été allumées juste pour nous.

– Tant mieux pour toi ! marmonna Hester en

enfonçant son visage dans le cou de Tom afin d'échapper aux phosphorescences.

Certes, elles étaient somptueuses, mais c'était une beauté immense et inhumaine, et la jeune femme ne pouvait s'empêcher de songer qu'elles ne tarderaient pas à se transformer en fanaux funéraires. Bientôt, le poids du givre qui s'accumulait sur le ballon et les gréements du *Jenny Haniver* les obligerait à atterrir. Dans le froid obscur et murmurant, ils sombreraient dans un sommeil sans réveil. Hester n'avait pas particulièrement peur. Il était bon de somnoler dans l'étreinte assoupie de Tom, de sentir la tiédeur qui émanait de lui. Par ailleurs, il était bien connu que les amants qui mouraient dans les bras l'un de l'autre gagnaient ensemble les Confins Ombreux, car ils étaient les favoris de la déesse de la Mort.

Le seul souci de Hester était qu'elle avait envie de se soulager. Plus elle s'efforçait de l'ignorer et de se retenir en attendant que le doigt de la divinité l'effleurât, plus la pression sur sa vessie se faisait insistante. Elle ne tenait pas à mourir distraite par des idées aussi terre à terre, mais elle ne tenait pas non plus à s'oublier dans sa culotte. Il ne serait pas très romantique d'arriver dans l'au-delà en étant mouillée.

Jurant et grommelant, elle s'extirpa de sous les couvertures et s'éloigna en dérapant sur la glace qui s'était formée dans la nacelle. Les toilettes chimiques situées derrière le poste de commandement avaient été mises en pièces par une des roquettes. Par bonheur, elles avaient été remplacées par un trou fort pratique qui béait au milieu du plancher. Hester s'accroupit au-dessus et s'exécuta le plus vite possible tout en haletant sous l'effet du froid mordant.

Elle comptait rejoindre Tom sans tergiverser – plus tard, elle regretterait d'ailleurs de ne pas l'avoir fait –, mais quelque chose la poussa à se rendre dans la cabine de pilotage, à présent silencieuse. Les lieux étaient plutôt jolis, les lueurs des cadrans luisant sous une couche de givre. La jeune fille s'agenouilla devant le petit autel élevé à la déesse du Ciel et au dieu des Aviateurs. En général, les vieux loups des airs décoraient ces temples avec des photographies de leurs ancêtres; ni Tom ni elle n'ayant de clichés de leurs parents décédés, ils les avaient remplacés par un portrait d'Anna Fang qu'ils avaient déniché dans un coffre au moment de la remise en état du *Jenny Haniver*. Hester pria pour elle et souhaita qu'elle les accueillît en amie dans les Confins Ombreux.

En se relevant pour regagner la cabine arrière, elle regarda par hasard les paysages figés de gel et y repéra un halo lumineux. D'abord, elle crut qu'il s'agissait du reflet des étranges luminescences qui jouaient dans le ciel et qui avaient paru ravir Tom au plus haut point, puis elle se rendit compte que ces points blancs ne bougeaient ni ne changeaient de couleur, se bornant à vaciller un peu dans l'air glacé. Hester se rapprocha de la fenêtre brisée. Le froid lui arrachait des larmes mais, au bout d'un moment, elle distingua une silhouette sombre que soulignaient les lampes, le tout dans un léger nuage de brume ou de vapeur. Ce qu'elle fixait ainsi, c'était une bourgade polaire, à une distance d'environ quinze kilomètres.

Tâchant d'ignorer son étrange et ingrate déception, Hester alla réveiller Tom.

– Que… quoi ? bredouilla ce dernier.

– Un dieu doit veiller sur nous, lui apprit-elle. Nous sommes sauvés.

Le temps qu'ils se précipitent dans le poste de commandement, la ville s'était rapprochée car, par bonheur, le vent les poussait presque droit sur elle. C'était une modeste cité à deux étages qui se déplaçait sur de larges patins de fer. Tom l'observa à la jumelle, nota ses mâchoires incurvées et tombantes qui rappelaient assez un chasse-neige, remarqua aussi l'énorme roue à aubes qui, fixée à l'arrière, la propulsait. L'endroit était élégant, avec son pont supérieur planté d'alignements courbes de grandes maisons blanches et flanqué d'une sorte de palais à la poupe. Cependant, il s'en dégageait une atmosphère vaguement lugubre, renforcée par les taches de rouille disséminées çà et là et les nombreuses fenêtres que n'éclairait nulle lumière.

– Je ne comprends pas pourquoi nous n'avons pas reçu l'écho de leur balise, maugréa Hester en tripotant la radio.

– Peut-être parce qu'ils n'en ont pas ? suggéra Tom.

Sa compagne scanna les différents canaux, en quête du faible bourdonnement d'une balise directionnelle. Sans résultat. Cette cité solitaire qui rampait sans bruit vers le nord lui parut sinistre et étrange. Toutefois, quand elle la contacta, un employé parfaitement aimable lui répondit dans un excellent anglois. Une demi-heure plus tard, son neveu en personne les rejoignit dans un petit remorqueur aérien baptisé le *Choucas* afin de guider le *Jenny Haniver* à bon port.

Ils se posèrent sur une aire d'amarrage presque déserte, à l'avant du pont supérieur. Le responsable de la capitainerie et sa femme, des gens charmants, rondouillards et burinés, vêtus de parkas et coiffés de toques, aidèrent à garer l'aérostat dans un hangar surmonté d'un dôme qui s'ouvrait comme une fleur avant de transporter Pennyroyal sur une civière jusqu'à leur domicile, derrière les bureaux. Là, dans une cuisine bien chauffée, du café, du bacon et des pâtisseries tièdes attendaient les visiteurs. Tom et Hester s'empiffrèrent sous les yeux bienveillants de leurs hôtes souriants qui ne cessaient de répéter :

– Bienvenue, voyageurs ! Bienvenue, bienvenue, bienvenue à Anchorage !

7
La ville fantôme

C'était un mercredi et, le mercredi, le chauffeur de Freya la conduisait toujours au temple des Dieux Givrés afin qu'elle y priât et obtînt conseil. L'endroit se trouvant à dix mètres tout au plus de son palais, sur la même plate-forme surélevée à l'arrière de la ville, il n'était pas vraiment nécessaire de déclencher tout un rituel – appeler son chauffeur, grimper dans son buggy officiel, parcourir la courte distance et ressortir du véhicule –, néanmoins la jeune fille s'y conformait : il eût été inconvenant que la margravine marchât.

Une fois encore donc, elle s'agenouilla dans la pénombre réfrigérée du temple que trouait l'éclat des bougies, leva les yeux vers les merveilleuses statues de glace représentant le Seigneur et sa Dame et leur demanda de la renseigner sur ce qu'il lui fallait faire ou, pour le moins, de lui envoyer un signe qui confirmerait la sagesse des rares décisions qu'elle avait déjà prises. Une fois encore, elle n'obtint pas de réponse : pas de lumière miraculeuse, pas de révélations chuchotées dans sa tête, pas de gel dessinant sur le sol des messages, juste le crépuscule hivernal qui frappait aux fenêtres et le ronronnement régulier des moteurs qui provoquaient les frissonnements des plaques du pont sous ses genoux. Son esprit ne cessait de vagabonder et d'évoquer des bêtises agaçantes, les objets qui disparaissaient de son palais par exemple. Qu'un individu pût entrer dans ses appartements afin d'y dérober ses affaires la mettait en colère et l'effrayait un peu. Elle interrogea les dieux sur l'identité du voleur – ils refusèrent de la lui révéler, bien évidemment.

Enfin, elle pria pour maman et papa, se demandant à quoi pouvait bien ressembler leur séjour dans les Confins Ombreux. Depuis leur trépas, elle s'était aperçue qu'elle ne les avait jamais véritablement connus, en tout cas pas comme les autres pouvaient connaître leurs parents. Freya avait toujours eu une armada de nounous et de servantes pour veiller sur elle, elle n'avait rencontré ses parents qu'au dîner et lors des cérémonies officielles. Elle s'était adressée à eux en les appelant « Votre Splendeur » et « Monsieur ». Les rares instants de relative proximité s'étaient produits à l'occasion de certains soirs d'été, lorsqu'ils partaient pique-niquer dans la barge sur patins de la margravine, des réunions familiales toutes simples, juste eux trois avec une bonne cinquantaine de domestiques et de courtisans. Malheureusement, l'épidémie avait frappé, Freya n'avait plus été autorisée à les voir, et ils étaient morts. Des valets les avaient déposés dans la barge qu'ils avaient incendiée avant de l'envoyer glisser sur la banquise. Derrière sa fenêtre, Freya avait contemplé la fumée qui montait, et elle avait eu l'impression que, finalement, ils n'avaient jamais existé.

À l'extérieur du temple, son chauffeur l'attendait en faisant les cent pas et en dessinant dans la neige avec la pointe de sa chaussure.

– Nous rentrons, Smew, lui ordonna-t-elle.

Tandis qu'il se précipitait pour lui ouvrir le toit du buggy, elle regarda vers la proue d'Anchorage. Il était déprimant de constater le peu de lumières qui illuminaient la ville haute, désormais. Elle se souvint d'avoir promulgué un décret établissant que tout ouvrier du quartier des mécaniciens qui le désirait pouvait quitter son appartement étriqué et sordide pour s'installer dans une des villas vides du pont supérieur, mais rares étaient ceux à avoir profité de cette occasion. Peut-être aimaient-ils le confort de leur environnement familier tout autant qu'elle-même ? Du côté du terminal aérien, une tache rouge se détachait, criarde au milieu des blancs et des gris.

– Smew ? De quoi s'agit-il ? Ne me dites pas qu'un aérostat s'est posé ici !

– La nuit dernière, Votre Splendeur, répondit le chauffeur en s'inclinant. Un navire marchand appelé le *Jenny Haniver*. Poursuivi par des pirates, quelque chose comme ça. D'après le chef de la capitainerie, M. Aakiuq, de grosses réparations sont nécessaires.

Freya observa le dirigeable dans l'espoir d'en voir un peu plus. Malheureusement, son champ de vision était brouillé par les tourbillons de neige qui s'envolaient des toits. Il était si incongru de songer que des étrangers arpentaient les rues d'Anchorage, après tant de semaines solitaires !

– Pourquoi n'ai-je pas été avertie ?

– La margravine n'a pas besoin d'être prévenue de l'arrivée de simples négociants, Votre Splendeur.

– Qui était à bord ? Ces gens-là sont-ils intéressants ?

– Deux jeunes aviateurs, Votre Radiance. Ainsi qu'un homme plus âgé, leur passager.

– Oh, murmura Freya, aussitôt gagnée par l'indifférence.

Pendant un moment, elle s'était presque emballée, s'imaginant déjà inviter ces voyageairs au palais. Sauf que, bien sûr, il aurait été déplacé que la margravine se mît à frayer avec des aviateurs crasseux et un homme qui n'avait même pas les moyens de s'offrir son propre vaisseau.

– Ils s'appellent Natsworthy et Shaw, Votre Splendeur, je le tiens de M. Aakiuq, poursuivit Smew en aidant la margravine à monter dans le buggy. Natsworthy, Shaw et Pennyroyal.

– Pennyroyal ? Le Professeur *Nimrod* Pennyroyal ?

– Il me semble, oui, Votre Splendeur.

– Mais alors... mais alors...

Tout agitée, Freya ajusta son bonnet et secoua la tête. Les traditions, son guide depuis que tout le monde était mort, ne disaient rien du comportement adéquat à adopter en cas de miracle.

– Oh, Smew, oh ! chuchota-t-elle. Il me faut l'accueillir. Allez sur l'aire d'amarrage, ramenez-le dans la salle du conseil... non, non, la grande salle des audiences. Dès que vous m'aurez conduite à la maison... non, non ! Allez-y maintenant. Moi, je rentre à pied.

Sur ce, la souveraine se rua à l'intérieur du temple afin de remercier les Dieux Givrés de lui avoir envoyé le signe qu'elle avait tant espéré.

Même Hester avait entendu parler d'Anchorage. Malgré sa taille modeste, c'était une des plus célèbres villes polaires, car sa fondation remontait à la vieille Amérique. Un groupe de réfugiés avait fui la cité originelle juste avant la Guerre d'Une Heure puis fondé une colonie sur une île septentrionale battue par les tempêtes. Ils avaient survécu aux épidémies, aux tremblements de terre et aux glaciations jusqu'à l'époque où le darwinisme municipal avait atteint le Nord, huit siècles plus tôt. Toute ville avait alors dû se mettre à bouger, sous peine d'être mangée par celles qui s'étaient converties à l'Ère du Mouvement. Les habitants d'Anchorage avaient reconstruit leur cité et s'étaient lancés dans d'interminables voyages sur la banquise.

La cité n'était pas un prédateur, et ses petites mâchoires ne servaient qu'à ramasser les matériaux de récupération ou à creuser la glace pour puiser l'eau fraîche destinée à ses chaudières. Sa population avait pris l'habitude de vivre le long des frontières du Cryodésert et de se mêler aux habitants d'autres locomopoles tout aussi pacifiques, jetant d'élégantes passerelles entre leurs ponts, alimentant un marché où les éboueurs et les archéologues se rassemblaient afin de vendre les objets qu'ils avaient arrachés à la glace.

Que fichait-elle dans ces parages, à des kilomètres des routes marchandes ? Pourquoi mettait-elle le cap sur le nord alors que l'hiver s'annonçait ? Ces questions avaient turlupiné Hester tandis qu'elle aidait à ancrer le *Jenny Haniver* ; elles la turlupinaient encore lorsqu'elle se réveilla d'une longue et revigorante nuit de sommeil chez le responsable de la capitainerie,

M. Aakiuq. Dans la pénombre grumeleuse qui passait pour la lumière du jour sous ces latitudes, la jeune femme constata que les rangées de villas blanches surplombant l'aire d'amarrage étaient salies de rouille, que les fenêtres de la plupart des bâtiments étaient brisées et s'ouvraient sur l'obscurité, telles des orbites de squelette. Le port lui-même semblait sur le point de disparaître sous des monceaux de pourriture : le vent mordant balayait les ordures et la neige, qui s'accumulaient le long des hangars vides ; un chien maigrelet leva la patte contre un tas d'embrayages.

– Quel dommage, quel dommage ! disait Mme Aakiuq, tout en préparant un deuxième petit déjeuner à ses visiteurs. Si vous aviez vu notre chère ville autrefois. Tant de richesses, tant d'allées et venues. Quand j'étais enfant, il n'était pas rare que les aérostats fassent la queue pour se poser. Des yachts célestes, de petites embarcations, des vaisseaux de course venaient tenter leur chance aux Régates Boréales. Il y avait aussi des paquebots magnifiques portant le nom d'étoiles du cinéma antique. L'*Audrey Hepburn*, le *Gong Li*.

– Que s'est-il passé ? demanda Tom.

– Oh, nous avons subi les changements du monde, répondit la dame avec tristesse. Les proies se sont raréfiées, les grandes locomopoles prédatrices comme Arkangel qui, autrefois, ne nous auraient pas prêté la moindre attention nous pourchassent aujourd'hui dès qu'elles en ont l'occasion.

Son époux opina tout en versant des tasses de café brûlant aux jeunes gens.

– Et puis, cette année, l'épidémie s'est déclarée. Nous avons pris à bord des éboueurs Snowmades. Ils venaient de dénicher les débris d'une vieille station spatiale qui s'était écrasée près du pôle, et il s'est révélé qu'elle était infectée par un des abominables virus datant de la Guerre d'Une Heure. Ne prenez pas cet air soucieux. Ces anciennes armes bactériologiques font effet rapidement puis mutent en produits inoffensifs. Cela n'a pas empêché celui-là de se répandre à travers la cité comme une traînée de poudre, tuant des centaines d'habitants. Même la margravine et son consort en sont morts. Quand tout a été terminé, que la quarantaine a été levée, des tas de gens ont estimé qu'Anchorage n'avait plus d'avenir. Alors, ils ont émigré vers d'autres locomopoles. Nous ne sommes sans doute pas plus d'une cinquantaine, aujourd'hui.

– C'est tout ? s'exclama Tom. Mais comment aussi peu de personnes parviennent-elles à assurer le fonctionnement d'une ville de cette taille ?

– Elles n'y arrivent pas. Elles ne s'en approchent même pas. Heureusement, le vieux Scabious, le chef des mécanos, a fait des miracles en automatisant ses machines, en recourant à de vieux gadgets de

Pré-Tech, ce genre de choses. Grâce à lui, nous continuerons à avancer encore assez longtemps.

– Assez longtemps pour quoi ? s'enquit Hester, soupçonneuse. Où allez-vous ?

Le sourire du bonhomme s'évanouit.

– Ça, je ne suis pas en droit de vous le révéler, mademoiselle Hester. Qui me dit que vous ne vous envolerez pas pour aller révéler notre cap à Arkangel ou à d'autres rapaces du même acabit ? Nous ne tenons pas à ce qu'ils nous attendent dans les Hautes Glaces. Et maintenant, avalez vos steaks hachés de phoque, puis nous verrons si nous trouvons de quoi réparer votre pauvre *Jenny Haniver*.

Ils obtempérèrent avant de le suivre à travers les docks jusqu'à un immense entrepôt. L'intérieur, sombre, renfermait des piles branlantes de moteurs usagés et de placage de nacelle qui se disputaient l'espace avec un bric-à-brac de pièces détachées arrachées à des passerelles de vaisseaux démantelés et des poutrelles de ballon qui ressemblaient aux côtes d'un géant. Des hélices de toutes tailles étaient suspendues en l'air, se balançant doucement sous l'effet des trépidations de la ville.

– C'était à mon cousin, expliqua Aakiuq en projetant le faisceau d'une lampe électrique sur le méli-mélo. Malheureusement, il a succombé au virus, alors j'imagine que tout m'appartient, maintenant. Ne craignez rien : il n'y a pas grand-chose sur un aérostat que je ne sache bricoler, et je n'ai pas de tâches plus urgentes, ces derniers temps.

Ils s'enfoncèrent dans la pénombre rouillée. Soudain, il y eut des bruits et du mouvement au milieu des étagères en fer de matériel de récupération. Toujours à l'affût, Hester tourna vivement la tête dans cette direction, scrutant l'obscurité de son unique œil. Rien. Dans un vieux débarras, il était normal que des objets dégringolent, non ? Surtout quand les absorbeurs de choc de l'endroit en question vacillaient et tressautaient au moindre soubresaut. Pourtant, la jeune fille ne put s'empêcher de penser qu'on les surveillait.

– Des moteurs Jeunet-Carot, hein ? disait Aakiuq.

Il était clair qu'il appréciait Tom – ce dernier plaisait à tout le monde – et il déployait bien des efforts pour rendre service, farfouillant dans les tas de détritus, prenant des notes dans un vaste cahier taché de moisissures.

– Il me semble que j'ai ce qui vous conviendra. Vos réservoirs de gaz sont de vieux machins tibétains, si je ne m'abuse. Ceux que nous n'arriverons pas à réparer, nous les remplacerons par de jolis RJ50 d'un Sphinx Zhang-Chen. Oui, j'ai confiance. Votre dirigeable sera en état de reprendre les airs d'ici trois semaines.

Dans la pénombre bleue, nombre d'étages plus bas, trois paires d'yeux regardaient intensément un petit écran sur lequel tremblotait une image granuleuse de Tom, de Hester et du chef de la capitainerie. Trois paires d'oreilles aussi blanches que des champignons se tendaient afin de capter les voix faiblardes et distordues qui ne parvenaient, ici, que sous forme de chuchotements.

À leur retour chez les Aakiuq, la maîtresse de maison équipa les deux voyageairs avec des bottes de neige et des galoches, des sous-vêtements thermiques, d'épais pulls en laine, des mitaines, des foulards et des anoraks. Il y avait aussi des masques antifroid, objets en peau de mouton retournée dotés de lunettes en gélatine et d'un filtre à travers lequel respirer. Mme Aakiuq n'expliqua pas la provenance de tout ce harnachement, mais Hester avait remarqué, sur l'autel domestique, les photographies enrubannées de noir et elle comprit qu'elle et Tom portaient les vêtements des enfants décédés du vieux couple. Elle croisa les doigts pour que lcs germes de l'épidémie fussent aussi inoffensifs que l'avait prétendu le chef de la capitainerie. Le masque lui plut, cependant.

Quand ils gagnèrent la cuisine, ils découvrirent Pennyroyal assis près du poêle, les pieds dans une bassine d'eau fumante, un bandage autour du crâne.

Bien que pâlot, il était redevenu lui-même. Tout en sirotant une tasse du thé à la mousse de leur hôtesse, il salua allègrement Tom et Hester.

– Je suis ravi de voir que vous allez bien ! Parlez-moi d'une aventure ! Il y a là matière à nourrir mon prochain livre, je pense…

Un téléphone en laiton accroché au mur émit soudain une sonnerie grêle. Mme Aakiuq s'empressa de décrocher et écouta attentivement le message que lui transmettait sa chère amie, Mme Umiak, depuis le central. Un grand sourire fendit son visage et, quand elle reposa le combiné, elle avait du mal à s'exprimer tant elle était excitée.

– Formidables nouvelles, mes amis ! La margravine vous accorde une audience. La margravine en personne ! Elle envoie son chauffeur qui vous conduira au Palais d'Hiver. Quel honneur ! Penser que vous allez passer de mon humble cuisine à la salle d'audience de la souveraine !

8
Au Palais d'Hiver

– Qu'est-ce que c'est, une margravine ? souffla Hester à Tom alors qu'ils ressortaient dans le froid glacial. On dirait une pâte à tartiner.

– Une sorte de mairesse, j'imagine.

– Une margravine, pérora Pennyroyal, est la version féminine d'un margrave. Des tas de petites cités nordiques fonctionnent de façon similaire : une dynastie héréditaire dont le titre se transmet de génération en génération. Margrave, bourgmestre, comte. L'Électeur Urbain d'Eisenstadt. Le Direktor d'Arkangel. Ils adorent les traditions, sous ces latitudes.

– Je ne vois pas pourquoi elle ne se contente pas de se faire appeler mairesse, bougonna Hester.

Un buggy les attendait aux grilles du port, véhicule électrique qui raviva en Tom la nostalgie de Londres, même s'il ne se rappelait pas en avoir vu d'aussi beaux dans sa ville natale. Un R alambiqué ornait les flancs de sa carrosserie peinte en rouge vif. L'unique roue arrière était plus large que sur un véhicule normal, et cloutée afin d'accrocher le sol neigeux. Sur les garde-boue arrondis des deux roues avant étaient fixées de grosses lanternes électriques dans le faisceau desquelles les flocons dansaient une folle gigue.

Le chauffeur leur ouvrit le dais de plastique du toit. Il portait un uniforme à épaulettes et passementerie dorées. Quand il se redressa de toute sa taille pour se mettre au garde-à-vous, il atteignit à peine les hanches de Hester. Un enfant, crut d'abord celle-ci avant de constater qu'il était bien plus âgé qu'elle et doté d'une grosse tête d'homme posée en équilibre incertain sur son corps rabougri. Se rendant compte qu'elle le dévisageait de la même manière blessante, insistante et pleine de pitié que celle dont les gens, parfois, la regardaient, elle détourna vivement les yeux.

– Smew, se présenta-t-il. Sa Splendeur m'a envoyé vous quérir.

Ils s'installèrent dans l'engin et se serrèrent de chaque côté de Pennyroyal qui, pour un homme aussi petit, occupait une place plutôt importante. Smew referma le couvercle, et ils partirent. Tom se retourna pour faire des signes aux Aakiuq qui les admiraient depuis une des fenêtres de leur maison, mais le port avait disparu, englouti par l'averse de neige et l'obscurité venteuse. Le buggy arpentait une large rue déserte dont les trottoirs s'agrémentaient d'arcades. Des boutiques, des restaurants et de prestigieuses demeures défilaient, tous morts, tous sombres.

– Nous sommes sur la Perspective Rasmussen, expliqua Smew. Une artère très élégante. Elle traverse la ville haute de la proue à la poupe.

Tom regardait les alentours à travers le toit du véhicule. Il était impressionné par cet endroit beau et désolé, mais tout ce vide le rendait nerveux aussi. Où la cité espérait-elle arriver en filant ainsi droit vers le nord ? Malgré ses vêtements chauds, il frissonna en se remémorant l'époque où il s'était retrouvé à bord de Monte-Charlot, une bourgade dont le maire, complètement cinglé, les avait conduits, sous le sceau du secret, directement dans la mer de Khazak. Presque tous les habitants avaient péri, naturellement.

– Nous y voilà, annonça soudain le chauffeur. Le Palais d'Hiver, résidence de la Maison des Rasmussen depuis huit cents ans.

Ils approchaient de la poupe d'Anchorage, et le moteur du buggy se mit à gémir en escaladant une longue rampe, en haut de laquelle s'élevait le château que Tom avait entraperçu la veille, depuis le *Jenny Haniver*. L'édifice était un tourbillon de métal blanc hérissé de flèches et de balcons couverts de givre. Les étages supérieurs semblaient abandonnés, même si, plus bas, des lampes illuminaient certaines fenêtres. Des flammes dansaient dans des trépieds en bronze placés à l'extérieur des portes circulaires.

L'engin freina sec sur l'allée gelée. Smew décapota pour permettre à ses passagers de descendre avant de se ruer en avant afin de pousser les battants du palais et d'introduire les invités dans une pièce exiguë nommée sas de chaleur. Il referma derrière eux, et ils attendirent quelques secondes que l'air froid qui s'était engouffré avec eux à l'intérieur eût été réchauffé par des radiateurs fixés au plafond et dans les murs. Ensuite seulement, une porte interne fut ouverte, et ils suivirent le chauffeur dans un hall lambrissé sur les parois duquel étaient accrochées des tapisseries. D'immenses battants doubles incrustés d'alliages précieux en Pré-Tech se dressaient devant eux. Le nain frappa avant de recommander à demi-voix aux visiteurs de bien vouloir patienter. Il s'éclipsa alors par un passage dérobé. Le bâtiment craquait tout en oscillant sous les mouvements de la ville. Il sentait aussi l'humidité.

– Je n'aime pas ça, déclara Hester en observant les épaisses toiles d'araignée qui recouvraient les lustres et pendaient aux tuyaux du chauffage. Pourquoi nous a-t-elle convoqués ? Et si c'était un piège ?

– Balivernes, mademoiselle Shaw, la rabroua

Pennyroyal en s'efforçant de contenir sa propre peur. Pourquoi la margravine nous tendrait-elle un guet-apens ? C'est une dame de la plus haute qualité, ne l'oubliez pas, une espèce de mairesse.

– J'ai rencontré deux maires dans ma vie, riposta la jeune femme, et ni l'un ni l'autre n'étaient de bonne qualité, ils étaient parfaitement timbrés tous les deux.

Soudain, les portes coulissèrent en grinçant, et Smew apparut, à présent vêtu d'une longue toge bleue, coiffé d'un chapeau à six pointes et armé d'un bâton deux fois plus grand que lui. Il invita les visiteurs à entrer d'un geste solennel (à croire qu'il ne les avait jamais rencontrés), puis abattit trois fois son bâton sur le sol métallique.

– Le Professeur Pennyroyal et sa suite ! déclama-t-il.

Il recula pour les laisser pénétrer dans l'espace plein de colonnes qui s'étendait au-delà. Des globes à argon étaient suspendus au plafond, chacun dessinant un cercle de lumière sur le sol, un peu comme des marches lumineuses qui auraient mené au fond de la salle gigantesque. Quelqu'un attendait là-bas, vautré dans un trône alambiqué juché sur une estrade. Hester agrippa la main de Tom et, côte à côte, derrière Pennyroyal ils avancèrent d'ombre en lumière jusqu'à se retrouver au pied de l'estrade, où ils découvrirent la margravine.

Pour une raison inexplicable, tous deux s'étaient imaginé une femme âgée. En effet, tout dans cette demeure silencieuse et décatie évoquait la vieillesse et la décomposition, ainsi que d'antiques coutumes préservées longtemps après que leur raison d'être a été oubliée. Pourtant, la fille qui les toisait avec morgue était plus jeune qu'eux, seize ans à peine sans doute. Une imposante et jolie adolescente habillée d'une robe du soir bleu glacé fort compliquée et d'un gilet blanc à col de renard. Elle avait l'apparence Inuit de M. Aakiuq et de sa femme, bien que sa peau fût blanche, et ses cheveux dorés. « Couleur des feuilles d'automne », songea Hester en dissimulant son visage. La beauté de la souveraine lui donnant l'impression d'être petite, minable, inutile, elle entreprit de lui chercher des défauts. « Elle est bien trop grasse. Son cou mériterait un bon décrassage. Cette robe est mangée aux mites, et les boutons sont mis n'importe comment... »

– Votre Honneur, commença l'historien en s'inclinant, puis-je me permettre de vous dire à quel point je vous suis reconnaissant pour la bonté que vous et votre peuple nous ont témoignée, à moi-même et à mes amis...

– L'usage exige que vous m'appeliez « Votre Splendeur », l'interrompit la souveraine. Ou « Lumière des Terres Polaires ».

Un silence embarrassé s'installa. Des grattements et des cliquetis provenaient du système de chauffage, dont les gros tuyaux serpentaient au plafond, dispensant au palais une chaleur recyclée à partir des moteurs de la cité. La margravine contempla ses visiteurs.

– Si vous êtes vraiment Nimrod Pennyroyal, finit-elle par demander, comment expliquez-vous que vous soyez bien plus bouffi et chauve que sur vos ouvrages ?

Prenant un livre posé sur une tablette, elle en montra la quatrième de couverture. Y était dessiné un portrait de quelqu'un qui aurait pu être le jeune frère de l'historien, en beaucoup plus séduisant.

– Ah... licence artistique, voyez-vous, fanfaronna l'explorateur. Maudit peintre ! Je l'avais pourtant conjuré de me représenter tel que je suis, ventru et doté d'un grand front, mais vous connaissez ces artistes ! Ils adorent idéaliser, révéler la nature intérieure de leur sujet...

La margravine sourit, ce qui la rendit encore plus jolie. Hester décida qu'elle ne l'aimait pas du tout.

– Je tenais seulement à m'assurer qu'il s'agissait bien de vous, Professeur Pennyroyal. Je comprends, pour le portrait. Je passais mon temps à poser, avant l'épidémie. Assiettes, timbres, pièces, bibelots... Le résultat n'était jamais le bon...

Elle s'interrompit tout à trac, comme si une

nounou intérieure lui avait brusquement rappelé que les souveraines ne jacassent pas devant leurs invités comme des adolescentes excitées.

– Asseyez-vous, ordonna-t-elle sur un ton bien plus formel.

Elle claqua des mains. Derrière le trône, une porte s'ouvrit, et Smew apparut, chargé de petites chaises. Il s'était une fois encore changé pour endosser le chapeau rond et la tunique à col haut d'un valet de pied. Un instant, Tom se demanda s'ils étaient effectivement trois nains identiques à servir leur maîtresse mais, en y regardant de plus près, il constata que c'était le même homme. Il haletait d'avoir dû se dépêcher de troquer sa tenue pour une autre, et sa perruque de chambellan dépassait de sa poche.

– Pressez-vous, lança la margravine.

– Désolé, Votre Splendeur.

Le malheureux installa les trois chaises face au trône, puis s'éclipsa dans l'obscurité avant d'aussitôt revenir en poussant un chariot chauffant sur lequel étaient placés une théière et un plateau de biscuits aux amandes. Il était accompagné d'un grand vieillard sévère, tout habillé de noir. Ce dernier adressa un hochement de menton aux invités puis se posta près du trône, tandis que Smew versait le thé dans de minuscules tasses en Verre Renforcé qu'il tendait aux uns et aux autres.

– Ainsi, ô Lumière des Glaces Polaires, j'en conclus que vous connaissez mes travaux, reprit Pennyroyal en sirotant une gorgée.

Derechef, le masque de l'étiquette s'envola du visage de la souveraine pour laisser transparaître la jeune fille pleine de vie.

– Oh, oui ! J'adore l'Histoire et les aventures. J'en lisais tout le temps avant… eh bien, avant de devenir margravine. Tous les classiques : Valentine, Spofforth, Tamarton Foliot. Les vôtres étaient mes préférés, cependant. C'est ce qui m'a donné l'idée de…

– Prudence, Margravine, lança l'homme à son côté.

Sa voix résonnait sourdement, tel un moteur bien réglé.

– Hum… oui, passons. Bref, il est formidable que les Dieux Givrés vous aient envoyé ici ! C'est un signe. Le signe que j'ai pris la bonne décision, et que nous trouverons ce que nous cherchons. Avec votre assistance, comment pourrions-nous échouer, n'est-ce pas ?

– Complètement fêlée, murmura Hester à l'oreille de Tom.

– Vous m'égarez, Votre Splendeur, avoua Pennyroyal. Mon intellect est sans doute encore un peu confus après le coup que j'ai reçu sur la tête. J'ai bien peur de ne pas vous suivre.

– C'est pourtant simple.

– Margravine ! répéta le vieux pas commode.

– Oh, cessez de jouer les rabat-joie, Scabious ! Il s'agit du Professeur Pennyroyal ! Nous pouvons lui faire confiance !

– Je n'en doute pas, Votre Splendeur. Ce sont ses jeunes amis qui m'inquiètent. S'ils ont vent de notre destination, ils risquent de monnayer ce renseignement auprès d'Arkangel sitôt que leur aérostat aura été réparé. Le Direktor Masgard ne serait que trop heureux de mettre la main sur mes moteurs.

– Nous ne ferions jamais une chose pareille ! s'offusqua Tom, qui aurait sauté à la gorge du vieil homme si Hester ne l'avait retenu.

– Je pense être en mesure de me porter garant de mon équipage, Votre Splendeur, intervint l'explorateur. Le capitaine Natsworthy est un historien, comme moi-même, formé au musée de Londres.

Pour la première fois, la souveraine se tourna vers le garçon afin de l'étudier. Ses yeux trahissaient une telle admiration qu'il s'empourpra et baissa la tête.

– Soyez le bienvenu, monsieur Natsworthy, murmura-t-elle. J'espère que vous accepterez de rester, vous aussi, afin de nous aider.

– À quoi faire ? demanda Hester avec aplomb.

– À gagner l'Amérique, naturellement.

La margravine retourna le livre qu'elle tenait pour en montrer la couverture. On y voyait un Pennyroyal musclé et trop beau qui luttait corps à corps avec un ours, encouragé par une jeune fille en bikini de fourrure. La première édition de *Merveilleuse Amérique*.

– J'ai toujours adoré cet ouvrage, expliqua l'adolescente. Sans doute est-ce pour cela que les Dieux Givrés ont semé cette idée de voyage dans mon esprit. Nous allons traverser la banquise jusqu'à ces prairies verdoyantes et nouvelles qu'a découvertes le Professeur. Là, nous remplacerons nos patins par des roues, nous abattrons des arbres pour alimenter les moteurs, nous nous adonnerons au troc avec les sauvages à qui nous apprendrons tous les bienfaits du darwinisme municipal.

– Mais, mais, mais…, bégaya l'aventurier en agrippant les accoudoirs de sa chaise comme s'il avait été à bord de montagnes russes. La calotte de glace canadienne… l'ouest du Groenland… aucune ville n'a jamais essayé de…

– Je sais, Professeur. Le trajet sera long et périlleux comme le vôtre lorsque vous avez quitté l'Amérique à pied. Les dieux sont avec nous, cependant. C'est forcé. Sinon, ils ne vous auraient pas envoyé à nous. Je compte vous nommer Chef Navigateur Honoraire. Grâce à vous, nous parviendrons sans peine à notre nouveau Terrain de Chasse.

Enthousiasmé par la témérité de ce plan, Tom pivota vers Pennyroyal.

– Quelle chance incroyable, Professeur ! s'écria-t-il. Vous allez enfin pouvoir retourner en Amérique !

Le bonhomme émit un gargouillis cependant que ses yeux semblaient vouloir sortir de leurs orbites.

– Moi… Chef Navigateur… Vous êtes trop bonne, ô Lumière des Glaces Polaires, vraiment trop bonne…

Il perdit conscience, sa tasse en Verre Renforcé lui échappa pour se casser sur le sol. Smew eut un claquement de langue réprobateur, car le service était un vieil héritage de la famille Rasmussen, mais Freya s'en moquait comme d'une guigne.

– Le Professeur ne s'est pas encore complètement remis de ses aventures, diagnostiqua-t-elle. Qu'on le transporte à son lit ! Aérez des chambres dans l'aile des invités pour lui et ses amis. Nous devons le remettre sur pied le plus vite possible. Et cessez de prendre cette mine consternée à cause d'une simple tasse, Smew ! Une fois que le Professeur nous aura conduits en Amérique, nous y trouverons tout le Verre Renforcé que nous voudrons.

9
Bienvenue à la Base

Beaucoup plus au sud, au-delà des confins glacés, une île s'élevait dans une mer froide. Elle était noire, relief découpé et rochers salis par les déjections des mouettes et des stercoraires qui y nidifiaient. On entendait les cris des oiseaux tapageurs à des kilomètres à la ronde, tandis qu'ils plongeaient pour attraper un poisson, tournoyaient en immenses formations au-dessus des hauts sommets, se perchaient sur les toits des rares bâtiments qui s'accrochaient aux falaises vertigineuses ou sur les rambardes rouillées des passerelles branlantes qui surplombaient l'à-pic, tels des champignons qui auraient poussé d'équerre sur une souche d'arbre mort. Car l'endroit avait beau sembler inhabitable, des gens y vivaient. Des hangars destinés à abriter des aérostats avaient été érigés sur la roche nue, et des réservoirs d'essence sphériques s'agglutinaient comme des œufs d'araignée dans des crevasses étroites. C'était l'Aire des Crapules, l'endroit où Loki le Rouge et sa légendaire bande de pirates de l'air avaient établi leur repaire.

Loki était mort, désormais, et certains édifices scarifiés par les explosions étaient là pour témoigner qu'il n'avait pas rendu les armes sans livrer son ultime combat. Une unité d'assaut des Assaillants Verts avait débarqué par une nuit calme, massacré les forbans et pris le contrôle de l'Aire afin d'y établir une base qu'aucune locomopole affamée ne pourrait atteindre.

Le soleil se couchait, dessinant dans le ciel des traînées rouges, mauves et orange terne qui rendaient l'île encore plus lugubre que d'ordinaire. Ce fut l'heure que choisit le *Mauvaise Passe* pour arriver poussivement. Les batteries antiaériennes pivotèrent comme des têtes blindées, leur ligne de mire fixant le vieux vaisseau. Il s'approcha du hangar principal, serré de près par son escorte de Renards du Ciel, qui tournicotaient autour de lui comme des chiens de berger harcelant une brebis récalcitrante qui renâcle à rejoindre le troupeau.

– Quel trou ! se plaignit une des épouses de Widgery Blinkoe en regardant par un hublot.

– Vous nous aviez pourtant dit que dénoncer ce vieux coucou nous apporterait chance et argent, renchérit une autre. Vous nous aviez juré que nous prendrions le soleil dans une station balnéaire flottante, pas que nous finirions au bout du monde !

– Vous nous aviez promis des robes neuves et des esclaves !

– Silence, femmes ! tonna Blinkoe en tâchant de se concentrer sur ses manettes, cependant que l'équipage au sol le guidait à l'aide de drapeaux colorés. Un peu de respect ! Nous sommes à la base des Assaillants Verts. C'est un honneur d'y avoir été invité, signe que mes services ont été appréciés à leur juste valeur !

En vérité, l'homme était aussi consterné que ses douces moitiés d'avoir été convoqué à l'Aire des Crapules. Après avoir transmis par radio à la base secrète que les Assaillants entretenaient dans les Tannhäusers qu'il avait vu le *Jenny Haniver*, il s'était attendu à ce qu'on le remerciât, voire qu'on le récompensât grassement. Au lieu de quoi, sitôt qu'il avait quitté Port-Céleste, il avait eu la mauvaise surprise d'être abordé par une flotte de Renards du Ciel qui l'avaient ramené de force ici.

– À d'autres ! maugréèrent ses femmes en se poussant du coude.

– Quel dommage que les Assaillants Verts ne le respectent pas autant que lui les respecte !

– Services appréciés à leur juste valeur, mon œil !

– Quand je pense à toutes les affaires que nous ratons en ce moment même !

– Ma mère m'avait pourtant bien dit de ne pas l'épouser !

– La mienne aussi !

– Et la mienne !

– Il sait pertinemment qu'il est cuit ! Visez-moi un peu son air inquiet !

Quand il descendit du *Mauvaise Passe* et mit pied à terre dans le hangar caverneux et tumultueux, M. Blinkoe ne s'était pas départi de cette inquiétude ; toutefois, celle-ci laissa place à un bienveillant sourire lorsqu'une accorte soldate du rang s'empressa de le saluer. Widgery Blinkoe avait un faible pour les jolies jeunes femmes, ce qui expliquait pourquoi il avait convolé avec cinq d'entre elles. Ces cinq-là avaient beau s'être révélées toutes plus véhémentes et têtues les unes que les autres, elles avaient beau avoir une fâcheuse tendance à se liguer contre lui, il ne put s'empêcher de caresser l'idée de demander à la subalterne de devenir la sixième du lot.

– Monsieur Blinkoe ? s'enquit-elle. Bienvenue à la Base.

– Je croyais qu'on l'appelait l'Aire des Crapules ?

– Le commandant préfère qu'on s'en tienne à « la Base ».

– Oh !

– Je suis là pour vous conduire à elle.

– Elle ? Je ne m'étais pas rendu compte que votre organisation abritait tant de dames.

Le sourire de la jeune fille s'évanouit.

– Les Assaillants Verts estiment que les hommes comme les femmes doivent jouer leur rôle dans la future guerre qui verra la défaite des barbares du darwinisme municipal et saluera le retour de la Terre verdoyante.

– Euh... cela va sans dire, s'empressa d'acquiescer le vieillard. Je suis absolument d'accord.

Il n'aimait pas du tout ce genre de discours. La guerre ne favorisait pas les affaires. En même temps, ces dernières années avaient été mauvaises pour la Ligue Anti-mouvement. Londres avait failli franchir la barrière de Batmunkh Gompa, et ses agents avaient incendié la Flotte du Nord. Résultat, aucun vaisseau n'avait été disponible pour porter secours à la colonie statique du Spitzberg, quand Arkangel l'avait attaquée, l'hiver dernier. La dernière grande cité Anti-mouvement avait été engloutie dans les entrailles d'un prédateur. Il était donc normal que quelques-unes dcs plus jeunes recrues de la Ligue, assoiffées de revanche, s'impatientent des atermoiements du Haut Conseil. Avec un peu de chance cependant, ces agités n'arriveraient à rien.

Tout en suivant la jeune recrue, l'homme essaya d'estimer la puissance de feu de la base. Quelques

Renards du Ciel lourdement armés étaient garés sur les rampes de lancement, et les soldats pullulaient, uniformes blancs, casques en forme de crabe couleur bronze et brassards décorés de l'éclair qui symbolisait les Assaillants Verts. C'était du sérieux, conclut Blinkoe en balayant des yeux les mitrailleuses à vapeur. Mais pourquoi toute cette agitation ? Que pouvait-il se passer dans ces confins éloignés de tout qui justifiât pareille effervescence ? Ils croisèrent des hommes qui transportaient de grosses cantines métalliques soigneusement cadenassées sur lesquelles étaient inscrits les mots « Fragile » et « Top secret ». Un bonhomme courtaud et chauve enguirlandait ses troupes.

– Attention ! Ne les secouez pas. Ce sont des appareils sensibles !

Puis, sentant dans son dos le regard de l'antiquaire – et espion à ses heures –, il se retourna. Une roue rouge était tatouée sur son front.

– Vous faites quoi, exactement, ici ? demanda Blinkoe à son escorte.

Elle l'entraînait à présent hors du hangar, dans des tunnels humides et des escaliers qui grimpaient, encore et encore, au cœur même des falaises.

– C'est secret, lui répondit-elle.

– Mais à moi, vous pouvez le dire, non ?

L'autre secoua la tête. « Voilà une sacrée et fière petite soldate, songea le vieillard. Service, service. »

Pas du tout apte à lui servir de sixième épouse. Renonçant à la charmer, il s'intéressa aux affiches accrochées aux parois des souterrains. Y étaient représentés des aérostats de la Ligue bombardant des locomopoles, au-dessus de slogans colériques qui exhortaient le lecteur à détruire toutes les villes. Entre ces posters, des panonceaux indiquaient, au feutre, le chemin vers des cellules, des baraquements, des plates-formes de tir et même un laboratoire, ce qui parut étrange au visiteur. La Ligue Anti-mouvement avait toujours rechigné face aux progrès scientifiques, estimant que toute technologie un peu plus complexe qu'un dirigeable ou qu'un lance-roquettes relevait de la barbarie et ne méritait que mépris. Visiblement, les Assaillants Verts avaient les idées plus larges.

M. Blinkoe commença à avoir peur.

Le bureau du commandant était installé dans l'un des anciens bâtiments, au sommet de l'île. Autrefois quartiers réservés de Loki le Rouge, les murs en étaient décorés de peintures coquines que l'actuelle résidente avait fait recouvrir d'une chaux pudibonde. Mais la couche, mince, laissait deviner çà et là des visages qui évoquaient les fantômes des pirates défunts contemplant d'un air réprobateur les nouveaux locataires de l'Aire des Crapules. La paroi du fond était percée d'un grand œil-de-bœuf qui ne donnait sur rien de spécial.

– C'est vous, Blinkoe ? Bienvenue à la Base.

Le commandant était une très jeune femme. L'antiquaire avait espéré une jolie fille, il en fut pour ses frais. C'était en effet une friponne revêche aux cheveux tondus et au visage dur, couleur tourbe.

– Vous êtes l'agent qui nous a signalé avoir repéré le *Jenny Haniver* à Port-Céleste ? continua-t-elle.

Elle ne cessait de serrer et desserrer des poings pareils à deux araignées brunes et nerveuses. Et la façon dont elle le toisait de ses grands yeux sombres ! Blinkoe se demanda si elle n'était pas un peu dérangée.

– Oui, Votre Honneur, répondit-il timidement.

– Vous ne vous seriez pas trompé ? Vous n'auriez pas inventé cette histoire afin de soutirer de l'argent à notre mouvement ?

– Non, non ! s'empressa de protester l'homme. Par les dieux, non ! C'était bien le vaisseau de Fleur de Vent, sûr et certain.

Lui tournant le dos, la responsable alla observer le ciel qui s'assombrissait rapidement par le carreau terni de sel de la fenêtre.

– Un escadron de Renards du Ciel a été envoyé d'une de nos bases secrètes afin d'intercepter le *Jenny*, finit-elle par reprendre. Aucun n'est revenu.

Widgery Blinkoe ne sut quelle contenance adopter.

– Quel dommage ! se risqua-t-il à marmonner.

La femme lui fit de nouveau face, mais il ne réussit

pas à déchiffrer son expression, car elle était dans le contre-jour.

– Les deux espions infiltrés qui ont volé le *Jenny Haniver* à Batmunkh Gompa ressemblent peut-être à des traîne-savates du Terrain de Chasse, mais sachez que ce sont de redoutables agents autrefois à la solde de Londres. Il est évident que ces sauvages ont recouru à leurs méthodes les plus sournoises pour détruire notre flotte avant de fuir vers le Cryodésert.

– Hum... tout à fait possible, commandant, acquiesça l'homme qui en doutait fort, toutefois.

– Nous disposons de nombreux Renards du Ciel, lâcha-t-elle en s'approchant de lui, petit bout de femme dont les prunelles l'incendiaient. Les Assaillants Verts sont chaque jour plus forts. Bien des capitaines de la Ligue partagent nos idées et sont prêts à envoyer leurs forces afin de nous soutenir. Nous péchons par manque d'un réseau d'information digne de ce nom. Voilà pourquoi nous avons besoin de vous, Blinkoe. Je veux que vous me localisiez le *Jenny Haniver* ainsi que les sagouins qui se trouvent à son bord.

– Euh... eh bien, oui... pourquoi pas ?

– Vous serez largement récompensé pour vos services.

– Combien ? Je ne voudrais pas paraître intéressé, mais j'ai cinq épouses à entretenir, moi...

– Dix mille à la livraison de l'aérostat ici même.

– Dix mille !

– Les Assaillants Verts payent bien leurs serviteurs... et ils punissent sévèrement ceux qui les trahissent. Un seul mot de cette conversation ou de ce que vous avez pu apercevoir ici, et vous êtes un homme mort. Et je vous garantis que votre trépas sera long et douloureux. Compris ?

– Yaark ! couina Blinkoe en tournant et retournant son chapeau dans ses mains. Mais... euh... sauf votre respect, en quoi ce vaisseau est-il si important ? Je me disais qu'il avait peut-être une valeur sentimentale, qu'il était une espèce de symbole pour la Ligue, sauf qu'il me paraît peu mériter qu'on...

– Il vaut ce que je vous en offre, l'interrompit son interlocutrice.

Pour la première fois, elle sourit, un sourire mince, étroit et chagriné, comme qui remercie un lointain parent d'être venu aux obsèques d'un être cher.

– Le *Jenny Haniver* et les barbares qui l'ont dérobé sont vitaux pour notre travail. Vous n'avez pas besoin d'en savoir plus. Trouvez-les et ramenez-les-moi, monsieur Blinkoe.

10
La Wunderkammer

Tous les médecins d'Anchorage étaient morts. La meilleure infirmière que l'on réussit à dénicher pour s'occuper du Professeur Pennyroyal fut Windolene Pye, du Comité d'Orientation, laquelle avait dans sa jeunesse été formée aux premiers secours. Assise sur le lit du malade, dans une chambre luxueuse du Palais d'Hiver, elle tenait le poignet du malheureux et comptait les pulsations de son pouls à l'aide de sa montre.

– Rien qu'un évanouissement, annonça-t-elle. La fatigue, ou un choc consécutif à ses terribles mésaventures, le pauvre homme.

– Alors comment expliquez-vous que nous n'ayons pas tourné de l'œil ? rétorqua Hester. Nous avons subi de terribles mésaventures nous aussi. Pour autant, nous ne nous pâmons pas comme de vieilles filles.

Mlle Pye, qui était une vieille fille, la fusilla du regard.

– Mieux vaudrait le laisser se reposer. Il lui faut du silence et des soins attentifs. Allez, filez !

Les poussant sans ménagement dans le couloir, elle leur claqua la porte au nez.

– À mon avis, c'est l'émotion, décréta Tom. Lui qui a passé des années à chercher un financement pour monter une deuxième expédition en Amérique, voilà qu'il apprend que la margravine s'apprête à y conduire toute sa ville.

– Elle est folle, celle-là ! s'esclaffa Hester. C'est impossible.

– Mademoiselle Shaw ! s'étrangla Smew, choqué. Comment osez-vous proférer pareilles horreurs ? La margravine est notre souveraine et la représentante des Dieux Givrés sur Terre. C'est son ancêtre, Dolly Rasmussen, qui, en emmenant hors d'Amérique les survivants de la première Anchorage, les a sauvés. Par conséquent, il est on ne peut plus normal qu'une Rasmussen nous y ramène.

– Je ne comprends pas pourquoi vous la défendez, grommela la jeune fille. Elle vous traite comme un moins que rien. Ne croyez pas nous tromper non plus avec vos déguisements. Nous savons pertinemment que vous n'êtes qu'un seul et même homme.

– Je ne cherche à tromper personne, riposta le

petit homme, très digne. Sa Splendeur se doit d'être servie par un certain nombre de domestiques : chauffeurs, cuisiniers, chambellans, valets, etc. Tous ont péri, hélas, m'obligeant à intervenir au pied levé. Je m'efforce de maintenir les traditions.

– Et qu'étiez-vous, avant ? Un chauffeur ou un chambellan ?

– J'étais le nain de Sa Splendeur.

– Pourquoi avait-elle besoin d'un nain ?

– La cour en a *toujours* eu un. Pour amuser la souveraine.

– De quelle façon ?

– En étant petit, j'imagine.

– C'est rigolo, ça ?

– C'est la coutume, mademoiselle Shaw, et nos coutumes nous ont fort bien convenu jusqu'à l'épidémie. Voici vos chambres.

Smew ouvrit à la volée les portes de deux pièces, à quelques pas de celle de Pennyroyal. Chacune avait de longues fenêtres, un vaste lit, de gros tuyaux de chauffage et dépassait en surface toute la nacelle du *Jenny Haniver*.

– Magnifique ! s'exclama Tom, épaté. Mais une seule suffira.

– Il n'en est pas question ! le rembarra Smew en fonçant dans la première chambre pour y régler la température. Il serait inconcevable que des jeunes gens de sexe opposé et non mariés partagent un lit dans le Palais d'Hiver. Imaginez un peu les mamours qui s'ensuivraient ! Scandaleux !

Une conduite trembla bruyamment, distrayant l'homme un instant, puis il se retourna vers les deux invités et leur adressa un clin d'œil.

– Cependant, il y a une porte communicante. Si quelqu'un désire l'utiliser, personne n'en saura rien.

Ce qui était faux, car Anchorage était bel et bien sous surveillance. Les yeux fixés sur l'image floue de leurs écrans qui luisaient dans l'obscurité bleu sombre, les espions virent Tom et Hester emboîter le pas au nain et se rendre dans la pièce suivante.

– Qu'est-ce qu'elle est moche !

– Et elle est de mauvais poil !

– Normal, avec pareille figure.

– Ce n'est pas ça. Elle est jalouse. Vous avez vu la façon dont Freya regardait son chéri ?

– Ils m'ennuient. Changeons de canal.

L'image tressauta, montrant d'autres panoramas : le salon des Aakiuq, la demeure vide de Scabious, le quartier des mécaniciens, celui des agriculteurs...

– Ne devrions-nous pas prévenir les Aakiuq ? demanda Tom à Smew qui réglait le thermostat de la deuxième chambre. Des fois qu'ils nous attendent.

– Cela a été fait, monsieur. Vous êtes désormais les hôtes de la Maison des Rasmussen.

– M. Scabious risque d'en prendre ombrage, fit remarquer Hester. Il n'a pas eu l'air de beaucoup nous apprécier.

– C'est un pessimiste. Le pauvre n'y est pour rien. Il est veuf, et son fils unique, Axel, est mort durant l'épidémie, perte qu'il a mal supportée. Il n'a cependant pas le pouvoir d'empêcher la margravine de vous offrir l'hospitalité. Rassurez-vous, vous êtes les bienvenus au Palais d'Hiver. Si vous avez besoin de quelque chose, sonnez. Un domestique… enfin, je viendrai. Le dîner sera servi à dix-neuf heures. Ayez l'obligeance de descendre un peu plus tôt, car Sa Splendeur souhaite vous faire visiter sa Wunderkammer.

« Sa quoi ? » se demanda Hester dans un sursaut. Mais comme elle en avait assez de passer pour une ignorante aux yeux de Tom, elle s'abstint de poser la question. Smew parti, les deux jeunes gens s'assirent sur le lit dévolu à Tom afin d'en tester les ressorts.

– L'Amérique ! s'exclama le garçon. Rien que d'y penser ! Quel courage elle a, cette Freya Rasmussen. Quasiment aucune ville ne s'aventure à l'ouest du Groenland, et aucune n'a jamais cherché à atteindre le Continent Mort.

– Parce qu'il est mort, justement ! En tout cas, moi,

je ne me hasarderais jamais là-bas avec ma cité, rien que parce que Pennyroyal a écrit un livre sur le sujet.

– Le Professeur sait de quoi il parle, le défendit aussitôt Tom. D'ailleurs, il n'est pas le seul à avoir évoqué les plaines verdoyantes d'Amérique.

– Tu penses à toutes ces vieilles légendes sur des aviateurs perdus ?

– Oui. Il y a aussi la carte de Snøri Ulvaeusson.

– Celle qui a disparu si opportunément avant que quiconque ait eu le temps de vérifier sa véracité ?

– Serais-tu en train de suggérer que le Professeur a menti ?

Hester secoua la tête. Elle n'était sûre de rien, si ce n'est qu'elle avait du mal à prendre pour argent comptant les récits de Pennyroyal sur des forêts vierges peuplées de bons sauvages. Qui était-elle cependant pour douter de lui ? Pennyroyal était un explorateur réputé qui avait écrit des livres; elle n'en avait jamais lu un seul. Tom et Freya croyaient l'historien, or ils étaient beaucoup plus savants qu'elle. Simplement, elle ne parvenait pas à s'habituer au décalage entre le petit bonhomme timide qui avait frémi et gémi chaque fois qu'une roquette avait frôlé le *Jenny Haniver* et le courageux aventurier qui s'était battu contre des ours et lié d'amitié avec des sauvages d'Amérique.

– J'irai voir Aakiuq demain, annonça-t-elle. Pour accélérer les réparations du vaisseau.

Tom acquiesça, sans oser croiser son regard néanmoins.

– Je me plais bien ici, répondit-il. La ville est triste, mais belle. Elle me rappelle les quartiers les plus jolis de Londres. Et puis, elle n'essaye pas de dévorer ses concurrentes, contrairement à Londres.

Hester eut l'impression qu'une faille s'ouvrait entre eux, telle une crevasse dans la glace, encore étroite pour le moment, susceptible cependant de s'élargir.

– Ce n'est qu'une locomopole comme une autre, Tom. Qu'elles soient commerçantes ou prédatrices, il n'y en a pas une pour racheter l'autre. Alléchantes et accueillantes sur leurs ponts supérieurs, pleines d'esclaves, de saletés, de souffrance et de corruption en bas. Plus tôt nous partirons, mieux cela vaudra.

Smew vint les chercher vers dix-huit heures pour les entraîner le long d'un escalier en colimaçon vers le salon où patientait Freya Rasmussen.

La margravine donnait l'impression d'avoir tenté de se coiffer de manière élaborée puis d'avoir renoncé en cours de route. Elle cligna des yeux derrière sa frange trop longue et dit :

– Je crains que le Professeur Pennyroyal ne soit encore indisposé, même si je suis certaine qu'il va se rétablir. Les Dieux Givrés ne nous l'auraient pas envoyé ici s'ils avaient eu l'intention de le laisser mourir, n'est-ce pas ? Ce serait par trop injuste. Mais passons. Tom, vous qui êtes un historien londonien, ma Wunderkammer va beaucoup vous intéresser.

– Bon, soupira Hester, lasse d'être snobée par cette adolescente trop gâtée, expliquez-moi ce que c'est que ce truc.

– Mon musée privé, répliqua la souveraine. Mon cabinet de curiosités.

Elle éternua. Un instant, elle attendit qu'une servante vienne lui essuyer le nez, puis elle se rappela que toutes étaient mortes et se contenta de sa manche.

– J'adore l'Histoire, Tom, reprit-elle. Toutes les choses que les gens ont déterrées. Des objets ordinaires autrefois utilisés par des personnes ordinaires, et que le temps a rendus particuliers.

Le jeune homme acquiesça vigoureusement, et Freya rit, heureuse d'avoir rencontré une âme sœur.

– Petite, enchaîna-t-elle, je n'avais pas du tout envie de devenir margravine. Je désirais être historienne, comme vous et le Professeur Pennyroyal. C'est ainsi que j'ai créé mon musée personnel. Suivez-moi.

Smew ouvrant la voie, bercés par le babil incessant de la margravine, les voyageairs empruntèrent des couloirs, traversèrent une immense salle de bal dont les lustres étaient recouverts de tissus qui les protégeaient de la poussière, et débouchèrent dans un cloître vitré. Dehors, des lampadaires illuminaient la nuit, mettant en relief la valse des flocons de neige ainsi qu'une fontaine prise dans les glaces. Poings serrés dans les poches, Hester boudait. « Elle est belle, elle a lu les mêmes ouvrages que Tom, elle est incollable en Histoire et elle croit à la justice divine en dépit de toute logique. Bref, une image en miroir de Tom. Je fais comment pour relever le défi, moi ? »

Leur trajet s'acheva dans un hall circulaire dont la porte était gardée par deux Traqueurs. En reconnaissant leurs silhouettes anguleuses, Tom eut un mouvement de recul et faillit pousser un cri terrifié. L'un de ces antiques robots de combat les avait en effet pourchassés, Hester et lui, à travers tout le Terrain de Chasse. Quand Smew alluma une lampe à argon, le garçon constata toutefois que ceux-là n'étaient que des reliques. Les exosquelettes métalliques rouillés arrachés à la banquise n'avaient été disposés devant la Wunderkammer de Freya Rasmussen que pour servir de décoration. Tom jeta un coup d'œil à Hester afin de voir si elle avait eu peur elle aussi, mais elle regardait ailleurs. Il n'eut pas le temps d'attirer son attention sur les monstres, car Smew déverrouilla les battants. La margravine les entraîna dans son musée.

Poussière et pénombre – Tom eut l'impression de rentrer au bercail. Si l'unique pièce ressemblait plus à une brocante qu'à ce qu'il avait connu à Londres, avec les objets soigneusement exposés, elle n'en restait pas moins une grotte au trésor. Le Cryodésert avait vu l'ascension et la chute de deux civilisations depuis la Guerre d'Une Heure, et Freya possédait des souvenirs importants de l'une et de l'autre. Il y avait aussi une maquette réduite d'Anchorage telle qu'elle avait existé avant l'Ère du Mouvement, une étagère de vases datant de la Période du Métal Bleu, et des photographies de Cercles de Glace, un mystérieux phénomène naturel qui se produisait parfois dans les Hautes Glaces.

Tom se mit à errer comme un somnambule au milieu de ces merveilles, sans se rendre compte que Hester le suivait avec beaucoup de réticence.

– Regarde ! s'écria-t-il, ravi. Regarde, Hester !

Celle-ci obtempéra, découvrant des objets que son manque d'éducation ne lui permettait pas de comprendre, cependant que le verre des vitrines lui renvoyait l'image de sa figure détruite. Tom s'éloigna d'elle, s'extasiant devant une vieille statue en pierre abîmée. Il avait l'air si à l'aise, si à sa place, qu'elle en eut le cœur brisé.

L'un des trésors préférés de Freya se trouvait au fond de la salle. Il s'agissait d'une feuille presque intacte du métal mince et argenté dont regorgeaient les décharges publiques d'Amérique et que les Anciens avaient appelé « papier d'aluminium ». Debout près de Tom, la souveraine admira cette rareté dont la surface froissée reflétait leurs visages côte à côte.

– Ils avaient tant de choses, ces Anciens ! gazouilla-t-elle.

– C'est fascinant, chuchota Tom, révérencieux (l'objet était si vieux et si précieux qu'il lui paraissait sacré, comme effleuré par la déesse de l'Histoire). Quand on pense qu'il existait des gens si riches qu'ils pouvaient se permettre de jeter pareilles merveilles ! Même les plus pauvres vivaient comme des maires, alors.

Ils passèrent à la vitrine suivante, une collection d'anneaux métalliques étranges qui pullulaient sur les sites de fouilles et dont certains avaient encore le pendentif en forme de larme sur lequel on lisait le mot « TIRER ».

– Le Professeur Pennyroyal ne croit pas à la thèse selon laquelle ces choses étaient mises au rebut, dit la margravine. D'après lui, ce que les archéologues modernes traitent de déchetteries étaient en réalité des lieux de prière où les Anciens sacrifiaient des objets de valeur à leurs dieux de la Consommation. Vous n'avez pas lu son ouvrage sur le sujet ? *Poubelles ? Plus belles !* Je vous le prêterai.

– Merci.

– *Merci, Votre Splendeur*, le corrigea l'adolescente, avec un tel sourire cependant qu'il ne s'offusqua pas. Naturellement, poursuivit-elle en caressant la vitrine poussiéreuse, cet endroit aurait besoin d'un conservateur digne de ce nom. Il y en avait un, mais il est mort pendant l'épidémie. Ou il est parti, je ne me rappelle plus. Mes collections se salissent, des objets disparaissent. De beaux bijoux anciens, et même des machines, bien que je ne comprenne pas ce que les voleurs ont pu en faire ni comment ils ont réussi à entrer ici. Une fois que nous aurons atteint l'Amérique, il sera important de se souvenir du passé. Vous pourriez rester, Tom. Il me plairait qu'un véritable historien formé à Londres s'occupe de mon modeste musée. Vous l'enrichiriez, l'ouvririez au public. Nous le baptiserions Institut Rasmussen...

Le jeune homme huma les odeurs de renfermé, de poussière, d'encaustique et d'animaux empaillés mangés aux mites. Du temps de son apprentissage, il avait rêvé de s'échapper pour vivre des aventures. À présent que toute son existence n'était qu'aventures, la perspective de retravailler dans un musée était étrangement alléchante. Il regarda au-delà de la margravine, vit Hester qui l'observait, silhouette mince et esseulée à demi dissimulée dans l'ombre de la porte, une main retenant son foulard rouge sur son visage. Pour la première fois, il fut agacé. Si seulement elle avait été plus jolie, plus sociable !

– Je suis navré, chuchota-t-il. Hester ne souhaite pas rester. Elle est plus heureuse dans le ciel.

Freya toisa sa rivale. Elle n'était guère habituée à

ce que l'on déclinât ses propositions. Elle commençait à apprécier le jeune historien, se demandait même si les Dieux Givrés ne le lui avaient pas envoyé afin de compenser l'absence de garçons dignes d'elle à bord d'Anchorage. Mais pourquoi, pourquoi diable, avaient-ils jugé bon d'ajouter Hester Shaw à leur colis ? Non seulement cette fille était hideuse, mais elle était également très pénible et se mettait en travers du chemin, tel un démon défendant un prince victime d'un sortilège.

– Bah ! répondit-elle en feignant de ne pas être déçue. Comme il faudra quelques semaines à Aakiuq pour réparer votre vaisseau, vous avez encore le temps d'y réfléchir.

« Et de vous débarrasser de cette abominable petite amie », se dit-elle *in petto*.

11
Esprits remuants

Tom passa une bonne nuit et rêva de musées. Allongée à son côté, Hester ferma à peine l'œil. Le lit était si grand qu'elle aurait pu tout aussi bien être dans sa chambre. Elle aimait dormir blottie contre Tom sur l'étroite couchette du *Jenny Haniver*, visage enfoui dans ses cheveux, ses genoux en cuiller dans les siens, leurs deux corps emboîtés comme les pièces d'un puzzle. Ce vaste lit moelleux amena Tom à se détacher d'elle, à l'abandonner dans un méli-mélo de draps trempés de sueur. La pièce était étouffante, l'air sec brûlait le nez de la jeune femme, et les conduites accrochées au plafond résonnaient de bruits métalliques horribles, qui évoquaient les froufrous de rats courant dans les murs.

Elle finit par enfiler son manteau et ses bottes et sortit du palais, affrontant le froid glacial qui régnait sur la ville, à trois heures du matin. Un escalier tortueux descendait via un sas d'étanchéité au quartier des mécaniciens d'Anchorage, un endroit assourdissant et obscur où étaient rassemblés chaudières bulbeuses et réservoirs de carburant. Hester se dirigea vers l'arrière dans l'intention de vérifier la manière dont celle qu'elle surnommait « la misérable petite Reine des Neiges » traitait ses travailleurs. Elle espérait, par cet électrochoc, être en mesure d'amener Tom à changer d'avis sur la cité. Elle lui gâcherait son petit déjeuner en lui racontant les conditions de vie dans les ponts inférieurs.

Elle traversa une passerelle flanquée d'immenses pignons qui grinçaient et donnaient l'impression qu'on se trouvait au cœur d'une gigantesque horloge. Elle longea un énorme conduit segmenté qui l'emmena vers un niveau encore plus bas où des pistons s'activaient, poussés par des moteurs comme elle n'en avait jamais vu, fabriqués à partir de pièces hétéroclites de Pré-Tech. C'étaient des sphères blindées qui chantonnaient tout en émettant des éclairs de lumière violette. Des hommes et des femmes s'affairaient dans les parages, qui transportant une boîte à outils, qui manœuvrant de grosses machines dotées de plusieurs bras. Nulle part elle n'aperçut d'esclaves entravés ni de surveillants en train de se pavaner. Le visage insipide de Freya Rasmussen contemplait tout ce monde du haut d'affiches accrochées aux soutènements du pont, et les ouvriers courbaient la tête avec respect quand ils passaient devant.

Tom pouvait avoir raison, songea Hester en rôdant sans se faire remarquer. Anchorage était sans doute aussi civilisée et pacifique que son apparence le laissait supposer. Il y serait sûrement heureux. Qui sait ? La ville survivrait peut-être à son voyage vers l'Amérique, et il resterait à bord, en tant que conservateur du musée de la margravine. Il apprendrait aux sauvages quel monde avaient élaboré leurs lointains ancêtres. Il garderait le *Jenny Haniver* comme yacht privé et pour aller prospecter de la Pré-Tech dans les déserts, durant ses jours de congé.

« Il n'aura pas besoin de toi, n'est-ce pas ? suggéra une petite voix amère dans son crâne. Que feras-tu, privée de lui ? »

Elle tenta d'imaginer une existence sans Tom, en vain. Elle avait toujours su que ça ne durerait pas mais, maintenant que la fin approchait, elle avait envie de hurler : « Pas encore ! J'en veux plus ! Rien qu'une autre année de bonheur. Deux... »

Elle essuya les larmes qui dégoulinaient de son œil valide et se précipita vers la poupe, humant le froid et l'air libre au-delà du vaste chantier de recyclage de chaleur. Le battement des étranges moteurs faiblit, remplacé par un sifflement permanent et aigu qui ne cessa d'augmenter de volume au fur et à mesure qu'elle approchait de l'arrière de la locomopole. Quelques minutes plus tard, elle émergea dans une allée couverte qui traversait la cité sur toute sa largeur. Derrière le grillage de protection en acier, les aurores boréales luisaient au-dessus de la masse mouvante de la grande roue à aubes propulsant Anchorage.

Hester alla coller son visage contre la grille. La roue avait été polie comme un miroir et, dans une cascade de reflets, la jeune femme distingua ses éperons qui passaient et repassaient avant d'aller agripper la banquise, provoquant une bruine froide de neige fondue et envoyant des glaçons contre l'écran de protection. Certains morceaux étaient très gros. À quelques pas de là, un pan du grillage avait été démantibulé par un bout de glace plus imposant. Il serait tellement facile de se glisser par cette brèche. Une chute rapide, puis la roue l'écraserait, ne laissant qu'une traînée rouge sur le sol, vite oubliée. Cela ne vaudrait-il pas mieux qu'assister au détachement progressif de Tom ? Mourir plutôt que retrouver la solitude ?

Hester s'apprêtait à écarter la partie abîmée de l'écran lorsqu'une main lui saisit le bras.

– Axel ? cria une voix à son oreille.

La jeune fille virevolta, cherchant déjà son couteau.

Søren Scabious se tenait derrière elle, les yeux brillants de larmes pleines d'espoir. Puis l'homme la reconnut, et ses traits reprirent leur sévérité ordinaire et chagrine.

– Mademoiselle Shaw, gronda-t-il. J'ai cru que vous...

Elle recula en se cachant le visage, se demanda depuis combien de temps il l'observait.

– Que fichez-vous ici ? répliqua-t-elle. Que voulez-vous ?

Embarrassé, le vieillard se réfugia derrière la colère.

– Je pourrais vous poser la même question, aviatresse ! Vous avez espionné ma salle des machines, non ? Je suis sûr que vous n'avez rien loupé.

– Vos mécaniques ne m'intéressent pas.

– Tiens donc ! ricana-t-il en lui attrapant derechef le bras. À d'autres ! Les sphères Scabious ont été mises au point et perfectionnées par ma famille durant plus de vingt générations. Il s'agit de l'un des systèmes de moteur les plus efficaces au monde. Je ne doute pas que vous mourez d'envie d'aller décrire à Arkangel ou Ragnaroll toutes les richesses qu'elles trouveront ici quand elles nous dévoreront.

– Ne soyez pas idiot ! cracha Hester. Je n'accepterais jamais l'argent des prédateurs.

Soudain, une idée la frappa, aussi froide et dure que les éclats de glace qui ricochaient sur la passerelle.

– Qui est Axel, d'ailleurs ? Votre fils ? Celui dont Smew nous a parlé ? Le mort ? Vous m'avez prise pour son fantôme ou quoi ?

Scabious la relâcha. Son courroux s'éteignit rapidement, pareil à un feu sur lequel on jette un seau d'eau. Ses yeux se fixèrent sur la roue à aubes, les lumières du ciel, partout sauf sur la jeune fille.

– Son esprit avance, murmura-t-il.

Hester lâcha un rire bref et affreux puis se tut. L'homme était on ne peut plus sérieux. Sa figure, éclairée par les aurores boréales de manière intermittente, se peignit d'une soudaine tendresse.

– Les Snowmades croient que les âmes des défunts peuplent les aurores, mademoiselle Shaw. Ils disent que, les nuits où elles sont les plus brillantes, les morts marchent sur les Hautes Glaces.

Hester se voûta, mal à l'aise face à cette folie et à cette tristesse.

– Personne ne revient des Confins Ombreux, monsieur Scabious, répondit-elle, gênée.

– Oh que si, mademoiselle Shaw. Depuis que notre voyage vers l'Amérique a débuté, il y a eu des preuves. Des choses disparaissent de pièces fermées à clé. Les gens perçoivent des bruits de pas et des voix dans des endroits qui ont été abandonnés depuis l'épidémie. Voilà pourquoi je viens ici, lorsque mon travail me le permet et que les aurores sont à leur paroxysme.

Je l'ai vu déjà deux fois. Un garçon blond qui me regarde dans la pénombre et disparaît dès que je le repère. Il n'existe plus de garçons blonds dans cette ville. C'est Axel, je le sais.

Le vieillard contempla encore un moment le ciel illuminé puis tourna les talons et s'en alla. Perplexe, Hester le suivit des yeux jusqu'à ce que sa haute silhouette eût disparu. Scabious pensait-il vraiment que la cité serait capable d'atteindre l'Amérique ? S'en souciait-il seulement ? Se bornait-il à approuver les plans ahurissants de la margravine parce qu'il espérait trouver le spectre de son fils sur la banquise ?

Elle frissonna, se rendant compte à présent combien le froid était glacial, à l'arrière de la locomopole. Scabious avait beau être parti, elle avait la sensation d'être épiée. Les cheveux se hérissèrent sur sa nuque, elle jeta un coup d'œil par-dessus son épaule. Au débouché d'une passerelle latérale, elle aperçut, ou crut apercevoir, la tache pâle et floue d'un visage qui se fondait rapidement dans l'obscurité, ne laissant derrière lui que l'impression d'une tête blonde.

Personne ne revient des Confins Ombreux. Hester en était consciente, ce qui n'empêcha pas les histoires de fantômes qu'elle connaissait de se réveiller et de s'agiter dans son esprit. Elle se sauva à toutes jambes, fuyant l'obscurité menaçante de l'endroit pour des rues plus animées.

Derrière elle, au milieu de l'enchevêtrement de tuyaux et de conduits qui surplombait la galerie arrière, quelque chose déguerpit dans un bruit métallique.

12
Hôtes indésirables

M. Scabious avait à la fois tort et raison lorsqu'il parlait de fantômes. Pour être hantée, sa ville l'était. Pas par les âmes des morts, cependant.

Cela avait débuté environ un mois auparavant, non à Anchorage, mais à Grimsby, une bourgade très étrange et secrète. Il y avait d'abord eu un petit bruit, un cliquetis creux évoquant un ongle qui tapote la toile tendue d'un ballon gonflable ; avait suivi un soupir statique, tels les grésillements d'un microphone, puis l'oreille ménagée dans le plafond de Caul s'était adressée à lui.

– Debout, mon garçon ! Réponds à Parrain. J'ai un boulot pour toi, Caul. Parfaitement !

Engoncé dans ses rêves, Caul avait brusquement pris conscience de la réalité de la voix. Roulant de sa couchette, il s'était levé en titubant. Sa chambre était à peine plus grande qu'un placard, meublée d'un châlit large comme une étagère et tachée d'immenses traces d'humidité. Une pelote de câbles pendait du plafond, se terminant par une caméra et un micro. Les Yeux et les Oreilles de Parrain, ainsi que les gamins les avaient surnommés. Rien concernant une éventuelle Bouche, pourtant Parrain parlait.

– Tu es réveillé, mon garçon ?

– Oui, Parrain ! ânonna Caul en s'efforçant à une diction bien nette.

La veille, il avait travaillé dur, au Volarium, à essayer d'attraper une bande de jeunots qui écumaient le labyrinthe tout en couloirs et escaliers que Parrain avait spécialement conçu pour les entraîner à l'art subtil du vol à la tire. Il était allé se coucher épuisé et il avait beau avoir dormi des heures, il avait l'impression que les lumières s'étaient éteintes quelques minutes plus tôt seulement. Il secoua la tête afin de s'éclaircir les idées.

– Je suis en pleine forme, Parrain.

– Bien.

La caméra, long serpent en métal luisant, descendit vers Caul et l'hypnotisa de son œil unique qui ne clignait pas. Dans les appartements de Parrain, là-haut au cœur de la mairie, le visage du chenapan était apparu sur un écran de surveillance. Suivant une impulsion, Caul s'empara de sa couverture pour cacher son corps nu.

– Qu'attendez-vous de moi, Parrain ? s'enquit-il.

– Je t'ai réservé une ville, figure-toi. Anchorage. Une charmante petite cité polaire sur le déclin. Elle se dirige vers le nord. Prends *La Sangsue Agile* et va me la dévaliser.

Caul chercha une réponse raisonnable et crédible, malgré sa nudité ridicule. En vain.

– Alors, mon garçon ! aboya Parrain. Tu le veux, ce boulot ? Tu es prêt à commander une bernique ?

– Oh oui, bien sûr ! s'écria aussitôt Caul. C'est juste que... je croyais que *La Sangsue Agile* était à Wrasse. Ne serait-ce pas à lui ou à l'un des aînés d'y aller ?

– Ne discute pas mes ordres. Parrain a toujours raison. Il se trouve que j'expédie Wrasse ailleurs, dans le sud, pour une autre mission. Je manque d'hommes. Je n'aurais jamais nommé un minot comme toi à la tête d'un raid, mais je te sens prêt, et Anchorage est une prise trop mignonne pour la laisser passer.

– Oui, Parrain.

Caul avait eu vent de rumeurs concernant ce mystérieux travail dans le sud, région où étaient transférés un nombre grandissant de garçons plus âgés et de berniques mieux équipées. À en croire les ragots, Parrain avait mis au point le cambriolage le plus audacieux de sa longue carrière, même si personne ne savait de quoi il retournait. Caul s'en moquait, surtout si l'absence de Wrasse signifiait pour lui le commandement de son propre engin !

À quatorze ans, il avait participé à une dizaine de razzias, mais il était censé attendre encore deux saisons avant de se voir offrir une responsabilité de ce genre. Les capitaines de vaisseau étaient en général plus vieux, personnages à la réputation bien établie, possédant leur propre demeure sur les ponts supérieurs, loin des clapiers minuscules où Caul avait toujours vécu et des entrepôts humides surplombant le Volarium, loin de ces quartiers où l'eau de mer suintait autour des rivets rouillés, où le métal sous pression berçait la nuit de sa sinistre mélodie, où des pièces étaient connues pour avoir implosé, tuant les garçons qui s'y trouvaient. Si Caul réussissait son expédition, s'il parvenait à ramener à la maison ce que Parrain appréciait, il pourrait dire adieu pour toujours à ces lieux sordides.

– Tu emmèneras Skewer avec toi, décréta Parrain. Et un petit nouveau, Gargle.

– Gargle ! s'exclama le vaurien, incrédule.

Ce dernier était le cancre de l'année. Nerveux, gauche, il était en outre doté d'une personnalité qui le destinait à devenir le souffre-douleur des aînés. Il n'était jamais arrivé à dépasser le niveau deux du Volarium sans se faire attraper. En général par Caul, qui le sortait rapidement de là avant qu'il ne tombe entre les pattes d'un autre formateur, tel Skewer, qui prenait un malin plaisir à corriger les élèves ayant échoué. Caul ne comptait plus le nombre de fois où il avait reconduit le moutard gémissant et blême au dortoir des bleus. Or voilà que Parrain lui ordonnait de confronter le malheureux à un boulot en direct !

– Gargle n'est pas doué, mais il est malin, intervint Parrain, qui devinait tout ce que vous pensiez même si vous ne pipiez mot. Il est doué avec les machines, il se débrouille bien avec les caméras. Je l'ai testé aux archives, et j'envisage de l'y muter définitivement. Avant, je veux que tu lui montres ce qu'est l'existence des Garçons Perdus. Je te le demande à toi, parce que tu es plus patient que Wrasse, Turtle et les autres.

– Oui, Parrain. Vous avez raison, Parrain.

– Un peu, que j'ai raison ! Tu grimperas à bord de *La Sangsue Agile* quand les équipes du matin prendront leur poste. Rapporte-moi de belles choses, Caul. Et des histoires. Des tas d'histoires.

– Oui, Parrain !

– Et, Caul ?

– Oui, Parrain ?

– Ne te fais pas prendre.

Un mois plus tard, à des centaines de kilomètres de Grimsby, Caul était donc là, hors d'haleine, tapi dans la pénombre à attendre que le martèlement des pieds de Hester s'éteignît. Quel démon le prenait de s'exposer à pareils risques depuis son arrivée ici ? Un bon voleur ne se laissait jamais entrevoir, or Caul était presque certain que la jeune aviatresse l'avait repéré. Quant à Scabious... Il frissonna en pensant à ce qui l'attendrait si jamais Parrain apprenait ça.

Une fois sûr d'être seul, il s'extirpa de sa cachette pour se glisser vivement et sans bruit dans un passage secret qui menait à *La Sangsue Agile*, laquelle était suspendue, bien dissimulée, dans les ombres huileuses des entrailles d'Anchorage, pas très loin de la roue à aubes. C'était un vieux bâtiment rouillé, mais Caul en était fier, comme il était fier que sa soute fût déjà pleine d'objets que lui et son équipe avaient dérobés dans les ateliers et villas abandonnés de la ville haute. Il déposa le butin de ses dernières rapines avec le reste et se fraya un chemin entre colis et balluchons vers l'avant de la bernique. Il y retrouva ses complices, au milieu du bourdonnement des engins et du halo bleuté et permanent des écrans. Les deux autres garçons n'en avaient pas loupé une, évidemment. Tandis que Caul suivait Hester dans le quartier des mécaniciens, eux l'avaient espionné au moyen de leurs caméras secrètes. Ils rigolaient encore, amusés par la conversation qui s'était déroulée entre la jeune femme et le responsable des machines.

– Bouh ! Un fantôme ! s'esclaffa Skewer.

– Caul, Caul ! pépia Gargle. Le vieux Scabious te prend pour un spectre. Pour son fils mort venu le saluer !

– J'ai entendu, répondit l'intéressé.

Poussant Skewer, il s'installa sur l'un des sièges en cuir craquelé, soudain agacé par l'étouffant encombrement qui régnait à bord de *La Sangsue Agile*, en comparaison de la propreté glacée de la cité, là-haut. Il jeta un coup d'œil à ses compagnons qui continuaient à le dévisager avec de grands sourires idiots, espérant qu'il se joindrait à leurs railleries sur le vieux Scabious. Eux aussi lui parurent minables, moins importants que les gens qu'il venait d'épier.

Skewer avait le même âge que Caul, mais il était plus grand, plus costaud, plus sûr de lui. Parfois, Caul trouvait bizarre que Parrain l'ait chargé lui, et non Skewer, de cette mission ; d'autres fois, une âpreté dans les blagues de Skewer l'amenait à penser que ce dernier partageait son étonnement. Gargle, dix ans, constamment ébahi à l'idée de participer à son premier raid, était inconscient de la tension qui séparait ses deux acolytes. Il s'était révélé aussi malhabile et inutile que l'avait craint Caul – inapte au vol, pétrifié de terreur quand un Sec s'approchait de lui, il revenait de la plupart de ses incursions en ville les mains tremblantes et le pantalon mouillé. Skewer, toujours prompt à profiter des faiblesses des autres, l'aurait embêté si Caul ne l'en avait pas empêché. Lui-même se souvenait de son premier boulot, coincé à bord d'une bernique ancrée sous Zeestadt Gdansk en compagnie de deux garçons plus âgés et déplaisants. Tous les cambrioleurs devaient commencer un jour ou un autre.

– Tu perds la main, Caul ! lui lança Skewer, hilare. Les gens te voient. Tu as de la chance que le vioque soit cinglé. Un spectre ! Attends un peu qu'on rentre et que je raconte ça aux autres ! Caul le fantôme ! Bouh !

– Ce n'est pas drôle, Skew, rétorqua Caul.

Les paroles de M. Scabious l'avaient rendu nerveux, bizarre. Il ne comprenait d'ailleurs pas bien pourquoi. Il se regarda dans le hublot de la cabine. Il ne se trouvait pas très ressemblant aux portraits d'Axel qu'il avait contemplés à l'occasion d'une petite reconnaissance effectuée dans le bureau de l'homme. Le fils Scabious était plus âgé que lui, grand et beau, doté d'yeux bleus. Maigre comme un clou, Caul avait la complexion d'un maraudeur, et ses yeux étaient noirs. Tous deux cependant avaient la même tignasse blonde presque blanche. Un vieillard au cœur brisé apercevant une tête blonde dans l'obscurité ou la brume pouvait s'y tromper, n'est-ce pas ?

Tout à coup, Caul se rendit compte que Skewer lui parlait, et ce depuis un moment.

– ... et tu sais ce que dit Parrain : « Première règle du cambriolage : ne pas se faire prendre. »

– Je ne risque rien, Skew, je suis prudent.

– N'empêche qu'ils t'ont repéré.

– La malchance. Ça arrive à tout le monde. Le gros Spadger, du *Dédé le Détrousseur*, a dû poignarder un Sec qui l'avait aperçu dans les sous-ponts d'Arkangel, l'an dernier.

– Ce n'est pas pareil. Toi, tu passes trop de temps à observer les Secs. Sur l'écran, pas de souci. Mais tu traînasses aussi là-haut à les regarder pour de vrai.

– C'est vrai, renchérit Gargle, désireux de plaire. Je t'ai vu.

– La ferme, le rabroua automatiquement l'autre en lui donnant un coup de pied.

– Ils sont intéressants, se défendit Caul.

– Ce sont des Secs ! s'impatienta son accusateur. Tu te rappelles les paroles de Parrain ? Ce n'est que du bétail. Leur cerveau n'est pas aussi performant que le nôtre. C'est d'ailleurs pour ça qu'on a le droit de leur faucher leurs affaires.

– Je sais !

Comme Skewer, Caul avait eu droit à son bourrage de crâne en bonne et due forme à l'époque où il était encore novice, au Volarium. « Nous sommes les Garçons Perdus. Les meilleurs cambrioleurs du monde. Tout ce qui n'est pas vissé au mur nous appartient. » Skewer avait raison, cependant : parfois, Caul avait le sentiment de n'être pas du tout destiné à la carrière de

Garçon Perdu. Il aimait mieux observer ses victimes que les détrousser.

S'arrachant de son fauteuil, il prit vivement son dernier rapport, placé sur une étagère surplombant les écrans de contrôle – treize pages du plus beau papier officiel de Freya Rasmussen couvertes de sa grosse écriture malpropre. Les agitant sous le nez de son rival, il se dirigea vers l'arrière du vaisseau.

– J'expédie ça à la base, annonça-t-il. Parrain se fâche s'il n'est pas tenu au courant une fois par semaine.

– Ce n'est rien comparé à la crise qu'il piquera si tu te fais choper, marmonna Skewer.

Le compartiment à poissons de *La Sangsue Agile* était situé sous la cabine où les garçons couchaient et était envahi par la même puanteur, mélange de vieille transpiration et de chaussettes sales. Il contenait un râtelier pouvant accueillir dix poissons-messages ; trois emplacements étaient déjà vides. Caul eut une bouffée de regret en préparant Numéro 4 pour son lancement. Plus que six semaines, et le dernier rapport serait parti. Il serait alors temps que le vaisseau se désarrime d'Anchorage et rentre à la maison. Freya et son peuple allaient lui manquer. Ce qui était bête, non ? Car ce n'étaient que des imbéciles de Secs, juste des images sur des écrans idiots.

Le poisson-message ressemblait un peu à une

torpille argentée. Debout, il aurait dépassé Caul en taille. Comme toujours, le garçon éprouva une vague peur mêlée de respect en vérifiant le réservoir d'essence de l'engin et en plaçant son rapport dans le compartiment étanche situé près de son museau. Partout dans le Nord, d'autres capitaines de bernique comme lui envoyaient leur poisson à Parrain, de manière à ce que ce dernier sache tout ce qui se passait partout et puisse mettre au point de nouvelles et téméraires rapines. Caul s'en sentait encore plus coupable d'apprécier les Secs. Il avait tant de chance d'être un Garçon Perdu. Tant de chance de travailler pour Parrain. Parrain qui avait toujours raison.

Quelques minutes plus tard, le poisson-message glissa hors du ventre du vaisseau, franchit sans être repéré les ombres complexes qui constituaient le ventre de la locomopole et tomba sur la banquise. Tandis que la cité s'éloignait, l'engin creusa sa voie à travers la neige, puis la glace, patient, acharné, jusqu'à atteindre les noires eaux polaires. Son cerveau informatique datant de la Pré-Tech cliquetait et marmonnait. Le poisson n'était pas intelligent, mais il connaissait le chemin du bercail. Étirant des nageoires trapues et une petite hélice, il fila en ronronnant en direction du sud.

13
Le Phare

Hester ne parla pas à Tom de son étrange rencontre. Elle ne voulait pas qu'il la prît pour une sotte qui croyait aux fantômes. La silhouette qu'elle avait surprise en train de l'épier n'était que le fruit de son imagination ; quant à M. Scabious, il était fou. Tous les habitants de la ville l'étaient, d'ailleurs, fous, s'ils croyaient vraiment Freya, Pennyroyal et leurs promesses d'un nouveau terrain de chasse verdoyant au-delà de la banquise. Et Tom ne valait pas mieux qu'eux. Inutile de se disputer avec lui ou même d'essayer de lui ouvrir les yeux. Mieux valait réfléchir à la façon de l'emmener rapidement loin d'ici.

Les jours se transformèrent en semaines, Anchorage poursuivit sa route vers le nord, traversant de vastes étendues de mer gelée en contournant les contreforts montagneux du Groenland. Hester passait la plupart de son temps sur le port à regarder M. Aakiuq bricoler le *Jenny Haniver*. N'étant pas mécanicienne, elle ne pouvait guère l'aider, mais elle lui donnait ses outils, allait lui chercher des pièces dans l'atelier, lui versait des tasses d'un chocolat brûlant aux reflets violets conservé dans un thermos. Elle avait le sentiment que sa présence permettait d'accélérer le jour où l'aérostat serait prêt à décoller de cette cité hantée.

Parfois, rarement, Tom la rejoignait dans le hangar.

– Pas la peine de traîner dans les pattes de M. Aakiuq, disait-il. Nous le gênons plus qu'autre chose.

Aucun d'eux n'était toutefois dupe de la véritable raison de sa désaffection – il appréciait trop sa vie à Anchorage. Il se rendait compte à présent à quel point lui avait manqué l'existence à bord d'une locomopole. À cause des moteurs, pensait-il, de cette faible vibration qui dotait les bâtiments d'un semblant d'existence propre, de cette impression d'aller quelque part, de cette certitude qu'on se réveillait chaque matin dans des paysages neufs, même s'ils consistaient toujours en une même obscurité glacée.

Peut-être était-ce aussi dû à Freya, bien que le garçon rechignât à l'admettre. Il la retrouvait souvent à la Wunderkammer ou dans la bibliothèque du palais et, bien que leurs rencontres fussent plutôt formelles, Smew ou Mlle Pye n'étant jamais bien loin, Tom avait l'impression de connaître de mieux en mieux la margravine. Cette dernière l'intriguait. Jolie et sophistiquée, elle ressemblait si peu à Hester et tant aux filles auxquelles il avait rêvé quand il avait été un apprenti solitaire, là-bas à Londres. Certes, elle n'était pas dénuée d'un certain snobisme, et les rituels de l'étiquette relevaient chez elle de l'obsession. Mais cela était compréhensible quand on pensait à la façon dont elle avait été élevée et aux épreuves qu'elle avait traversées. Il l'appréciait de plus en plus.

Le Professeur Pennyroyal s'était complètement rétabli et avait déménagé dans la résidence officielle du Chef Navigateur, une grande tour en forme de pale d'hélice appelée le Phare, dans les environs du Palais d'Hiver et du temple. Le dernier étage abritait la passerelle de commandement de la ville. Dessous se trouvait un luxueux appartement, où l'aventurier s'était installé avec une satisfaction non dissimulée. S'étant toujours considéré comme quelqu'un d'important, il goûtait d'être à bord d'une locomopole où cette opinion était largement partagée.

Naturellement, il n'avait pas la moindre idée de la façon dont on conduit une cité, et c'était Windolene Pye qui se chargeait au quotidien d'orienter et de guider Anchorage. Ensemble, ils consacraient une heure le matin à déchiffrer les cartes, peu précises et rares, de la banquise occidentale. Le reste du temps, l'historien le passait à se détendre dans son sauna, à s'allonger, les jambes surélevées, dans son salon ou à piller les boutiques abandonnées de la Perspective Rasmussen et de l'Ultime Galerie, se choisissant d'onéreux costumes dignes de son nouveau statut.

– À coup sûr, mon cher Tom, nous sommes retombés sur nos pieds quand nous avons atterri à Anchorage, lança-t-il un après-midi sombre où le garçon était venu lui rendre visite.

D'une main chargée de bijoux, il désigna son immense salon aux riches tapis et aux peintures encadrées, aux brasiers luisant dans des trépieds de bronze, aux grandes fenêtres donnant sur les toits et les paysages polaires. Dehors, un vent furieux se levait, balayant de neige la ville, mais les quartiers du Chef Navigateur n'étaient que paisible tiédeur.

– À propos, les réparations de votre aérostat avancent ? s'enquit-il.

– Lentement.

En vérité, Tom ne s'était pas rendu sur place depuis plusieurs jours et ignorait tout de l'état du *Jenny Haniver*. Il n'aimait pas trop y penser, d'ailleurs, car Hester ne manquerait pas de vouloir l'éloigner de ce délicieux endroit et de Freya sitôt l'engin en état de repartir. Il trouva toutefois que M. Pennyroyal était bien bon d'avoir posé la question.

– Et qu'en est-il de notre voyage en Amérique ? demanda-t-il. Tout se passe comme prévu, Professeur ?

– Absolument ! s'écria l'autre en se posant sur un canapé et en rajustant sa toge en soie de silicone.

L'homme se versa un nouveau gobelet de vin et en offrit un à son hôte.

– La cave du Chef Navigateur recèle quelques crus excellents, se justifia-t-il. Il serait dommage de ne pas en profiter avant de... de...

– Vous devriez garder le meilleur pour célébrer votre arrivée en Amérique, conseilla Tom en s'asseyant sur une petite chaise, au pied du grand homme. Avez-vous déjà arrêté notre itinéraire ?

– Oui et non, répondit Pennyroyal avec insouciance. (Il fit un geste de la main, renversant au passage du vin sur les fourrures de son divan.) Une fois à l'ouest du Groenland, nous n'aurons plus qu'à glisser tout droit. Windolene et Scabious avaient établi un trajet très compliqué qui sinuait entre des tas d'îles qui n'existent peut-être plus à l'heure qu'il est, avant de longer la côte occidentale de l'Amérique. Par bonheur, je leur ai indiqué un chemin beaucoup plus simple. (Il désigna une carte punaisée au mur.) Nous allons traverser en un rien de temps la Terre de Baffin pour rejoindre la baie d'Hudson. La mer est gelée, la couche de glace épaisse et solide, et elle s'étend jusqu'au cœur du continent nord-américain. C'est par là que je suis revenu de mon expédition. Une fois sur la terre ferme, nous relèverons la roue à aubes, nous nous mettrons sur chenilles et foncerons en plein dans le pays vert. Un jeu d'enfant !

– Comme j'aimerais pouvoir vous accompagner ! soupira le jeune homme.

– Il n'en est pas question, mon garçon ! répliqua aussitôt Pennyroyal. Votre place est sur les Routes Migratoires. Dès que votre engin sera réparé, vous et votre... charmante compagne devrez retourner dans les cieux. Mais dites-moi, j'ai appris que Sa Lourdeur la margravine vous aurait prêté quelques-uns de mes ouvrages ?

La mention de Freya empourpra les joues de Tom.

– Votre avis ? poursuivit l'archéologue en se resservant à boire. Pas mal, non ?

Tom hésita. Les livres de Pennyroyal étaient sans nul doute très intéressants. Malheureusement, certains épisodes narrés par l'historien alternatif étaient... un peu trop alternatifs pour l'esprit londonien du jeune homme. Dans *Merveilleuse Amérique*, l'aventurier rapportait avoir découvert les armatures métalliques d'anciens gratte-ciel émergeant de la poussière du Continent Mort, mais aucun autre explorateur n'avait décrit pareilles splendeurs, que le temps et la rouille ne pouvaient qu'avoir réduites à néant, en tant de siècles. Pennyroyal avait-il été victime d'hallucinations ? Ailleurs, dans *Poubelles ? Plus belles !*, il affirmait que les minuscules trains et autos qu'on retrouvait parfois sur certains sites n'étaient en rien des jouets. « Il est indubitable, proclamait-il, que ces machines étaient pilotées par des êtres humains miniatures, créés génétiquement par les Anciens pour des raisons qui nous échappent. »

Tom ne doutait pas que Pennyroyal fût un grand explorateur. Mais, quand il s'installait à sa machine à écrire, il semblait bien qu'il se laissait emporter par son imagination fertile.

– Eh bien, Tom ? Ne soyez pas timide. Un bon auteur ne contredit jamais la christique constrictive. Pardon, la chrysolite compulsive...

– Professeur ! l'interrompit soudain la voix de Windolene Pye dans le tube acoustique en laiton suspendu au mur. Venez vite ! Les vigies ont repéré quelque chose sur la glace, devant nous !

Tom, imaginant déjà un prédateur aux aguets, sentit son corps se couvrir d'une sueur froide, tandis que Pennyroyal se bornait à hausser les épaules.

– Et qu'est-ce que cette espèce de vieille bique espère que je fasse ? bougonna-t-il.

– Hum... vous êtes Chef Navigateur, à présent, lui rappela Tom, vous êtes sûrement censé vous trouver sur la passerelle de commandement en pareil cas.

– Chef Navigateur *Hornementaire*, le corrigea l'autre, visiblement gris.

Plein de patience, le garçon aida l'explorateur ivre à se lever et le conduisit à l'ascenseur privé qui les mena au sommet du Phare, une pièce entièrement vitrée. Nerveuse, Mlle Pye se tenait près du télégraphe la reliant au quartier des mécaniciens, cependant que ses collaborateurs, peu nombreux, étalaient des cartes sur la table de navigation. Un timonier trapu attendait des instructions devant le gouvernail.

Pennyroyal s'affala sur la première chaise venue, et Tom se précipita vers les fenêtres. De gros flocons de neige tombaient, cachant tout, sauf les immeubles les plus proches.

– Je n'y vois rien…

Il s'interrompit. Un essuie-glace venait de nettoyer le carreau, et une brève trouée dans la tempête avait dévoilé des lumières, un peu plus au nord. Dans la plaine vide s'étalant devant Anchorage se dressait une banlieue d'attaque.

14
La banlieue

Installée à son bureau, Freya essayait de dresser une liste d'invités pour le dîner. La tâche n'était pas aisée, car, selon la tradition, seuls les citoyens de haut rang avaient le droit de partager sa table, ce qui ne laissait désormais que M. Scabious, tout sauf un joyeux drille. L'arrivée du Professeur Pennyroyal avait certes amélioré les choses – le Chef Navigateur de la ville était parfaitement en droit de manger avec la margravine –, si ce n'est que même les histoires fascinantes de l'aventurier commençaient à s'épuiser, et que l'homme avait une fâcheuse tendance à trop boire.

En réalité, la jeune fille, bien qu'elle tentât de se le cacher, ne désirait qu'une chose : inviter Tom. Seul. Pour qu'il pût la couver des yeux à la lueur des chandelles et lui dire combien elle était belle. Il en avait envie, elle n'avait aucun doute à ce sujet. Malheureusement, il n'était qu'aviateur. De plus, quand bien même elle romprait avec la tradition et le prierait à dîner, il viendrait accompagné de sa méchante petite amie. Pas du tout l'idée que Freya se faisait d'une soirée agréable.

En soupirant, la souveraine s'appuya contre le dossier de son fauteuil. Les portraits des anciennes margravines la contemplaient tendrement depuis les murs du bureau, et elle se demanda comment elles auraient réagi à sa place. Sauf que pareille situation était inédite. Les vieux rites de la cité avaient toujours fonctionné, à leur époque, leur offrant un guide simple et infaillible de ce qu'elles avaient ou non l'autorisation de faire. Leurs existences avaient été réglées comme des horloges. « C'est bien ma veine, songea Freya. Je me retrouve à diriger Anchorage juste au moment où le ressort casse. Je dois respecter tout un tas de règles pesantes qui ne sont plus vraiment adaptées. Quelle poisse ! »

Elle était consciente toutefois que, si elle se débarrassait du fardeau des traditions, elle serait confrontée à toutes sortes d'autres problèmes. Ceux qui ne s'étaient pas exilés après l'épidémie n'y avaient été encouragés que parce qu'ils révéraient la margravine. Si Freya cessait de se comporter comme telle, seraient-ils encore d'accord pour la suivre dans ses projets ?

Elle retourna à sa liste. Elle venait juste de dessiner un petit chien sur la page quand Smew déboula dans la pièce, puis repartit aussi sec afin de frapper les trois coups d'usage.

– Entrez, chambellan !

Le chapeau à l'envers, hors d'haleine, le nain se précipita vers elle.

– Navré, Votre Splendeur. Mauvaises nouvelles du Phare. Prédateur droit devant.

Lorsque Freya parvint à la passerelle de commandement, le mauvais temps avait empiré, et on n'y voyait rien dehors, si ce n'était la tourmente.

– Alors, qu'en est-il ? s'enquit-elle, en sortant de l'ascenseur avant que Smew n'ait pu l'annoncer.

Windolene Pye exécuta une courbette craintive.

– Oh, Lumière des Terres Polaires ! s'écria-t-elle. Je suis presque certaine qu'il s'agit de Louvehampton ! J'ai distingué ses trois ensembles de tours métalliques derrière ses mâchoires, juste avant que le blizzard ne se lève. Elle devait être à l'affût des bourgades baleinières du Groenland...

– Qu'est-ce que cette Louvehampton ? demanda Freya en regrettant de ne pas avoir été plus attentive aux cours que lui avaient dispensés ses onéreux précepteurs.

– Votre Splendeur ?

Ce n'est qu'à ce moment qu'elle remarqua la présence de Tom. Elle en fut un peu rassérénée. Il lui tendait un livre corné.

– J'ai cherché dans l'*Annuaire des locomopoles*, dit-il.

S'emparant du volume, elle lui adressa un sourire, qui disparut cependant quand elle vit le diagramme de la ville et la légende qui l'accompagnait : « LOUVEHAMPTON : banlieue anglophone ayant migré vers le nord en 795 de l'Ère du Mouvement afin de devenir l'un des petits prédateurs les plus redoutables des Hautes Glaces. Ville à éviter, à cause de ses mâchoires énormes et sa coutume de recourir à des esclaves fort maltraités pour entretenir ses machines. »

Soudain, la passerelle trembla. Freya referma sèchement l'ouvrage, voyant déjà la gueule béante de Louvehampton se refermer sur Anchorage. Ce n'était toutefois que les sphères Scabious qui s'arrêtaient. La cité ralentit et, dans le silence des moteurs éteints, on entendit l'averse glacée frapper les carreaux.

– Que se passe-t-il ? s'inquiéta Tom. Il y a un problème ?

– Nous jetons l'ancre, lui expliqua Windolene Pye. À cause de la tempête.

– Mais il y a un prédateur juste devant nous !

– Je sais, et le moment est mal choisi. Cependant, Anchorage a toujours interrompu sa course en cas de gros temps. Le vent, par ici, peut souffler jusqu'à huit cents kilomètres à l'heure et renverser de petites villes. La malheureuse Skraelingshaven a été retournée comme une crêpe durant l'hiver 69.

– Et si nous nous mettions sur chenilles ? suggéra Freya.

– Elles nous permettraient en effet une meilleure traction, Votre Splendeur, répondit Mlle Pye, mais cela ne suffirait sans doute pas dans un tel blizzard.

Le vent mugit, comme pour marquer son accord, et les vitres plièrent vers l'intérieur en craquant.

– Est-ce que cette Louvehampton va stopper également ? demanda Pennyroyal, toujours assis.

Tout le monde regarda Windolene Pye, qui secoua la tête.

– Non, désolée. Plus basse et plus lourde que nous, elle ne devrait pas être gênée par ce mauvais temps.

– Yaark ! geignit l'explorateur. Alors, nous allons y passer, aucun doute. Ils ont sûrement repéré notre balise avant que la tempête ne commence. Maintenant, ils n'ont plus qu'à avancer, et *gloups !*

Si ivre fût-il, il était le seul à tenir un discours sensé, estima Tom.

– Nous n'allons tout de même pas attendre qu'ils viennent nous dévorer, renchérit-il.

Mlle Pye jeta un coup d'œil aux aiguilles de ses anémomètres.

– Anchorage ne s'est jamais déplacée dans des bourrasques aussi violentes...

– Alors, il serait temps qu'elle commence ! brailla Tom. Parlez à Scabious, ajouta-t-il en se tournant vers Freya. Dites-lui d'éteindre les lumières, de changer de cap et de se sauver aussi vite que possible. Mieux vaut culbuter cul par-dessus tête qu'être dévoré, non ?

– Comment osez-vous parler à Sa Splendeur sur ce ton ? protesta Smew.

La margravine fut toutefois émue et ravie que Tom s'inquiétât autant du sort de sa ville. Nonobstant, il y avait la tradition à respecter.

– Je ne suis pas certaine d'en avoir le pouvoir, Tom, répondit-elle. Ce serait une première.

– Comme c'en est une de se rendre en Amérique, objecta-t-il.

Tout à coup, Pennyroyal bondit sur ses pieds. Ne laissant à personne le temps de réagir, il se jeta sur Freya, la saisit par ses épaules dodues et se mit à la secouer avec tant de force que ses bijoux s'entrechoquèrent.

– Obéissez, espèce de petite nigaude ! Écoutez-le et agissez avant que nous ne finissions tous comme esclaves dans les entrailles de Louvehampton !

– Professeur Pennyroyal ! s'offusqua Mlle Pye.

– Ôtez vos sales pattes de Sa Splendeur ! beugla

Smew en tirant son sabre qu'il pointa sur les genoux de l'historien.

La jeune fille se dégagea, à la fois effrayée, indignée et furieuse. Elle essuya les postillons que l'explorateur lui avait crachés à la figure. Personne ne l'avait jamais agressée ainsi. « Voilà ce qui arrive quand je romps avec la coutume en nommant un homme du commun à un poste à responsabilités », pensa-t-elle. Puis, se rappelant que Louvehampton fonçait sur eux, ses mâchoires massives déjà ouvertes sans doute, ses chaudières poussées à plein régime, elle s'adressa à ses navigateurs.

– Faisons comme propose Tom, décréta-t-elle. Bougez-vous ! Alertez M. Scabious. Changez de cap ! Mettez les gaz !

On hissa les ancres de la ville, et les étranges turbines implantées dans les sphères Scabious recommencèrent à tourner. Les larges bandes des chenilles montées sur bras hydrauliques se mirent en marche dans des gerbes de vapeur et d'antigel, mordant dans la banquise. Oscillant sous les assauts de la bise, Anchorage bifurqua. Si les Dieux Givrés se montraient cléments, Louvehampton ne détecterait pas la manœuvre. Mais seuls eux savaient quel cap suivait le prédateur et les raisons de sa présence dans ces parages hostiles. La tempête arctique se déchaînait, à présent, les bourrasques arrachant avec sauvagerie leurs volets et des pans de toit aux immeubles abandonnés du pont supérieur et les envoyant tourbillonner dans le ciel. Anchorage, toutes lumières éteintes, fonça à l'aveuglette dans l'obscurité.

Caul remplissait sa besace de pièces de machines dérobées à un atelier déserté quand la ville modifia son parcours. Le brusque mouvement faillit lui faire perdre l'équilibre. Serrant son sac contre lui de façon à ce que le butin qu'il contenait ne tintinnabule pas, il déguerpit par les rues désormais familières en direction du quartier des mécaniciens où étaient situées les sphères Scabious. Tapi entre deux tankers vides, il perçut les cris des ouvriers qui se précipitaient à leurs postes et comprit peu à peu ce qui se passait. Il se retira alors dans la pénombre en s'interrogeant sur la marche à suivre.

Non qu'il ne sût ce qu'on attendait de lui. Les règles édictées par Parrain étaient très claires : quand une cité pillée était sur le point d'être dévorée, toute bernique qui y était ancrée devait se désarrimer et s'enfuir sur-le-champ. C'était l'un des principes de l'axiome « Ne pas se faire prendre ». En effet, si jamais on découvrait un des petits vaisseaux pirates, si les villes du Nord apprenaient qu'elles avaient été détroussées durant des années par les équipes de

Parrain, elles prendraient des mesures de sécurité, des vigiles par exemple. La vie des Garçons Perdus deviendrait alors impossible.

Pour autant, Caul ne retourna pas tout de suite à *La Sangsue Agile*. Il n'avait pas envie de quitter Anchorage. Pas encore ; du moins, pas comme ça. Il essaya de se convaincre que c'était parce que la cité était son territoire : il restait encore des tas de choses à voler, et aucun imbécile de prédateur ne les lui chiperait sous le nez. Il était exclu qu'il rentre de sa première mission de manière prématurée, vaincu, les mains à demi pleines seulement ! Sauf que là n'étaient pas ses vraies raisons, et il le savait au plus profond de lui, même si, à la surface, il bouillonnait de rage devant l'impertinence de Louvehampton.

Caul avait un secret ; si profond, si sombre qu'il ne pourrait jamais le confier à Skewer ou à Gargle. L'atroce vérité, c'est qu'il *aimait* les gens qu'il détroussait. C'était mal, il en était conscient. Il ne pouvait s'en empêcher cependant. Il appréciait Windolene Pye, comprenait sa peur de ne pas réussir à conduire la locomopole en Amérique. Il s'inquiétait pour M. Scabious, était touché par le courage de Smew, des Aakiuq, des hommes et des femmes qui travaillaient dans le quartier des mécaniciens, les fermes où l'on élevait le bétail et celles où l'on cultivait les algues. Il était attiré par Tom, à cause de sa gentillesse et de la vie qu'il avait menée dans le ciel. Il avait l'impression que, si Parrain ne l'avait pas recruté comme Garçon Perdu, il aurait pu ressembler à Tom. Quant à Freya, aucun mot ne parvenait à décrire le maelström de sentiments qu'elle avait éveillé en lui.

Le gémissement des sphères Scabious montait dans les aigus, la cité tanguait et tremblait de partout, de lourds objets s'écrasaient sur le pont avant de rouler dans les rues et, pourtant, le garnement ne se résolvait pas à partir. Il n'abandonnerait pas ces gens qu'il avait appris à si bien connaître. Il prendrait le risque d'attendre de voir comment tournait la chasse. Skewer et Gargle ne s'en iraient pas sans lui. D'ailleurs, ils le surveillaient peut-être, en ce moment, mais ils étaient incapables de deviner ses pensées. Il leur raconterait qu'il n'avait pas osé rejoindre *La Sangsue Agile* au milieu de ce chaos. Tout se terminerait bien. Anchorage survivrait. Il avait confiance : Mlle Pye, Scabious et Freya y veilleraient.

Tom avait souvent assisté à des chasses à la ville du haut des plates-formes d'observation du deuxième pont de Londres, encourageant sa cité qui poursuivait de lourdes bourgades industrielles ou commerçantes. Il n'avait en revanche jamais envisagé les choses du point de vue de la proie, et il n'aimait pas cela du tout. Il aurait voulu se rendre utile, comme Windolene

Pye et son équipe qui étudiaient de nouvelles cartes dont ils maintenaient les coins à l'aide de tasses. Ils n'avaient cessé de boire du café depuis le début de la traque tout en jetant de fréquents coups d'œil suppliants aux statuettes des Dieux Givrés installées sur l'autel du Phare.

– Pourquoi sont-ils aussi nerveux? s'enquit-il auprès de Freya qui se tenait à son côté, tout aussi inutile que lui. Le vent n'est pas mauvais à ce point, non ? Il ne risque pas de nous renverser ?

Pinçant les lèvres, la jeune fille hocha le menton. Elle connaissait sa ville mieux que Tom et sentait les frémissements inquiétants des plaques de métal composant Anchorage, tandis que les bourrasques s'engouffraient dessous pour tenter de la retourner. Ce n'était pas le seul péril à redouter, cependant.

– Les Hautes Glaces sont sûres, en général, répondit-elle. La banquise est le plus souvent épaisse, elle atteint parfois le fond de l'océan. Malheureusement, certains endroits sont plus fins. Sans compter les *polynas*, ces poches d'eau qui bizarrement ne gèlent jamais, et les Cercles de Glace, qui sont moins dangereux mais peuvent tout aussi bien nous faire basculer si l'un des patins se prend dedans. Les polynas ne devraient pas être très difficiles à éviter, car ils sont plus ou moins permanents et répertoriés sur les cartes de Mlle Pye. Mais les cercles apparaissent au hasard.

– Quel phénomène les provoque ? demanda Tom en se souvenant de photos vues dans la Wunderkammer.

– Qui sait ? Des courants marins, peut-être, ou les vibrations des villes qui passent. Ils sont très étranges. Parfaitement ronds, les bords lisses. D'après les Snowmades, ils sont créés par les fantômes qui découpent la banquise pour pêcher.

La margravine rit, heureuse d'évoquer les mystères du pôle au lieu de penser au prédateur bien trop réel qui leur donnait la chasse.

– Des tas de légendes courent sur les Hautes Glaces, reprit-elle. Elles parlent de crabes fantômes, des espèces d'immenses araignées de mer, grands comme des icebergs, que des gens affirment avoir aperçus sous les aurores boréales. Quand j'étais petite, ils peuplaient mes cauchemars...

Elle se rapprocha de Tom, jusqu'à frôler la manche de sa tunique. Elle se jugea très audacieuse. Au début, elle avait été impressionnée d'aller à l'encontre des traditions ; à présent qu'Anchorage fonçait dans la tempête, défiant à la fois Louvehampton et les coutumes ancestrales, elle trouvait cela plus qu'effrayant. Exaltant était le mot. Elle était soulagée que Tom fût là. S'ils survivaient à l'aventure, elle romprait une autre règle et l'inviterait à dîner, tout seul.

– Tom..., commença-t-elle.

– Attention ! cria ce dernier. Qu'est-ce que c'était que ça, mademoiselle Pye ?

Au-delà des lignes floues des toits de la ville, une rangée de lumières venait d'illuminer l'obscurité, suivie par des roues cloutées gigantesques et des fenêtres violemment éclairées, le mastodonte coupant à angle droit la route d'Anchorage. C'était la poupe de Louvehampton. La proie repérée, les lourdes roues se mirent à tourner en sens inverse, mais les énormes mâchoires ralentirent la manœuvre, et le blizzard, repartant de plus belle, engloutit Anchorage sous une furieuse masse de neige épaisse qui la dissimula à son poursuivant.

– Quirke merci ! souffla Tom avant d'éclater d'un rire soulagé.

Freya serra les doigts du jeune homme qui se rendit compte que, choqués par la proximité du prédateur, ils s'étaient attrapés mutuellement, et que le corps tiède et dodu de la jeune femme était blotti contre le sien. Embarrassé, il se dégagea rapidement. Il n'avait pas accordé une pensée à Hester depuis leur fuite éperdue.

Mlle Pye décida d'un nouveau changement de cap, et la ville s'enfonça dans le labyrinthe de la tempête. Une heure s'écoula, puis une deuxième et, lentement, l'atmosphère se détendit dans le Phare. Louvehampton ne gaspillerait pas davantage de carburant à les pourchasser dans la nuit. Lorsque l'aube se lèverait, la tourmente aurait effacé leurs traces. Mlle Pye serra ses collègues contre elle, puis le barreur, puis Tom.

– Nous avons réussi ! s'exclama-t-elle. Nous leur avons échappé !

Freya était radieuse. Le Professeur Pennyroyal s'était endormi dans un coin de la pièce, maintenant que le danger était passé.

Tom donna l'accolade au timonier. Il riait, heureux d'être en vie, très, très heureux aussi de se trouver à bord de cette locomopole, parmi ces gens si bons et si amicaux. Dès que l'ouragan se calmerait, il parlerait à Hester. Il l'amènerait à comprendre qu'il n'était pas nécessaire de s'en aller sitôt le *Jenny Haniver* réparé. Posant la main sur la table des cartes, il laissa le battement constant des moteurs d'Anchorage résonner contre sa paume. Il eut le sentiment d'être chez lui.

Dans un hôtel miteux de Louvehampton, juste derrière le port, les cinq femmes de Widgery Blinkoe prenaient différentes teintes d'un vert peu seyant. Tenant leurs estomacs délicats, elles gémissaient cependant que la banlieue tanguait et dérapait, cherchant furieusement sa proie qui lui échappait.

– Je n'ai jamais connu de ville plus atroce !

– Cet hôtel est donc dépourvu d'absorbeurs de chocs ?

– Mais à quoi pensiez-vous, monsieur notre époux, en nous amenant ici ?

– Vous auriez dû vous douter que vous ne trouveriez aucune trace du *Jenny Haniver* dans ce trou !

– Comme je regrette de ne pas être partie avec ce délicieux Professeur Pennyroyal ! Il était fou de moi, vous savez ?

– Et moi, je regrette de ne pas avoir écouté ma mère.

– Et moi, d'avoir quitté Arkangel !

Widgery Blinkoe se boucha soigneusement les oreilles à l'aide de boules de cire, mais lui aussi était malade, avait la frousse et aspirait au confort douillet de sa maison. Maudits soient les Assaillants Verts qui l'avaient envoyé dans cette quête perdue d'avance. Cela faisait des semaines qu'il écumait le Cryodésert comme une espèce de clochard céleste Snowmade, se posant dans toutes les villes pour demander des nouvelles du *Jenny Haniver*. Ceux qu'il avait questionnés à Novaïa-Nijni lui avaient assuré que l'aérostat était parti vers le nord après avoir détruit les Renards du Ciel envoyés par les Assaillants Verts, mais il n'en avait pas détecté la moindre trace depuis, comme si ce fichu vaisseau s'était évaporé !

Il s'interrogea vaguement sur la ville que Louvehampton venait d'essayer d'engloutir. Anchorage. S'il décollait une fois la tempête finie, il réussirait sans doute à la repérer et à la rattraper. À quoi bon, cependant ? Il était certain que ces deux jeunes aviateurs n'avaient pu amener leur vaisseau aussi loin à l'ouest. Et puis, il commençait à se dire qu'il préférait affronter ces assassins d'Assaillants Verts plutôt qu'avouer à ses épouses qu'ils allaient devoir atterrir dans un énième bourg minable.

Il était vraiment temps de changer ses projets.

Retirant ses bouchons d'oreille, il entendit sa troisième femme se plaindre :

– … et maintenant qu'ils ont perdu leur proie, les voyous qui dirigent ce bled vont devenir hargneux. Nous serons assassinées, et ce sera la faute de Blinkoe !

– N'importe quoi, femmes ! rugit ce dernier en se levant afin de leur montrer qui portait le pantalon dans cette famille, et que ce n'était pas une folle course-poursuite dans le blizzard qui allait le déboussoler. Personne ne sera assassiné ! Dès que la météo s'améliorera, nous récupérerons le *Mauvaise Passe* et partirons pour Arkangel. Je vendrai quelques renseignements sur les cités où nous sommes passés de façon à ce que ce voyage ne nous coûte rien. Quant aux Assaillants Verts… des tas de pilotes font escale à Arkangel. Je leur poserai la question. L'un d'eux saura peut-être quelque chose sur le *Jenny Haniver*.

15
Hester délaissée

L'ouragan ne faiblissait pas, les hurlements perçants se faisaient de plus en plus aigus. Dans la ville haute, plusieurs édifices abandonnés avaient été mis à bas, et nombreux étaient les toits et les fenêtres qui avaient été arrachés. Deux des employés de M. Scabious, qui s'étaient aventurés à la proue afin de dégager un panneau métallique qui gênait, avaient été soufflés par-dessus bord, disparaissant dans la nuit et s'agrippant à leurs filins de sécurité comme les propriétaires d'un cerf-volant peu maniable.

Hester travaillait en compagnie de M. Aakiuq quand le neveu de ce dernier avait surgi pour leur apprendre qu'ils étaient pourchassés. Le premier instinct de la jeune femme avait été de se ruer au Palais d'Hiver pour rejoindre Tom mais, en sortant, elle avait été frappée par le blizzard et plaquée contre le mur du hangar. Un coup d'œil à la neige qui tourbillonnait lui avait suffi pour comprendre qu'elle ne dépasserait pas la maison du chef de la capitainerie. Elle avait donc patienté dans la cuisine des Aakiuq, qui l'avaient nourrie d'un ragoût d'algues tout en lui racontant d'autres tempêtes, pires que celle-ci, dont la chère Anchorage s'était tirée indemne.

Hester leur avait été reconnaissante de leurs tentatives pour la rassurer, mais elle n'était plus une enfant. Elle sentait bien que, derrière leurs sourires, ils étaient aussi effrayés qu'elle. Cela n'était pas seulement dû à leur course erratique au cœur de l'ouragan ; il y avait également la pensée du prédateur qui espérait les avaler. « Pas maintenant ! avait-elle songé en se rongeant le pouce jusqu'au sang. Il est impossible que nous soyons mangés tout de suite. Encore une semaine ! Rien que quelques jours... »

Le *Jenny Haniver* était en effet presque en état de voler. Son gouvernail et ses moteurs avaient été réparés, son ballon raccommodé, ses réservoirs de gaz remplis. Ne restait plus qu'à donner un bon coup de peinture et à rafistoler quelques circuits électriques dans la nacelle. Quel coup du sort s'ils tombaient aux mains de leur prédateur au moment même où le vaisseau pouvait repartir !

Le téléphone finit par grelotter. Mme Aakiuq se

dépêcha de décrocher. Quand elle revint, elle était radieuse.

– C'était Mme Umiak ! annonça-t-elle. Elle a eu des nouvelles du Phare. D'après eux, nous avons échappé à Louvehampton. Nous allons poursuivre notre route encore un moment, puis nous jetterons l'ancre en attendant que la tempête se calme. Apparemment, le cher Professeur Pennyroyal a conseillé à Sa Splendeur de continuer à avancer en dépit du mauvais temps. Le charmant homme ! Remercions les Dieux Givrés de nous l'avoir envoyé. Je dois aussi vous dire que votre jeune ami va bien, Hester. Il a regagné le Palais d'Hiver.

Un peu plus tard, Tom en personne téléphona pour raconter à peu près la même chose. Sa voix paraissait maigrelette et artificielle, filtrée par l'amas de câbles qui les reliait au palais. À croire qu'il s'exprimait depuis une autre dimension. Lui et Hester échangèrent quelques banalités.

– J'aimerais être avec toi, lui chuchota-t-elle, par crainte que son hôtesse ne l'entende.

– Quoi ? Pardon ? Non, non, mieux vaut ne pas nous arrêter. Freya m'a raconté que, parfois, les gens mouraient gelés dans les rues, par un temps pareil. Quand Smew nous a ramenés ici, le buggy a failli décoller !

– Tu l'appelles Freya, maintenant ?

– Quoi ?

– Le *Jenny* est pratiquement prêt. Nous pourrons nous en aller à la fin de la semaine.

– Oh, super !

Hester avait perçu son hésitation. Derrière, d'autres voix lui parvenaient, gais bavardages qui laissaient supposer qu'on s'était rassemblé au Palais d'Hiver pour fêter la bonne nouvelle.

– Et si nous restions encore un peu ? ajouta-t-il, plein d'espoir. J'aimerais atteindre l'Amérique. Une fois là-bas, nous verrons bien…

Hester sourit, renifla, essaya de répondre, en vain. Il était si mignon, si amoureux de cet endroit, qu'il semblait injuste de lui en vouloir ou de lui signifier qu'elle-même préférerait aller n'importe où plutôt que sur le Continent Mort.

– Hester ?

– Je t'aime, Tom.

– Je te reçois très mal.

– Ce n'est pas grave. On se voit bientôt. Dès que la tempête sera terminée.

Malheureusement, celle-ci ne donnait aucun signe de vouloir faiblir. Anchorage continua à glisser pendant quelques heures en direction de l'ouest, désireuse de mettre un maximum de distance entre elle et Louvehampton, mais elle se montra de plus en plus prudente. Car il ne suffisait plus de se méfier des polynas et de la faible couche de glace. La ville approchait des confins nord-est du Groenland, où des pics émergeaient de la banquise, prêts à déchirer le ventre des cités trop téméraires. M. Scabious diminua la vitesse peu à peu. Des projecteurs furent allumés à l'avant qui, pareils à de longs doigts blancs, essayaient de transpercer les rideaux de neige ; des équipes d'éclaireurs furent envoyés sur des traîneaux pour sonder la glace. Mlle Pye ne cessait de vérifier ses cartes tout en priant pour que le mauvais temps s'éclaircisse et laisse entrapercevoir une étoile qui confirmerait leur position. Finalement, les dieux restant sourds aux prières des navigateurs, Anchorage fut forcée de s'arrêter.

Un jour privé de lumière se leva. Assise près du poêle des Aakiuq, Hester regardait les portraits de leurs défunts enfants sur l'autel familial et la collection d'assiettes accrochée aux murs, souvenirs commémorant les naissances, les mariages et les jubilés de la Maison des Rasmussen. Tous les visages évoquaient celui de Freya qui, à cette heure, devait être bien au chaud dans son palais en compagnie de Tom. Ils buvaient sans doute du vin épicé tout en parlant d'Histoire et de leurs livres favoris.

Des larmes remplirent l'œil de la jeune femme. S'excusant auprès de ses hôtes avant qu'ils ne puissent lui poser des questions, elle s'enfuit à l'étage, dans la minuscule chambre où ils lui avaient préparé un lit. Pourquoi s'acharner à supporter une situation qui la blessait tant ? Il serait si facile d'y mettre un terme. Il lui suffisait d'aller trouver Tom et de lui dire : « C'est fini. Reste ici avec ta Reine des Neiges si tu y tiens, je m'en moque... »

Sauf qu'elle ne s'y résoudrait pas. Il était la seule bonne chose qui lui fût jamais arrivée. Lui et Freya étaient différents d'elle-même : ils étaient gentils, de caractère aimable, beaux, et auraient de nombreuses occasions de rencontrer l'amour. Pour elle, il n'y aurait personne d'autre que Tom.

– Je regrette que Louvehampton ne nous ait pas mangés, lâcha-t-elle à voix haute avant de sombrer dans un sommeil migraineux.

Au moins, dans les quartiers des esclaves, Tom aurait eu besoin d'elle.

Quand elle se réveilla, il était minuit, et l'ouragan s'était tassé. Hester enfila ses mitaines, son masque et ses vêtements chauds, puis elle descendit rapidement au rez-de-chaussée. Un ronflement ténu lui parvint de la chambre des Aakiuq quand elle se glissa devant leur porte entrebâillée. Déverrouillant le sas de la cuisine, elle sortit dans le froid. La lune brillait, posée sur l'horizon comme une pièce égarée. À sa lueur, Hester constata que tous les bâtiments du pont supérieur étaient enduits d'un vernis de givre que le vent avait déformé en pointes tordues et longs filaments. Des stalactites pendaient à tous les câbles, et les portiques et les grues du port se heurtaient doucement sous l'effet du vent, emplissant la ville d'une mélodie sinistre, unique son à rompre le silence parfait de ces latitudes.

Hester avait envie que Tom fût là. Elle voulait partager cette beauté glacée avec lui. En tête à tête dans ces artères désertes, elle arriverait à exprimer ses émotions. Elle s'élança comme une perdue, escaladant les congères qui, parfois, étaient profondes d'une coudée, y compris à l'abri des immeubles, cependant que la température la brûlait malgré son masque et lui sciait la gorge. En haut des escaliers de la ville basse lui parvinrent soudain des éclats de rire et des bribes de musique – le quartier des mécaniciens fêtait la délivrance d'Anchorage. Étourdie par le froid, Hester entreprit de grimper la rampe menant au Palais d'Hiver.

Il lui fallut tirer la sonnette pendant cinq bonnes minutes avant que Smew ne daigne ouvrir.

– Excusez-moi, dit-elle en fonçant dans le sas, je sais qu'il est tard. Je dois voir Tom. Je connais le chemin, ne vous embêtez pas à…

– Il n'est pas dans sa chambre, rétorqua le nain, maussade, en resserrant la ceinture de sa robe de chambre et en tripotant les manettes du chauffage.

Lui et Sa Splendeur se trouvent dans la Wunderkammer.

– À cette heure ?

Le serviteur hocha la tête d'un air boudeur.

– Sa Splendeur a souhaité qu'on ne la dérange pas.

– Tant pis pour elle, marmonna Hester en l'écartant.

Elle fila dans les couloirs de la demeure au pas de course, en essayant de se convaincre que tout cela était parfaitement innocent. Tom et la gamine Rasmussen se bornaient sûrement à admirer la collection d'ordures unique au monde de cette peste. Ils avaient juste perdu la notion du temps. Elle allait les surprendre, absorbés par une conversation sur les céramiques de 43 avant l'Ère du Mouvement ou sur les pierres runiques de l'Époque du Chapeau en Raphia...

De la lumière s'échappait de la porte ouverte de la Wunderkammer, et Hester ralentit. Il valait sans doute mieux entrer tout de go et saluer joyeusement les deux complices. Sauf qu'elle n'était pas du genre joyeux ; plutôt du genre à monter la garde dans des recoins obscurs. Elle en dénicha un derrière le squelette d'un Traqueur et se mit à l'affût. Elle entendait Tom et Freya bavasser, sans pour autant distinguer leurs paroles. Soudain, il rit, et le cœur de Hester eut un soubresaut. Il y avait eu un temps, après la chute de Londres, où elle avait été la seule à pouvoir déclencher sa gaieté.

Se faufilant hors de sa cachette, elle entra en douce dans le musée. Tom et Freya étaient au fond, au-delà d'une demi-douzaine de vitrines poussiéreuses. Pareils à des miroirs déformants, les multiples panneaux de verre renvoyaient à l'intruse un vague reflet brouillé de son ami et de la souveraine. Ils se tenaient tout près l'un de l'autre, leurs voix avaient pris des accents très doux. Hester ouvrit la bouche pour émettre un bruit qui détournerait leur attention, sans résultat. Elle vit alors Freya tendre la main, et les deux jeunes gens s'enlacer et s'embrasser. Hester était toujours incapable de produire un son, pétrifiée devant le spectacle des doigts blancs de Freya ébouriffant les cheveux noirs de Tom, des mains de ce dernier sur les épaules de la margravine.

Hester n'avait pas ressenti une telle envie de tuer depuis qu'elle avait traqué Thaddeus Valentine. Elle se tendit, prête à arracher du mur une vieille arme et à massacrer les deux traîtres, elle, lui, Tom… Tom ! Horrifiée, elle tourna les talons et se sauva. Elle poussa la porte du sas de chaleur du cloître et se retrouva dans la nuit polaire.

Se jetant sur une congère, elle y sanglota, impuissante. Plus que le baiser lui-même, c'était l'émotion féroce qui s'était réveillée en elle qui la secouait. Comment avait-elle osé songer à faire du mal à Tom ? Ce n'était pas sa faute, mais celle de cette fille qui l'avait ensorcelé ! Il n'avait jamais regardé d'autre femme avant que cette dondon de margravine n'apparût, Hester en était certaine. Elle envisagea de tuer Freya ; dans quel but, cependant ? Tom la détesterait. Et puis, la souveraine n'était pas seule en jeu – toute cette ville avait gagné le cœur de Tom. C'était fini. Elle l'avait perdu. Elle resterait allongée là jusqu'à ce que mort s'ensuive. Il découvrirait son corps gelé le lendemain, il aurait des remords…

Elle avait néanmoins consacré trop d'énergie à survivre et pendant trop longtemps pour se laisser mourir comme ça. Elle finit par se relever et, à quatre pattes, s'efforça de calmer son souffle que la souffrance rendait court. Le froid dévorait sa gorge, ses lèvres, le bout de ses oreilles, et une idée se déroula dans son esprit, tel un serpent rouge. Une idée si abominable qu'elle eut du mal à croire qu'elle l'avait inventée. Frottant le givre d'une fenêtre, elle examina son reflet, pensive. Cela marcherait-il ? En aurait-elle le cran ? Elle n'avait pas d'autre choix qu'essayer. C'était son seul espoir. Baissant son capuchon, remettant en place son masque, elle s'éloigna dans la neige en direction du port.

Tom avait vécu une drôle de journée, coincé dans le Palais d'Hiver alors que le blizzard frappait aux carreaux et que Hester était à l'autre bout de la cité.

Une drôle de journée, et une soirée encore plus drôle. Il était assis dans la bibliothèque, concentré sur un autre livre de Pennyroyal, quand Smew était apparu dans sa tenue de chambellan pour lui annoncer que la margravine l'invitait à dîner.

Rien qu'à la tête du nain, le garçon avait deviné qu'il s'agissait là d'un honneur suprême. On lui avait déniché une toge formelle, lavée et repassée de frais.

– Elle appartenait à l'ancien chambellan, lui avait expliqué Smew en l'aidant à se vêtir. Elle devrait vous aller, je pense.

C'était la première fois que Tom portait une toge et, dans son miroir, il s'était trouvé plutôt beau et raffiné, rien de commun avec son allure habituelle. Puis, nerveux, il avait suivi le domestique jusqu'à la salle à manger privée de Sa Splendeur. Le vent paraissait s'attaquer aux volets avec moins de véhémence que précédemment, la tempête s'apaisait sans doute. Il dînerait le plus vite possible puis rejoindrait Hester.

Malheureusement, se presser eût été impensable. Ce fut un repas très compassé, avec Smew en panoplie de valet de pied, apportant plat après plat avant de se précipiter aux cuisines, de coiffer sa toque et d'en préparer de nouveaux ou de courir à la cave afin d'y prendre une énième bouteille de vin rouge en provenance de la cité vinicole de Bordeaux-Mobile. Au bout de quelques mets, Tom s'aperçut qu'il n'avait plus du tout envie de s'excuser et de sortir dans le froid glacial. Freya était d'un commerce si agréable, il était si bon d'être seul avec elle. Elle resplendissait, ce soir-là, comme si elle estimait s'être rendue coupable d'un acte très téméraire en l'invitant à partager sa table. Elle évoqua plus librement sa famille et l'Histoire d'Anchorage, commençant au moment où sa lointaine ancêtre Dolly Rasmussen, une lycéenne qui avait eu une vision de la Guerre d'Une Heure avant qu'elle n'eût commencé, avait entraîné sa petite bande d'admirateurs hors de la ville d'alors, peu de temps avant que celle-ci ne fût littéralement atomisée.

Tom la regarda parler, remarqua qu'elle avait tenté de se coiffer d'une manière très impressionnante, qu'elle avait revêtu sa robe longue la plus pailletée et la moins mangée aux mites. S'était-elle donné tout ce mal rien que pour lui ? Cette idée le ravit tout en éveillant un sentiment de culpabilité. Détournant les yeux, il tomba sur le visage réprobateur de Smew qui débarrassait les assiettes à dessert pour verser le café.

– Sa Splendeur a-t-elle besoin d'autre chose ?

Freya buvait son café en observant Tom par-dessus le rebord de sa tasse.

– Non merci, Smew. Vous pouvez disposer. Tom et moi allons nous retirer dans la Wunderkammer.

– Certainement, Votre Splendeur. Je vous y accompagnerai.

– Inutile, Smew, rétorqua Freya avec un coup d'œil mauvais. Bonsoir.

Tom perçut le malaise du serviteur. Lui-même n'était pas très bien, mais c'était sans doute le vin de la margravine qui lui montait à la tête.

– Un autre jour, peut-être..., commença-t-il à suggérer.

– Non, Tom, l'interrompit la jeune fille en effleurant sa main. Ce soir. Écoutez, la tempête s'est calmée. La Wunderkammer sera magnifique, au clair de lune.

La Wunderkammer était effectivement magnifique au clair de lune, pas autant que Freya toutefois. Alors qu'elle l'entraînait dans le musée, le garçon comprit pourquoi ses sujets l'adoraient et la soutenaient. Si seulement Hester avait pu lui ressembler un peu plus ! Ces derniers temps, il avait eu tendance à ne cesser de trouver des excuses à son amie, justifiant son mauvais caractère par les épreuves qu'elle avait subies. Cependant, Freya avait elle aussi enduré beaucoup de choses, et elle n'était ni amère ni en colère.

L'astre nocturne perçait à travers les vitres couvertes de givre, transformant les objets familiers. La feuille de papier aluminium brillait dans son cadre comme une fenêtre donnant sur un autre monde, et lorsque Freya se retourna pour faire face à Tom, ce dernier pressentit qu'elle souhaitait qu'il l'embrassât. Ce fut comme si une étrange gravité les attirait l'un vers l'autre et, quand leurs lèvres se frôlèrent, la margravine laissa échapper un doux ronronnement satisfait. Elle se pressa contre lui, et il la prit dans ses bras sans y réfléchir. Il émanait d'elle une vague odeur de sueur et de crasse qui lui parut d'abord bizarre, puis qu'il jugea délicieuse. Sa robe crissait sous ses mains, et sa bouche avait l'arôme de la cannelle.

Soudain, un léger bruissement en provenance de la porte ainsi qu'un courant d'air froid amenèrent la souveraine à lever les yeux. Tom s'obligea à la repousser.

– Qu'était-ce ? chuchota Freya. Il me semble avoir entendu...

Ravi d'avoir une excuse pour s'éloigner de sa tiédeur et de sa forte odeur, Tom alla vers la sortie.

– Il n'y a personne, la rassura-t-il. Juste les tuyaux du chauffage, j'imagine. Ils n'arrêtent pas de frémir et de grincer.

– Je sais, c'est d'un ennui ! On ne s'en servait jamais, avant de rejoindre les Hautes Glaces. Tom...

Elle s'était rapprochée une nouvelle fois, tendait la main.

– Il faut que j'y aille. Il est tard. Désolé. Merci.

Se ruant dans l'escalier menant à sa chambre, il tenta d'oublier le goût de cannelle de la bouche de la margravine afin de se concentrer sur Hester. La pauvre ! Elle avait eu l'air si seule quand il lui avait parlé au téléphone. Il devait la rejoindre. Il allait se reposer un peu, histoire de rassembler ses idées, puis il enfilerait son équipement contre le froid et descendrait au port. Comme son lit était moelleux ! Il ferma les yeux, sentit la pièce tournoyer. Il avait abusé du vin. C'était pour cela, rien que pour cela, qu'il avait embrassé Freya. Il n'aimait que Hester. Mais alors, pourquoi son esprit passait-il son temps à revenir à la souveraine ?

– Espèce d'imbécile ! s'insulta-t-il tout fort.

Au-dessus de sa tête, les canalisations d'air chaud grommelèrent, comme si quelque chose, à l'intérieur, acquiesçait à ce jugement. Tom ne s'en rendit pas compte, toutefois, car il dormait déjà.

Hester n'était pas la seule à avoir surpris Tom et Freya en flagrant délit. Caul, assis seul dans la cabine avant de la bernique pendant que Skewer et Gargle écumaient la ville, avait zappé de canal en canal jusqu'à ce qu'il tombe sur la scène du baiser.

– Tom, tu n'es qu'un sot, chuchota-t-il.

Ce que Caul appréciait le plus en Tom, c'était sa gentillesse, une valeur qui n'était guère prisée à Grimsby, où les aînés étaient encouragés à tourmenter les plus jeunes, lesquels grandissaient pour mieux martyriser leurs successeurs. « Un bon entraînement pour la vie, disait Parrain. Le monde n'est que coups durs ! » Peut-être Parrain n'avait-il jamais rencontré quelqu'un comme Tom, qui était bon envers les autres et semblait ne rien attendre en retour, sinon une identique bienveillance. Y avait-il une chose plus généreuse que sortir avec Hester Shaw, qu'offrir l'amour à ce laideron inutile ? Aux yeux de Caul, cela confinait à la sainteté. Il était donc horrible d'assister au spectacle de Tom embrassant Freya, trahissant Hester, se trahissant lui-même, s'apprêtant à renoncer à tout.

Il se pouvait aussi que Caul fût un peu jaloux.

Il détecta un mouvement du côté de la porte de la Wunderkammer, derrière le couple. Il zooma à temps pour identifier Hester qui tournait les talons et se sauvait. Lorsqu'il revint sur les deux traîtres, ils s'étaient séparés et regardaient avec incertitude du côté de la sortie en conversant à voix basse, gênés. « Il faut que j'y aille. Il est tard. »

– Oh, Hester ! soupira Caul en éteignant la caméra du musée.

Il la chercha sur les autres canaux. Il ignorait pourquoi il était aussi bouleversé à l'idée qu'elle souffrît, mais c'était ainsi. Était-ce dû à une forme d'envie, à la conscience que si elle commettait un acte irréparable Tom finirait ses jours auprès de Freya ? Quoi qu'il en fût, ses mains en tremblaient sur les commandes.

Il ne décela aucun signe de Hester sur la deuxième caméra du palais. Il en bougea une autre fixée sur le toit et scanna les environs. Les pas de la jeune femme avaient dessiné une longue trace titubante et illisible sur la page blanche de la Perspective Rasmussen. Caul approcha son nez des écrans, transpirant vaguement tandis qu'il dirigeait ses différentes caméras sur le quartier de la capitainerie. Où diable était-elle ?

16
Vol de nuit

Les Aakiuq dormant du sommeil du juste, Hester se faufila dans sa chambre pour récupérer l'argent du transport de Pennyroyal sous son matelas, puis elle fila droit au hangar où était rangé le *Jenny Haniver*. Elle dégagea la neige qui s'était entassée devant les portes et ouvrit ces dernières. Elle alluma les lampes. La masse rouge de l'aérostat la dominait ; des échelles étaient appuyées contre ses nacelles-moteurs à moitié peintes ; des plaques neuves bouchaient les trous de sa nacelle comme une peau toute récente sur une plaie. Hester monta à bord et alluma les radiateurs. Puis, laissant chauffer l'appareil, elle repartit dans la neige, en direction des réservoirs d'essence.

Sous le dôme ombreux du hangar, un bruit de fuite précipitée résonna.

Il n'était pas difficile de deviner ce qu'elle projetait. Caul assena un coup de poing sur les commandes devant lui.

– Non, Hester ! grogna-t-il. Tom était ivre. Il n'en avait pas l'intention.

Perché sur le bord de sa chaise, il avait le sentiment d'être un dieu impuissant assistant aux événements sans pouvoir en changer le cours.

Sauf qu'il était en mesure d'agir. Si Tom apprenait ce qui se tramait, il filerait droit à la capitainerie afin de raisonner Hester, de s'excuser, de s'expliquer. Caul avait déjà vu des couples se rabibocher, et il était certain que cette querelle ridicule ne signifait pas la fin de leur histoire, à condition que Tom fût mis au courant. Or, le seul à être en état de le prévenir était Caul.

– Ne sois pas idiot ! s'ordonna-t-il à lui-même en ôtant ses mains des manettes. Qu'est-ce que tu en as à fiche, d'un couple de Secs ? Rien ! Ils ne méritent pas que tu prennes le risque d'éventer la présence de *La Sangsue Agile*. Ni celui de désobéir à Parrain.

Il se rapprocha des commandes. C'était plus fort que lui. Sa responsabilité était engagée. Se connectant à la caméra installée dans la chambre de Tom, il s'arrangea pour en faire bouger les pieds sur le tuyau où elle était cachée. Malheureusement, le garçon ne se réveilla pas, la bouche bêtement ouverte, inconscient de sa vie qui partait en quenouille.

– Laisse tomber, s'exhorta Caul. Tu as essayé, ça n'a pas marché, tant pis. Ce n'est pas grave.

Il retourna surveiller Hester puis envoya une caméra dans les canalisations, jusqu'à la demeure de la ville haute où s'affairaient Skewer et Gargle. Il fouilla toutes les pièces avant de les dénicher dans la cuisine, en train de fourrer l'argenterie dans leur besace. La caméra tapota sur la tuyauterie. Trois coups, une pause, trois autres coups. « Revenez immédiatement. » Les silhouettes floues sur l'écran sursautèrent en reconnaissant le code, clownesques quand elles se dépêchèrent de rafler le reste de leur butin avant de se carapater.

Caul hésita encore un moment, maudissant son cœur trop tendre et se rappelant ce que Parrain lui infligerait si jamais il était mis au courant. Puis il déguerpit, escalada l'échelle à toute vitesse, traversa le sas et se rua dans la ville silencieuse.

Elle avait craint que les réservoirs d'essence ne fussent gelés, mais c'était compter sans huit cents ans d'ingéniosité de la part des chefs de capitainerie d'Anchorage qui avaient su s'adapter aux froids polaires. Le carburant était mélangé à un antigel, et les pompes étaient abritées dans un bâtiment chauffé situé près du réservoir principal. Hester s'empara du tuyau, le percha sur son épaule et retourna au hangar. Là, elle en fixa l'embout à une valve du vaisseau avant de regagner les pompes. Le conduit se mit à frémir sous l'effet du flux d'essence qui le parcourait. En attendant que le plein soit fait, elle monta à bord du *Jenny Haniver* pour se livrer aux ultimes préparatifs. Les lumières de la nacelle ne fonctionnaient toujours pas, mais les lumières du hangar suffisaient. Elle manœuvra diverses manettes, les instruments prirent vie et les écrans s'allumèrent, pareils à des lucioles.

Tom se réveilla, surpris de s'être endormi. Il avait la tête embrumée, quelqu'un se penchait au-dessus de lui, effleurant ses joues de ses doigts froids.

– Freya ? marmonna-t-il.

Ce n'était pas elle. Une torche bleuâtre s'alluma, éclairant le visage blême d'un parfait inconnu. Tom, qui croyait connaître tout le monde à bord, n'identifia pas ce fantôme aux cheveux blonds. Sa voix était étrange, elle aussi, empreinte d'un accent qui n'était pas celui d'Anchorage.

– Pas le temps de t'expliquer, Tom. Viens avec moi. Hester est sur l'aire d'amarrage. Elle s'en va sans toi !

– Quoi ?

Le jeune homme secoua la tête pour la débarrasser des rêves qui l'encombraient encore. Il espérait bien que ce qu'il venait d'entendre en était un. Qui était cet adolescent, et de quoi parlait-il ?

– Pourquoi partirait-elle seule ? demanda-t-il.

– À cause de toi, espèce d'idiot ! cria l'autre en arrachant sa couverture et en lui jetant ses vêtements. Comment crois-tu qu'elle se sente après t'avoir vu bécoter Freya Rasmussen ?

– Je n'ai rien fait de tel ! se défendit Tom, consterné. C'est juste que… Hester n'a pas pu… Et d'abord, qu'en sais-tu ?

Cependant, l'urgence que manifestait l'inconnu commençait à déteindre sur lui. Il retira sa toge d'apparat, enfila à la va-vite ses bottes et son masque, puis son vieux manteau d'aviateur et suivit le garçon hors du palais, par une porte dérobée qu'il n'avait encore jamais remarquée. La nuit était glaciale, la cité une vision onirique. À l'ouest, les montagnes du Groenland émergeaient de la neige et se découpaient, acérées, sous la lumière de la lune, si proches qu'on aurait pu les toucher. Les aurores boréales dansaient au-dessus des toits. Dans le silence qui régnait, Tom perçut leurs craquements et bourdonnements, qui évoquaient une ligne à haute tension par un matin de gel.

L'inconnu dévala un escalier jusqu'à la Perspective Rasmussen, puis emprunta une sente couverte située sous le pont avant de descendre d'autres marches menant au port. Tom se rendit compte qu'il s'était mépris sur l'origine du bruit. Les craquements étaient ceux de la glace qui dégringolait du hangar abritant le *Jenny Haniver*, dont le dôme se déployait. Les bourdonnements venaient des moteurs de l'aérostat qui s'apprêtait à décoller.

– Hester ! hurla Tom en partant au triple galop.

Les phares du vaisseau s'allumèrent, illuminant les congères. Une échelle appuyée contre la nacelle tomba par terre, les amarres se déverrouillèrent bruyamment. Il était impossible que cette silhouette qui se déplaçait derrière les fenêtres sombres du poste de pilotage fût Hester. Tom avança en se débattant dans les amas de neige.

– Hester ! Hester !

Il avait beau crier, il ne croyait pas vraiment qu'elle partirait. Elle ne pouvait être au courant de ce stupide baiser, non ? Elle n'avait pas apprécié qu'il lui ait confié vouloir rester ici, alors elle se vengeait en lui donnant une petite leçon. Rien de plus. Il se débattit dans la neige, se frayant un chemin à coups de pied, et il progressait plus vite. Soudain, alors qu'il était encore à une vingtaine de mètres du hangar, le *Jenny Haniver* décolla et prit la direction du sud-est à une vitesse importante.

– Hester ! brailla Tom, furieux tout à coup.

Pourquoi ne lui avait-elle pas dit ce qu'elle ressentait, comme toute personne normale, au lieu de filer ainsi ? Le vent d'ouest se levait, éloignant vivement l'aérostat, envoyant des bourrasques dans les yeux du jeune homme qui s'était retourné pour chercher son mystérieux compagnon. Ce dernier avait disparu. Tom était seul, mais déjà M. Aakiuq courait vers lui d'un pas mal assuré en criant :

– Tom ? Que se passe-t-il ?

– Hester ! souffla-t-il d'une toute petite voix avant de s'asseoir par terre.

Les larmes trempaient l'intérieur de son masque protecteur, la lumière de poupe du *Jenny Haniver* n'était plus qu'une étincelle de chaleur dans le grand froid, qui diminuait, diminuait, et finit par se fondre dans les aurores boréales.

17
Après Hester

Tom rentra en proie à un atroce sentiment de vide, comme si on lui avait donné un coup de pied dans le ventre. Le *Jenny Haniver* avait décollé plusieurs heures auparavant. M. Aakiuq avait tenté de contacter Hester, en vain.

– La radio n'est sans doute pas branchée, avait suggéré le chef de la capitainerie. Ou alors, elle ne fonctionne pas. Je n'ai pas eu l'occasion de tester toutes les valves, le ballon n'est pas assez gonflé. J'y ai insufflé juste assez de gaz pour vérifier que les réparations tenaient bon. Mais pourquoi cette malheureuse enfant est-elle partie aussi soudainement ?

– Je l'ignore, avait répondu Tom.

Il mentait. Si seulement il avait compris plus tôt à quel point elle haïssait cet endroit ! Si seulement il avait consacré une minute à tenter de deviner ce qu'elle ressentait avant de tomber amoureux de cette ville ! Si seulement il n'avait pas embrassé Freya ! Sa culpabilité toutefois ne cessait de tourbillonner pour se muer en colère. Après tout, elle n'avait pas eu une pensée pour ses émotions à lui. Pourquoi ne pouvait-il pas rester à Anchorage s'il en avait envie ? Elle était tellement égoïste ! Ce n'était pas parce qu'elle détestait l'existence citadine qu'il devait pour autant devenir un vagabond du ciel toute sa vie ! Il fallait cependant qu'il la retrouvât. Il n'était pas certain qu'elle le reprendrait, ni même s'il le désirait, mais il ne pouvait laisser les choses entre eux se terminer de cette façon abominable.

Tandis qu'il se dépêchait de regagner le Palais d'Hiver, les moteurs de la cité se remirent en route. Il ne souhaitait pas rencontrer Freya – ses tripes se tordaient comme du papier brûlé quand il se remémorait ce qui s'était passé dans la Wunderkammer. Malheureusement, seule la margravine avait le pouvoir d'ordonner que la locomopole fît demi-tour et se lançât à la recherche du *Jenny Haniver*.

Il passait devant l'ombre allongée du Phare quand la porte s'ouvrit à la volée sur une apparition en toge de soie qui se rua vers lui comme un fou.

– Tim ! Tim ! Est-ce vrai ? s'écria Pennyroyal, les yeux exorbités, en serrant le bras du garçon avec la force d'un étau. On raconte que votre jeune amie est partie ! Qu'elle a décollé !

Honteux, Tom hocha la tête.

– Mais sans le *Jenny Haniver*...

– Je vais sans doute être obligé de vous accompagner jusqu'en Amérique, Professeur.

Écartant l'archéologue, il poursuivit sa route. Derrière lui, Pennyroyal titubait en direction de ses appartements en marmonnant :

– L'Amérique ! Ha ! Ha ! Ha ! Mais bien sûr ! L'Amérique !

Au palais, Tom découvrit que Freya l'attendait, perchée sur une chaise, dans sa plus petite salle d'audience, une pièce à peine plus grande qu'un terrain de football et ornée de tant de miroirs qu'on avait l'impression qu'un millier de souveraines étaient là, tandis qu'un millier de pilotes surgissaient, mouillés, échevelés, laissant de la neige goutter sur le sol en marbre.

– Votre Splendeur ! lança-t-il. Nous devons rebrousser chemin !

– Pardon ?

Si Freya avait espéré bien des choses, cette annonce n'en faisait pas partie. Ravie par le départ de Hester, elle s'était imaginée réconforter Tom, lui soutenir que c'était la meilleure solution, l'amener à saisir qu'il était beaucoup mieux sans sa hideuse petite amie, et que c'était un signe évident envoyé par les Dieux Givrés, qui souhaitaient qu'il restât ici, à Anchorage, avec elle. Elle avait mis sa plus jolie robe pour le lui faire comprendre, avait même évité de boutonner le haut du corsage, afin de dévoiler un triangle de peau douce sous sa gorge. Elle se sentait d'une folle témérité, très adulte. Bref, elle s'était préparée à nombre d'éventualités, mais vraiment pas à cela.

– Comment voulez-vous que nous nous y prenions ? riposta-t-elle, mi-figue mi-raisin, dans l'espoir qu'il plaisantait. Et en quel honneur ferions-nous pareille sottise ?

– Hester…

– Nous ne sommes pas en mesure de rattraper un aérostat, Tom ! D'ailleurs, pour quelles raisons le souhaiterions-nous ? Je vous rappelle que Louvehampton est à nos trousses…

Il ne la regardait même pas, les yeux brillants de larmes. Gênée, elle ferma le haut de sa robe, et la moutarde lui monta au nez.

– Je ne vois pas pourquoi je mettrais en péril toute ma ville pour sauver une folle et son vaisseau !

– Elle n'est pas folle.

– Elle se comporte comme telle.

– Elle est malheureuse !

– Moi aussi, figurez-vous ! Je pensais que vous teniez à moi. Ce qui s'est produit entre nous n'a donc aucune importance ? Je croyais que vous aviez oublié Hester ! Cette moins que rien ! Cette clocharde des airs ! Je suis contente qu'elle vous ait délaissé. Je veux que vous soyez mon... mon... mon petit ami ! J'espère que vous prenez la mesure de l'honneur que je vous accorde !

Éberlué, Tom ne trouva rien à répondre. Soudain, il voyait la margravine avec les yeux de Hester : une toute jeune fille rondelette, gâtée et susceptible qui exigeait que le monde se débrouillât pour lui convenir. Certes, elle était en droit de refuser sa requête ; pour autant, elle n'en paraissait que plus déraisonnable. Marmonnant quelques mots, il tourna les talons.

– Où allez-vous ? tonna la margravine. Qui vous a autorisé à sortir ? Je ne vous ai pas donné ma permission !

Tom s'en passa. Il se rua hors de la pièce, abandonnant Freya à ses multiples reflets qui, ahuris, semblèrent s'interroger mutuellement sur ce qu'ils avaient bien pu faire pour mériter cela.

Il courut sans savoir où il allait dans les couloirs du Palais d'Hiver, remarquant à peine les salles devant lesquelles il passait et les faibles grattements qui émanaient parfois de la tuyauterie et des bouches d'aération. Du moment où il était tombé de Londres, Hester avait été à son côté, veillant sur lui, lui indiquant la marche à suivre, l'aimant de cet amour timide et féroce qui lui ressemblait tant. Or, il l'avait perdue. Sans cet adolescent, il n'aurait même pas su qu'elle était partie...

Pour la première fois depuis le décollage du *Jenny Haniver*, Tom repensa à son étrange visiteur. Qui était-ce ? Quelqu'un du quartier des mécaniciens, à en juger par la manière dont il était vêtu – il se rappelait des couches et des couches de hardes sombres, une tunique tachée de graisse aux boutons de laiton dont la peinture noire s'écaillait. Comment avait-il appris que Hester se préparait à filer ? S'était-elle confiée à lui ? Lui avait-elle avoué des secrets qu'elle avait tus à Tom ? Une bouffée de jalousie le poignarda, à l'idée de Hester partageant des confidences avec un autre que lui-même.

Mais si ce garçon était au courant de la destination de Hester, il fallait qu'il le trouve, qu'il lui parle. Une fois encore, il quitta le Palais d'Hiver à toutes jambes pour gagner la salle des machines. Là, il traversa la brume de vapeur tonitruante des sphères Scabious jusqu'au bureau du chef des mécaniciens.

Skewer et Gargle attendaient Caul de pied ferme quand ce dernier revint du port, hors d'haleine et tout excité par sa course folle. Ils se tenaient prêts, juste derrière l'écoutille, pistolets et couteaux sortis, au cas où les Secs seraient aux trousses de leur chef. Ils aidèrent ce dernier à réintégrer la bernique et ne le laissèrent pas dire un mot tant qu'ils ne furent pas certains qu'il n'avait pas été suivi.

– À quoi pensais-tu ? s'exclama alors Skewer, furieux. Tu es tombé sur la tête ? Tu sais qu'il est interdit de laisser le vaisseau sans surveillance. Et adresser la parole à un Sec ! Tu n'as donc rien appris au Volarium ? « Tom ! Tom ! ajouta-t-il en prenant une voix geignarde que Caul supposa être une imitation de la sienne. Vite, Tom ! Elle s'en va sans toi ! Espèce d'idiot ! »

Caul s'affala sur le sol de la cale, contre un ballot de vêtements volés. Il suait la négligence et l'échec à torrents.

– Tu es cuit, lui lança Skewer avec un sourire soudain. Cuit et recuit ! Je me nomme capitaine de ce vaisseau. Parrain comprendra. Quand il apprendra tes bêtises, il regrettera de ne pas m'avoir confié la mission tout de suite. Je lui envoie un poisson-message dès ce soir afin de l'avertir. Quant à toi, plus d'expéditions à la surface, espèce de fan de Secs ! Plus de sorties à minuit. Plus de rêvasseries au sujet de la margravine – oui, ne crois pas que je n'ai pas remarqué tes yeux de merlan frit chaque fois qu'elle apparaissait sur les écrans.

– Mais Skewer…, gémit Gargle.

– La ferme, toi !

Le nouveau capitaine assena une bonne taloche au petit et un bon coup de pied à Caul qui tentait de s'interposer.

– Tu la boucles aussi, Caul. Dorénavant, c'est moi qui commande.

M. Scabious, dont la demeure de la ville haute recelait trop de tristes souvenirs, passait presque tout son temps libre dans son bureau, une cabane exiguë coincée entre deux piliers de soutènement, au cœur du quartier des mécaniciens. Les lieux étaient meublés d'une table de travail, d'un classeur, d'un lit de camp, d'un poêle, d'un petit lavabo, d'un calendrier, d'une tasse en émail, et c'était tout. La toge de deuil de Scabious était suspendue à une patère au dos de la porte, et voleta comme une aile noire quand Tom poussa le battant. L'homme était assis à son bureau, incarnation statufiée de la mélancolie. L'éclat des chaudières se glissait entre les interstices des volets, dessinant des rais de lumière et d'ombre sur son visage. Seuls ses yeux froids bougèrent, clouant sur place son visiteur.

– Monsieur Scabious ! s'écria Tom. Hester est partie ! Elle a pris le *Jenny* et s'est enfuie !

Le vieillard hocha le menton tout en regardant

au-dessus de la tête du garçon, comme si un film y était projeté, que lui seul était en mesure de voir.

– Si elle s'en est allée, pourquoi venir me trouver ?

Tom s'assit lourdement sur la couchette.

– Il y a eu cet adolescent. Je ne l'avais pas encore rencontré. Un gamin blond du quartier des mécaniciens, un peu plus jeune que moi. Il semblait tout savoir de Hester.

Pour la première fois, Scabious réagit vraiment. Sautant sur ses pieds, il se rua vers Tom, une lueur bizarre dans les prunelles.

– Vous l'avez vu, vous aussi ?

Tom tressaillit, étonné par la soudaine passion du vieil homme.

– J'ai pensé qu'il saurait me dire où elle comptait se rendre.

– Aucun garçon ne correspond à votre description. Aucun garçon *vivant*.

– Mais... j'ai eu l'impression qu'il lui avait parlé. Si vous aviez la bonté de me renseigner sur...

– Vous ne trouverez pas Axel. C'est lui qui vous trouvera quand il le souhaitera. Même moi, je ne l'ai aperçu que de loin. Que vous a-t-il raconté ? M'a-t-il mentionné ? Vous a-t-il transmis un message pour son père ?

– Son père ? Non.

Scabious ne l'écoutait plus. Fouillant dans la poche

de sa salopette, il en tira une petite boîte en argent – un cadre de photographie. Bien des gens se promenaient avec ces autels portatifs. Le vieillard ouvrit le sien, et Tom jeta un coup d'œil au portrait d'un jeune homme trapu, version enfantine de Scabious.

– Oh ! Ce n'est pas celui que j'ai vu. Le mien était plus mince, moins âgé…

Le chef des mécaniciens sursauta avant de se reprendre aussitôt.

– Ne soyez pas bête, Tom, riposta-t-il. Les âmes des morts sont capables de prendre la forme qu'elles veulent. Mon Axel était aussi fin que vous, autrefois. Rien de plus naturel qu'il ait choisi d'apparaître comme il l'était à cette époque, jeune, beau et vibrant d'espérance.

Tom ne croyait pas aux fantômes. Enfin, il pensait ne pas y croire. « Personne ne revient des Confins Ombreux », avait toujours affirmé Hester. Afin de se rassurer, il se répéta plusieurs fois la phrase en quittant le bureau de M. Scabious pour grimper un escalier qui menait au pont supérieur. Son visiteur ne pouvait être un spectre. Tom l'avait senti, reniflé, il avait perçu la chaleur de son corps. Il avait laissé des empreintes lorsqu'il l'avait conduit au hangar. Ces empreintes seraient la preuve qu'il avait croisé un être réel.

Hélas, quand il atteignit le port, le vent s'était levé,

et de la poudreuse s'envolait des congères, pareille à une fumée. Les traces de pas autour du hangar étaient déjà si ténues qu'il était impossible de déterminer si l'inconnu était un individu de chair et de sang, un fantôme ou le simple fragment d'un rêve.

18
L'OR DU PRÉDATEUR

Hester était reconnaissante au vent de l'avoir aidée à fuir Anchorage plus vite. Cependant, il soufflait en rafales inconstantes, s'orientant parfois au nord, tombant d'autres fois à presque rien avant de repartir de plus belle. Elle était obligée de se concentrer pour maintenir le cap du *Jenny Haniver*, ce qui était bien car cela ne lui laissait pas le temps de songer à Tom ou à ses propres projets pour le futur. Elle était consciente qu'elle craquerait si elle réfléchissait trop à l'un ou aux autres, et qu'elle regagnerait aussi sec Anchorage.

Il arrivait pourtant, lorsqu'elle sommeillait un peu, par exemple, qu'elle ne puisse s'empêcher de se demander ce que faisait Tom. Regrettait-il son départ ? S'en était-il seulement rendu compte ? Freya Rasmussen le consolait-elle ? Aucune importance, se serinait-elle. Bientôt, elle se débrouillerait pour que les choses reprennent leur cours d'avant, et il lui reviendrait.

Le deuxième jour, elle aperçut Louvehampton. La banlieue avait rebroussé chemin vers le sud après avoir échoué à attraper Anchorage, et la chance lui avait souri par la même occasion, car elle avait dégoté une nouvelle proie : un ramassis de villes baleinières que la tempête avait égarées. Elles avaient beau être trois, chacune plus grosse que Louvehampton, cette dernière s'était empressée de leur couper les roues et les patins l'une après l'autre. Lorsque Hester surgit, le prédateur s'apprêtait à dévorer sur place les estropiées. La jeune fille évalua que le festin durerait plusieurs semaines, et elle fut heureuse de constater qu'Anchorage ne risquait plus rien, et que ses propres projets n'étaient pas menacés.

Elle poursuivit sa route à travers les jours brefs et les longues nuits âpres. Un soir, ses recherches pour établir un contact radio finirent par être récompensées, et elle repéra le sifflement intermittent d'une locomopole. Elle changea d'orientation, le signal se faisant de plus en plus fort – quelques heures plus tard, elle identifia Arkangel, tapie dans les glaces dans l'attente de proies.

Le port de la grosse cité, bruyant et encombré, la rendit bizarrement nostalgique de la paix qui régnait à Anchorage. De même, l'impolitesse naturelle du personnel au sol et des douaniers l'amena à regretter l'affable M. Aakiuq. Elle consacra la moitié des souverains de Pennyroyal à l'essence et au gaz ascensionnel, cacha le reste dans l'un des compartiments secrets qu'avait aménagés Anna Fang sur l'aérostat. Puis, submergée par la nausée et un sentiment de culpabilité à cause de l'acte qu'elle se préparait à commettre, elle se dirigea vers la Bourse Aérienne, un vaste immeuble où négociants et commerçants de la ville se rencontraient. Elle se mit à demander où elle pourrait trouver Piotr Masgard, s'attirant les regards désapprobateurs des pilotes. Une femme cracha même à ses pieds. Enfin, un vieux marchand aimable, paraissant la prendre en pitié, la héla.

– Arkangel ne ressemble pas aux autres villes, ma chère, lui expliqua-t-il en l'entraînant vers des ascenseurs. Ici, les riches ne vivent pas au sommet, mais au milieu, où il fait le plus chaud. Un quartier appelé le Centre. Le jeune Masgard y possède une villa. Sortez à la station Kael et demandez votre chemin.

Il l'observa soigneusement tandis qu'elle réglait son passage puis montait à bord d'une cabine en partance pour le Centre. Ensuite, relevant sa toge, il se dépêcha de regagner sa boutique, de l'autre côté du port, un grand établissement délabré et encombré à l'enseigne de *Antiquités et Pré-Tech Blinkoe*.

– Vite, femmes ! cria-t-il en déboulant dans l'étroit couloir qui prolongeait le magasin.

Agitant les bras comme des sémaphores, il arracha ses cinq épouses à leurs ouvrages de broderie ou à leurs romans d'amour.

– Elle est ici ! La fille ! La moche ! Quand je pense que nous avons consacré autant de semaines à la traquer et à poser des questions. Et voici qu'elle a le toupet de débarquer à notre Bourse Aérienne. Pressons-nous ! Préparons-nous !

Aux anges, il se frotta les mains, imaginant déjà à quoi il dépenserait le butin que lui régleraient les Assaillants Verts quand il leur amènerait Hester et le *Jenny Haniver*.

Le Centre était un endroit surprenant, immense caverne bruyante remplie par le tonnerre des moteurs de la locomopole, enfumée par les gaz d'échappement et la vapeur, traversée par des centaines de passerelles, de rails et de puits d'ascenseur. Les immeubles étaient agglutinés les uns contre les autres sur des saillies et des plates-formes sur pilotis ou accrochés dessus comme des nids d'hirondelle. Des esclaves en collier de fer balayaient les trottoirs, d'autres étaient conduits à coups de fouet par des gardes-chiourme en fourrure vers des corvées déplaisantes dans les froids quartiers extérieurs. Hester se força à ne pas les voir, non plus que les dames riches qui promenaient des petits garçons en laisse, ou l'homme qui piétinait un malheureux qui l'avait par mégarde effleuré. Cela ne la concernait pas. Arkangel était une ville où les forts faisaient comme bon leur semblait.

Des statues en fer du dieu-loup Ysengrin défendaient les grilles de la propriété de Masgard. À l'intérieur, des jets de gaz brûlaient dans des trépieds, emplissant le vaste hall de silhouettes lumineuses mouvantes que rompaient des ombres vacillantes acérées comme des lames. Une jeune femme mince arborant un collier d'esclave orné de pierreries leva la tête et interrogea la visiteuse sur ce qu'elle voulait. Hester lui donna la réponse qu'elle avait déjà servie au garde, dehors.

– J'ai des informations à vendre aux Grands-Veneurs d'Arkangel.

Un bourdonnement retentit dans la pénombre du haut plafond, et Masgard en personne descendit vers elle, perché sur un divan de cuir suspendu à un petit ballon et équipé de moteurs miniatures dissimulés dans le dossier – un siège volant, joujou d'homme riche. Le costaud s'approcha tout près de Hester et plana devant elle, ravi par la perplexité de sa visiteuse. L'esclave vint aussitôt frotter sa tête contre sa botte, telle une chatte.

– Je te connais ! s'exclama Piotr. Tu es la petite

caille au visage couturé de Port-Céleste. Tu as décidé d'accepter mon offre, finalement ?

– Je suis venue te dire où trouver une proie, répliqua Hester en tâchant de parler d'une voix ferme.

Masgard rapprocha encore son siège volant pour agacer les nerfs de Hester, en profitant pour étudier les jeux que le remords et la peur dessinaient sur ce visage détruit. Sa cité était trop importante pour survivre désormais sans l'aide de racailles comme cette fille ; pour cela, il haïssait cette dernière.

– Alors ? finit-il par demander. Quel bled désires-tu trahir ?

– Ce n'est pas un bled. Une capitale. Anchorage.

Masgard afficha un air blasé, mais Hester décela les lueurs intéressées qui s'allumaient dans ses yeux et elle s'arrangea pour les transformer en flammes.

– Tu en as sûrement entendu parler. Une grande ville polaire. Des appartements bondés de beaux meubles, la roue à aubes la plus imposante, de jolis moteurs bourrés de Pré-Tech qu'on nomme les sphères Scabious. Elle contourne actuellement le nord du Groenland, en direction de l'ouest.

– Pourquoi ?

Hester haussa les épaules – mieux valait taire le voyage en Amérique. Il était trop compliqué, tant à expliquer qu'à admettre.

– Va savoir ! Ils ont peut-être eu vent d'un vieux

site archéologique ? Je suis sûre que tu trouveras un moyen d'arracher des informations à leur ravissante et jeune margravine.

Masgard sourit.

– Julianna, ici présente, était fille de margrave, avant qu'Arkangel ne mange la ville de son papa.

– Freya Rasmussen viendra donc enrichir ta collection.

Hester était comme en dehors de son corps – elle ne ressentait rien, si ce n'était une vague fierté parce qu'elle était capable de se montrer impitoyable.

– Par ailleurs, ajouta-t-elle, si tu as envie d'un en-cas sur la route, je te donnerai aussi les coordonnées de Louvehampton, une banlieue prédatrice qui vient d'attraper une proie bien grasse.

Là, elle avait crocheté Masgard. Il avait entendu parler des deux locomopoles par Widgery Blinkoe quelques jours auparavant, mais l'onctueux antiquaire n'avait pas été fichu de lui fournir l'itinéraire de Louvehampton. Quant à Anchorage, le fils du Direktor n'était pas certain de croire qu'une ville polaire ose s'aventurer si loin à l'ouest. Pourtant, cette vagabonde miteuse avait l'air d'être à son affaire ; renforcé par le rapport de Blinkoe, son témoignage suffirait à persuader le Conseil qu'il fallait changer de cap. Il la fit patienter un moment, histoire qu'elle comprenne à quel point elle était méprisable, puis il ouvrit un compartiment ménagé dans l'accoudoir de son siège et en sortit un parchemin qu'il parapha au stylo-plume. Son esclave le transmit à Hester. Y étaient inscrits quelques mots en lettres gothiques et des sceaux y étaient également apposés, portant les noms des divinités locales : Ysengrin et la Dame de Fer.

– Billet à ordre, expliqua Masgard en faisant démarrer son siège pour regagner les hauteurs. Si tes informations se révèlent correctes, tu pourras revenir chercher ta récompense après que nous aurons dévoré Anchorage. Ma secrétaire s'occupera des détails.

– Je ne fais pas ça pour l'or du prédateur, répondit Hester en secouant la tête.

– Pour quoi, alors ?

– Il y a quelqu'un que je veux, à bord d'Anchorage. Tom Natsworthy, le garçon avec lequel tu m'as croisée. Il ne doit cependant rien apprendre de notre arrangement. Qu'il croie que je le sauve. Tout le reste de ce qui traîne à bord de cette ville puante est à toi, sauf Tom. Tel est mon prix.

Masgard la contempla, réellement surpris. Puis il renversa la tête en arrière, et son rire secoua la salle.

Hester attendait un ascenseur qui la ramènerait au port quand elle sentit les plaques sous ses pieds se mettre à vibrer : Arkangel démarrait. Elle tapota sa poche, s'assurant que le billet à ordre de Masgard – révisé – y était bien en sécurité. Qu'est-ce que Tom serait content qu'elle vienne le sauver des entrailles du prédateur ! Comme elle arriverait facilement à lui faire oublier son entichement pour la margravine, une fois qu'ils auraient regagné les Routes Migratoires !

Elle avait agi comme la situation l'exigeait, pour le bien de Tom, le sort en était jeté. Elle allait chercher quelques affaires sur le *Jenny Haniver* puis se dégoterait une chambre où patienter pendant le voyage.

La nuit était tombée quand elle atteignit le port, et des flocons voltigeaient autour des lampadaires éclairant la piste d'atterrissage. Des rires gras et de la musique de bazar s'échappaient des tavernes alentour, plus forts lorsqu'un client ouvrait la porte. La lueur faiblarde des réverbères créait des taches sombres sous les gros vaisseaux marchands, des dirigeables aux noms nordiques, comme *Fram*, *Froud* ou *Smaug*. Hester céda à la nervosité – c'était une ville dangereuse, et elle avait perdu l'habitude de la solitude.

– Mademoiselle Shaw ?

L'homme la surprit en surgissant dans un angle mort. Elle s'empara de son couteau puis reconnut le charmant vieux commerçant qui l'avait renseignée un peu plus tôt.

– Permettez-moi de vous accompagner à votre vaisseau, mademoiselle Shaw. Nous avons des Snowmades à bord ce soir, de vrais bandits. Une jeune femme comme vous ne devrait pas se promener seule. Vous voyagez bien à bord du *Jenny Haniver*, n'est-ce pas ?

– Exact, répondit Hester en se demandant comment il connaissait son nom et celui de son aérostat. Elle supposa qu'il avait fureté ou consulté le registre des arrivées à la capitainerie.

– Avez-vous pu rencontrer Masgard ? s'enquit son nouvel ami. J'imagine que votre entretien est à l'origine de notre brusque bifurcation vers l'ouest. Lui avez-vous vendu une cité ?

Elle acquiesça.

– Je travaille dans le même domaine, figurez-vous.

Sur ce, il la plaqua contre un étançon métallique, juste sous un cargo baptisé *Mauvaise Passe*. Sous l'effet de la douleur et de l'étonnement, Hester eut le souffle coupé. Elle tenta d'aspirer suffisamment d'air pour appeler au secours, mais quelque chose piqua son cou, pareil à un bourdon. L'antiquaire se recula, hors d'haleine. Une seringue en laiton brilla sous l'éclat d'une taverne voisine ; il la glissa dans sa poche.

Hester voulut lever la main, en vain, car la drogue agissait rapidement. Ses membres ne lui obéissaient plus. Elle tenta de crier, n'émit qu'un geignement. Elle avança d'un pas, tomba, tête la première, à quelques centimètres des bottes du vieillard.

– Je suis navré, marmonna ce dernier. (Sa voix parvenait toute déformée à Hester, comme celle de Tom dans le téléphone des Aakiuq.) J'ai cinq épouses à nourrir, vous comprenez. Toutes ont des goûts dispendieux et me harcèlent affreusement.

La jeune femme gémit une nouvelle fois.

– Ne vous inquiétez pas, continua l'affreux. Je vais juste vous emmener, vous et votre vaisseau, à l'Aire des Crapules. On vous y veut pour interrogatoire. Rien de plus méchant.

– Mais Tom..., parvint-elle à chuchoter.

D'autres bottes apparurent, des chaussures féminines, coûteuses, à la mode, ornées de glands ; de nouvelles voix se firent entendre.

– Vous êtes certain que c'est elle, Blinkoe ?

– Pouah ! Qu'elle est vilaine !

– Il est impossible qu'elle vaille encore quelque chose pour quelqu'un !

– Dix mille en liquide quand je l'aurai livrée à l'Aire des Crapules, décréta Blinkoe, très fier de lui. Je conduirai son aérostat en remorquant le *Mauvaise Passe*. Je rentre bien vite, les poches pleines de sous. Veillez sur la boutique en mon absence, mes colombes.

Hester tenta de protester. S'il l'emmenait, ses plans seraient réduits à néant, elle ne pourrait sauver Tom. Il serait mangé comme toute Anchorage… Hélas, elle eut beau essayer de lutter tandis que les autres la fouillaient pour lui voler ses clés, elle ne produisit ni un son ni un clignement de paupière. Elle mit néanmoins longtemps à perdre conscience, ce qui fut le pire, dans la mesure où elle saisit tout ce qui lui arrivait. Le marchand et son harem la tirèrent à bord du *Jenny Haniver* et entreprirent de préparer l'aérostat au décollage.

Deuxième partie

19
La Crypte aux Souvenirs

Un torrent d'eau glacée la réveilla, l'expédiant sur un sol de pierre gelée avant de la projeter contre une paroi de carreaux blancs. Elle hurla et s'étrangla, de l'eau plein la bouche, aveuglée par ses cheveux qui collaient à son visage. Elle les écarta, ne découvrit d'ailleurs rien de bien intéressant, juste une pièce nue et froide éclairée par une lampe à argon, ainsi que des hommes en uniforme immaculé qui dirigeaient des tuyaux sur elle.

– Stop ! cria une voix féminine.

La tempête cessa, les tourmenteurs dc Hester tournèrent les talons afin de suspendre leurs lances à des crochets métalliques vissés au mur. Haletante, la jeune femme jura et cracha. Des lambeaux de souvenirs lui revinrent – Arkangel, un marchand ; elle avait repris conscience dans les soutes glacées et bruyantes du *Jenny Haniver*, s'était aperçue qu'elle était attachée. Elle s'était démenée pour se libérer, avait crié, et le vieil homme était venu, se confondant en excuses, puis elle avait de nouveau eu droit à la piqûre de frelon et avait replongé dans le noir. Il l'avait droguée, encore et encore, tandis qu'il l'emmenait d'Arkangel en ces lieux, quels qu'ils fussent…

– Tom ! gémit-elle.

Des pieds chaussés de bottes s'approchèrent d'elle en clapotant dans l'eau. Hester leva la tête, mauvaise, s'attendant à voir le marchand, mais ce n'était pas lui. C'était une jeune femme vêtue de blanc, portant un badge en bronze sur la poitrine qui la distinguait comme un officier subalterne de la Ligue Anti-mouvement. Un brassard brodé d'un éclair vert ornait son uniforme.

– Habillez-la ! ordonna-t-elle.

Les hommes relevèrent Hester en la tirant par les cheveux. Ils ne prirent pas la peine de l'essuyer, se bornèrent à forcer ses membres flageolants à entrer dans les jambes et les bras d'une combinaison grise informe. Hester tenait à peine debout, alors résister… Pieds nus, elle fut poussée dans un couloir humide, derrière l'officier. Aux murs, des images représentaient des vaisseaux attaquant des locomopoles ainsi que de beaux jeunes gens et jeunes femmes en blanc qui contemplaient le lever de soleil au-dessus d'une colline verdoyante. Ils croisèrent d'autres soldats qui martelaient le sol de leurs brodequins. La majorité étaient à peine plus âgés que Hester, ce qui ne les empêchait pas d'arborer des sabres à leur flanc, d'afficher des brassards à éclair vert et l'expression d'autosatisfaction absolue qui caractérise les gens persuadés d'avoir raison.

Au bout du corridor s'ouvrait une porte métallique qui condamnait une cellule, pièce étroite et haute, pareille à une tombe, éclairée par une unique fenêtre, percée très haut. Des canalisations de chauffage serpentaient le long du plafond en béton qui s'effritait; elles ne dispensaient aucune chaleur. Hester frissonna dans sa combinaison qui la grattait. On lui lança un lourd manteau, elle se rendit compte que c'était le sien et l'enfila, reconnaissante.

– Où est le reste ? demanda-t-elle.

Elle eut du mal à se faire comprendre, entre ses dents qui claquaient et les effets secondaires des drogues injectées par son ravisseur, qui engourdissaient sa bouche déjà peu habile.

– Le reste de mes vêtements ?

– Voilà tes bottes, répondit l'officier en les lui jetant. Nous avons brûlé les autres. Ne t'inquiète pas, barbare, tu n'en auras plus besoin.

La porte fut refermée à clé, les pas des gardes s'éloignèrent. Hester entendit la mer qui battait la côte rocheuse. Serrant ses bras autour d'elle pour tenter de se réchauffer, elle fondit en larmes. Pas pour elle, ni même pour Tom, mais pour ses habits incinérés ; son gilet avec la photo de Tom dans la poche, son cher foulard rouge qu'il lui avait acheté à Peripateticiapolis. Désormais, elle n'avait plus rien de lui.

L'obscurité qui régnait de l'autre côté de la petite fenêtre vira peu à peu au gris délavé. La porte grinça sur ses gonds, et un homme entra.

– Debout, barbare ! lui ordonna-t-il. Le commandant t'attend.

Le commandant attendait en effet, dans une vaste pièce propre sur les murs desquels les silhouettes vagues de dauphins et de nymphes étaient encore visibles sous la peinture blanche dont on les avait recouverts. Un œil-de-bœuf donnait sur une mer agitée. La femme était assise à un grand bureau en acier, ses doigts tapotaient nerveusement une chemise en papier kraft. Elle ne se leva que lorsque les sentinelles escortant Hester se mirent au garde-à-vous.

– Laissez-nous, leur dit-elle.

– Mais, Commandant…

– Je pense être capable de gérer une barbare maigrichonne.

Elle attendit qu'ils aient disparu pour faire le tour de son bureau, sans jamais quitter la prisonnière du regard. Hester connaissait ces prunelles sombres et féroces – le commandant n'était autre que Sathya, l'ancienne jeune protégée d'Anna Fang, à Batmunkh Gompa. La vagabonde céleste ne fut pas particulièrement surprise. Depuis qu'elle avait abordé sur Anchorage, sa vie suivait la logique étrange d'un rêve, et il ne lui semblait pas étonnant que ce dernier s'achevât par sa rencontre avec un visage familier et hostile. Deux ans et demi s'étaient écoulés depuis leur dernière entrevue, mais Sathya paraissait avoir vieilli de bien davantage. Ses traits étaient sévères et usés, et ses yeux noirs exprimaient un sentiment indéchiffrable, comme si la rage, la culpabilité, l'orgueil et la peur s'étaient mélangés pour créer une émotion nouvelle.

– Bienvenue à la base, lâcha-t-elle sur un ton froid.

– Où sommes-nous ? répliqua Hester. Je croyais que vous autres n'aviez pas d'états-majors aussi haut dans le Nord. Plus depuis que la colonie statique du Spitzberg a été mangée.

– Vous ne savez pas grand-chose de nous autres, mademoiselle Shaw, riposta Sathya avec un sourire méprisant. Le Haut Conseil a peut-être jugé bon de retirer des contrées polaires les forces de la Ligue, mais certains parmi nous ne se résignent pas aussi aisément à la défaite. Les Assaillants Verts ont gardé quelques postes avancés dans le Nord. Puisque vous ne quitterez pas cet endroit vivante, je peux vous révéler que nous sommes sur l'Aire des Crapules, une île à quelque trois cents kilomètres de la pointe sud du Groenland.

– Formidable. C'est la clémence du temps qui vous a attirés ici ?

Sathya gifla Hester de toutes ses forces, au point de lui couper le souffle.

– Ce sont les cieux sous lesquels Anna Fang a grandi. Ses parents commerçaient dans la région, avant d'être réduits en esclavage par Arkangel.

– Alors, vos raisons ne sont que sentimentalisme, marmonna Hester.

Elle guetta un nouveau coup, mais le commandant se contenta de lui tourner le dos et de regarder par la fenêtre.

– Vous avez détruit une de nos unités au col de Drachen, il y a trois semaines, lâcha-t-elle au bout d'un moment.

– Uniquement parce qu'elle avait attaqué mon aérostat.

– Ce n'est pas le vôtre. C'est... c'était celui d'Anna Fang. Vous l'avez volé, la nuit où elle est morte. Vous et votre amant barbare, Tom Natsworthy. Où est-il, celui-là, d'ailleurs ? Ne me dites pas qu'il vous a quittée ?

Hester haussa les épaules.

– Que faisiez-vous, seule à bord d'Arkangel ?

– Je trahissais quelques villes au profit des Grands-Veneurs, rien de plus.

– Ça ne m'étonne pas. Vous avez la trahison dans le sang.

Hester fronça les sourcils. Sathya l'avait-elle amenée jusqu'ici juste pour insulter sa lignée ?

– Si vous entendez par là que je tiens de ma mère, sachez que je la considère comme une idiote d'avoir déterré cette Méduse. Pour autant, je ne crois pas qu'elle ait trahi qui que ce soit.

– Non, mais votre père…

– Il était fermier ! se récria Hester, soudain furieuse que cette fille s'en prenne à la mémoire d'un pauvre homme qui n'avait jamais fait que le bien sur terre.

– Menteuse ! Votre père était Thaddeus Valentine.

Dehors, la neige s'était mise à tomber, tel du sucre glace tamisé. Hester apercevait des icebergs qui labouraient la masse grise et décourageante de la mer hivernale.

– Ce n'est pas vrai, murmura-t-elle d'une toute petite voix.

Sathya tira une feuille de papier à lettres du dossier posé sur sa table de travail.

– Voici le rapport qu'a rédigé Anna Fang pour le Haut Conseil le jour où elle vous a amenés à Bat-munkh Gompa. Voyons un peu ce qu'elle écrit à votre propos… Ah, oui : « Deux jeunes personnes ;

un adorable apprenti Historien de Londres, inoffensif, et une pauvre adolescente défigurée qui, j'en suis sûre, est la fille disparue de Pandora Rae et de Thaddeus Valentine. »

– Mon père était David Shaw, de l'Île aux Chênes...

– Votre mère a eu de nombreux amants avant de l'épouser, répliqua Sathya d'une voix désapprobatrice. Parmi eux, Valentine. Vous êtes son enfant. Anna n'aurait jamais écrit cela si elle avait eu des doutes.

– Mon père était David Shaw, persista une Hester larmoyante.

Elle savait que ce n'était pas vrai. Du fond du cœur, elle l'avait su, ces deux dernières années, depuis que son regard avait croisé celui de Valentine au-dessus du corps agonisant de sa fille Katherine. Une sorte de compréhension avait crépité entre eux, comme un éclair électrique, une prise de conscience qu'elle s'était empressée d'étouffer du mieux possible, parce qu'elle ne voulait pas de lui comme père. Pourtant, elle avait compris, au plus profond d'elle-même. Pas étonnant qu'elle n'ait pu se résoudre à le tuer.

– Anna se trompait à votre sujet, n'est-ce pas ? reprit le commandant. Vous ne vous étiez pas égarés, et Tom n'était pas inoffensif. Vous étiez de mèche avec Valentine depuis le début. Vous avez utilisé la gentillesse d'Anna pour pénétrer dans Batmunkh

Gompa et aider votre espion de père à détruire la Flotte du Nord.

– Non ! protesta Hester.

– Si. Vous avez attiré Anna dans un endroit où il pouvait l'assassiner, puis vous lui avez volé son vaisseau.

– Vous vous trompez complètement.

– Arrêtez de mentir ! hurla Sathya en se retournant, les larmes aux yeux.

Hester tenta de se rappeler cette nuit-là. Pour l'essentiel, ce n'était qu'une image floue de flammes et de précipitation, mais elle avait l'impression que son interlocutrice n'avait pas la conscience tranquille. Elle avait beau tenir des discours guerriers, elle avait laissé son Anna adorée se ruer seule contre Valentine, qui l'avait tuée. Hester savait pertinemment qu'on ne se pardonnait jamais ce genre de choses. On avait plutôt tendance à récrire l'Histoire ou à s'abîmer dans le désespoir. Ou alors, on trouvait un bouc émissaire. La fille de Valentine, par exemple.

– Vous payerez pour vos actes, décréta Sathya. Mais voyons d'abord si vous arrivez à racheter votre faute.

S'emparant d'un pistolet posé sur son bureau, elle indiqua une petite porte latérale. Hester s'en approcha, envisageant avec la même indifférence l'endroit où sa geôlière la conduisait et l'éventualité d'être abattue. « La fille de Valentine, ressassait-elle en elle-même. La fille de Valentine franchit une porte. La fille de Valentine descend des marches en fer. La fille de Valentine. » Elle ne s'étonnait plus d'être dotée d'une telle personnalité. Ni d'avoir vendu sans sourciller une ville pleine de bonnes gens à Arkangel. Elle était la fille de Valentine, et elle ne valait pas mieux que lui.

L'escalier menait à un tunnel puis à une espèce d'antichambre. Deux gardes toisèrent froidement Hester à travers les visières en verrtique de leurs casques en forme de crabe. Un troisième homme se tenait près d'un battant en acier renforcé ; un rabougri nerveux aux yeux rouges de lapin qui se rongeait furieusement les ongles. Les appliques à argon des murs envoyaient des reflets sur son crâne chauve. Une roue rouge était tatouée entre ses sourcils.

– Un Ingénieur ! s'exclama Hester. Un Ingénieur de Londres ! Je les croyais tous morts !

– Quelques-uns ont survécu, expliqua Sathya. Après l'explosion de Londres, on m'a confié le commandement de l'escadron chargé de récupérer les rescapés qui filaient de l'épave. La plupart ont été envoyés dans des camps d'esclaves du territoire de la Ligue, mais quand j'ai interrogé le Docteur Popjoy et appris quelles recherches il avait conduites, j'ai songé qu'il allait être en mesure de nous aider.

– À quoi ? La Ligue déteste la Pré-Tech, non ?

– Certains ont toujours été d'avis que, pour battre les villes, nous devions utiliser leurs propres armes infernales. Après ce que votre père et vous-même avez fait, à Batmunkh Gompa, ils ont osé s'exprimer avec plus de vigueur. Ils ont créé une société secrète : les Assaillants Verts. Quand je leur ai parlé de Popjoy, ils ont tout de suite saisi l'intérêt qu'il représentait et m'ont autorisée à mettre sur pied cette base.

L'Ingénieur sourit, découvrant ses grandes dents jaunes.

– Ainsi, voilà Hester Shaw ? dit-il. Elle sera utile. Oui, oui, en tant que témoin de la mise à mort. Sa présence dans l'environnement mnémonique pourrait constituer le déclencheur qui nous manque.

– Alors, mettez-vous-y sans tarder ! aboya Sathya.

Elle était aussi nerveuse que Popjoy. Ce dernier manipula une série de manettes fixées sur la porte, et les énormes verrous électromagnétiques se libérèrent en émettant une série de bruits creux qui évoquaient des crampons d'arrimage se désengageant. Les soldats se raidirent et ôtèrent les sécurités de leurs mitrailleuses dont les canons crachèrent de la vapeur. Hester se rendit alors compte que ces mesures de sécurité n'étaient pas destinées à empêcher quelqu'un d'entrer mais à empêcher quelque chose de sortir.

La porte s'ouvrit en grand.

Plus tard, Hester apprendrait que la Crypte aux Souvenirs était un réservoir d'essence reconverti, l'un des globes d'acier accrochés par dizaines dans les cirques naturels de l'Aire des Crapules. En cet instant toutefois, elle eut seulement l'impression d'une pièce à la taille démesurée dont les parois rouillées s'inclinaient pour former un dôme. Sur tous les murs, de vastes tableaux avaient été suspendus – agrandissements de visages humains, clichés de Londres, d'Arkangel et de Marseille, peinture sur soie de Batmunkh Gompa dans un cadre d'ébène. Des extraits de film repassaient sans cesse sur des panneaux blanchis à la chaux : une fillette aux tresses dorées riait dans une prairie, une jeune femme tirait sur une longue pipe et envoyait de la fumée vers la caméra.

Sans comprendre pourquoi, Hester fut saisie d'une bouffée d'effroi.

Une passerelle faisait le tour de cette cave voûtée, et une autre, plus étroite, menait à une plate-forme centrale. S'y tenait une silhouette monacale en robe grise. Hester tenta de ne pas emboîter le pas à Sathya et Popjoy qui s'engageaient sur la passerelle, mais l'une des sentinelles la poussa fermement dans le dos. Le commandant atteignit la plate-forme et, le visage baigné de larmes silencieuses, effleura le bras de l'être qui y était installé.

– Je t'ai apporté un présent, trésor. Une visiteuse. Quelqu'un que tu n'as sûrement pas oublié.

La silhouette grise tourna la tête. Lorsque son capuchon tomba, Hester vit que c'était – non, que *ç'avait été* – Anna Fang.

20
Le nouveau modèle

Le Docteur Popjoy avait fait du bon travail pour ses nouveaux maîtres. Lui et ses collègues avaient passé des années à étudier la technologie des Traqueurs. Ils avaient beaucoup appris de Shrike, le tueur à gages mécanisé qui avait autrefois adopté Hester. Ils avaient même fabriqué leurs propres Traqueurs. Hester en avait vu des escadrons entiers défiler au pas dans les rues de Londres, la nuit où la Méduse avait explosé. Mais comparer ces créatures menaçantes dépourvues de cerveau à la chose qui se tenait devant elle aurait été comme comparer une vieille montgolfière de commerce à un yacht flambant neuf du modèle Nuage de Sérapis.

Celle-ci était mince et presque gracieuse, à peine plus grande que ne l'avait été Mlle Fang de son vivant. Son visage était dissimulé par un masque mortuaire en bronze de l'aviatresse, et les tuyaux qui jaillissaient de son crâne avaient été rassemblés derrière sa tête. Les vagues mouvements de curiosité qui agitèrent sa tête et ses mains quand elle inspecta Hester semblèrent tellement humains que, l'espace d'un instant, la jeune fille crut que l'Ingénieur avait réussi à ramener Anna à la vie.

– Elle n'a pas recouvré la mémoire, expliqua Sathya d'une voix saccadée, mais ça ne saurait tarder. Cet endroit est destiné à lui permettre de se souvenir, jusqu'à ce qu'elle récupère toutes ses facultés. Nous avons réuni les photographies de tous ceux qu'elle a connus, de tous les endroits où elle est allée, des villes qu'elle a combattues, de ses admirateurs et de ses ennemis. Elle se rappellera. Elle n'a été ressuscitée que depuis quelques mois, et…

Elle s'interrompit brusquement, comme si elle comprenait que son bavardage plein d'espoir ne faisait que renforcer l'horreur de l'abomination dont elle était responsable. L'écho de ses derniers mots se répercuta doucement à l'intérieur du dôme. « Et, et, et, et, et… »

– Par les dieux et les déesses ! s'exclama Hester. Pourquoi ne pas l'avoir laissée tranquille ?

– Parce que nous avons besoin d'elle ! hurla Sathya. La Ligue est perdue ! De nouveaux chefs nous sont nécessaires. Anna était la meilleure d'entre nous. Elle nous indiquera le chemin de la victoire !

Le Traqueur plia ses mains habiles, et une mince lame surgit à chacun de ses doigts, *clac, clac, clac.*

– Ceci n'est pas Anna, persista Hester. Personne ne revient des Confins Ombreux. Votre Ingénieur domestique a peut-être réussi à relever son cadavre, il n'empêche que ce n'est pas elle. J'ai bien connu un Traqueur, à une époque. Ils ne se souviennent plus de celui ou celle qu'ils ont été de leur vivant. Ce ne sont plus les mêmes personnes, parce que ces dernières sont *mortes*. Quand on fourre une des vieilles machines de Pré-Tech dans leur tête, on fabrique un nouvel être. Comme de nouveaux locataires dans une maison vide...

– J'ignorais que vous étiez une experte, mademoiselle Shaw, se mit à ricaner Popjoy. Vous faites ici allusion à Shrike, un exemplaire d'une technologie très inférieure. Avant d'installer la machinerie antique dans le cerveau de Mlle Fang, je l'ai programmée pour qu'elle recherche ses centres-mémoires. Je ne doute pas que nous arriverons à réactiver ses souvenirs. Tel est l'usage de cette pièce : stimuler le sujet au moyen de rappels constants de sa vie antérieure. L'essentiel est de dénicher la bonne gâchette mnémonique – une odeur, un objet, un visage. C'est là que vous entrez en scène.

Sathya poussa Hester devant elle, la plaçant à quelques centimètres du nouveau Traqueur.

– Regarde, trésor ! lança-t-elle joyeusement à ce dernier. Regarde ! C'est Hester Shaw. La fille de Valentine. Tu te souviens ? Tu l'avais trouvée sur le Terrain de Chasse et ramenée à Batmunkh Gompa. Elle était présente quand tu es morte !

La machine se pencha. Derrière le masque de bronze, une langue morte et noire lécha des lèvres parcheminées.

– Je ne connais pas cette fille, déclara une voix qui n'était qu'un chuchotement desséché, un vent nocturne soufflant dans des gorges pierreuses.

– Si, Anna ! insista l'autre avec une patience écœurante. Essaye de te souvenir. Tu dois y arriver.

Le Traqueur balaya du regard les centaines de portraits qui ornaient les parois, le plancher et le plafond de sa prison sphérique. Il y avait là les parents d'Anna Fang, Stilton Kael, qui avait été son maître du temps de son esclavage à Arkangel, Valentine, le capitaine Khora et Pandora Rae, mais pas d'images de Hester défigurée. La créature reporta ses yeux mécaniques sur la jeune femme, ses longues griffes frémirent.

– Je ne connais pas cette fille, répéta-t-elle. Je ne suis pas Anna Fang. Tu me fais perdre mon temps, petite N'a-qu'une-vie. Je veux m'en aller d'ici.

– Bien sûr, Anna, mais tu dois d'abord tâcher de te rappeler. Tu dois redevenir toi-même avant que nous ne te ramenions à la maison. Tout le monde t'adore, dans les pays de la Ligue. Quand les gens apprendront que tu es revenue, ils te suivront.

– Commandant ? marmonna Popjoy en reculant. Je crois qu'il vaudrait mieux que nous nous retirions, maintenant.

– Je ne suis pas Anna Fang, répéta le Traqueur.

– Commandant ? Je pense vraiment que...

– Anna, s'il te plaît !

N'écoutant que son instinct, Hester tira Sathya en arrière à l'instant où les lames des griffes jaillissaient, n'évitant la gorge de la jeune femme que de deux centimètres. Le garde leva son arme, et le Traqueur hésita, juste assez pour que tous aient le temps de se précipiter sur la passerelle. Lorsqu'ils parvinrent à la porte, un homme posté sur le seuil déclencha un lourd levier. Des lumières rouges s'allumèrent en même temps que vibrait un bourdonnement électrique.

– Je ne suis pas Anna Fang ! hurla le monstre.

Jetant un coup d'œil par-dessus son épaule, Hester le vit qui la fixait, mains tremblantes, lames scintillantes. Les soldats claquèrent la porte blindée.

– Fascinant, commenta Popjoy en griffonnant dans un calepin. Fascinant. À la réflexion, je me demande si nous n'avons pas joué avec le feu et installé ces doigts-glaives un peu trop tôt...

– Qu'est-ce qu'elle a ? s'écria Sathya.

– Difficile à déterminer avec exactitude. À mon avis, les nouveaux composants de recherche-mémoire que j'ai ajoutés au cerveau de base du Traqueur sont incompatibles avec ses instincts tactiques et agressifs.

– Donc, ce truc est fou ? demanda Hester.

– Franchement, mademoiselle Shaw, ce terme est outré. Je préférerais dire que l'ex-Mlle Fang est « différemment saine d'esprit ».

– Pauvre Anna, murmura Sathya en se frottant la gorge.

– Oubliez-la, la rabroua Hester. Anna est morte. Pensez plutôt à vous. Vous avez là une machine à tuer complètement cinglée, et ce ne sont pas vos fusils à la noix qui l'empêcheront de filer d'ici. Elle pourrait descendre de cette plate-forme, atteindre la porte et…

– La passerelle est électrifiée, mademoiselle Shaw, objecta Popjoy d'une voix ferme. Les poutres qui la soutiennent également, ainsi que la porte. Même les Traqueurs rechignent à recevoir une décharge électrique massive. Quant aux armes, je suis à peu près sûr que Mlle Fang n'a pas encore pris la mesure de sa nouvelle puissance et continue de les craindre. Ce qui pourrait signifier qu'elle conserve quelques souvenirs de son ancien statut d'humaine.

Sathya lui jeta un coup d'œil plein d'espoir.

– Oui ! Oui, Docteur. Nous ne devons pas renoncer. Nous lui ramènerons Hester.

Souriante, elle s'en alla. Hester avait cependant eu le temps de distinguer une lueur affolée derrière les lunettes de Popjoy. Il n'avait pas la moindre idée de la façon de raviver la mémoire de la défunte aviatresse. Sathya finirait bien par admettre que ses tentatives pour ramener son amie des Confins Ombreux étaient vouées à l'échec. Alors, elle n'aurait plus besoin de Hester.

« Je vais mourir ici, songea cette dernière, tandis qu'un garde la reconduisait dans sa cellule. Soit Sathya, soit cette machine dérangée me tueront. Je ne reverrai jamais Tom. Je ne le sauverai pas. Il mourra lui aussi, dans le quartier des esclaves d'Arkangel, en me maudissant. »

S'appuyant contre le mur, elle se laissa glisser à terre et se roula en boule. Elle entendait la mer gronder sur les falaises de l'Aire des Crapules, aussi froide que la voix du Traqueur. Des bouts de ciment et des écailles de peinture tombaient du plafond humide, des grattements faibles résonnaient dans la vieille tuyauterie, lui rappelant Anchorage. Elle pensa à M. Scabious, à Sathya, aux tentatives désespérées des uns et des autres pour tenter de retenir ceux qu'ils aimaient.

– Oh, Tom ! Oh, Tom ! sanglota-t-elle en l'imaginant heureux et en sécurité à Anchorage, à mille lieues de soupçonner qu'elle avait envoyé l'abominable Arkangel à ses trousses.

21
Mensonges et crabes

Une semaine passa, puis une autre, et encore une autre. Anchorage filait vers l'ouest, rampant le long de la côte septentrionale du Groenland, précédée par des traîneaux de reconnaissance chargés de sonder l'épaisseur de la glace. Aucune locomopole ne s'était encore jamais aventurée dans ces parages, et Mlle Pye se méfiait de ses cartes.

Freya avait elle aussi l'impression de s'être risquée dans un territoire non encore cartographié. Pourquoi était-elle si malheureuse ? Comment la situation avait-elle pu tourner aussi mal, alors que tout avait semblé se dérouler parfaitement ? Elle ne comprenait pas pourquoi Tom la rejetait. Il ne pouvait quand même pas regretter Hester, songea-t-elle en dépoussiérant du doigt un pan de son miroir afin d'y contempler son reflet. Il était impossible qu'il lui préférât ce laideron !

Parfois, toute à son apitoiement sur elle-même, elle échafaudait des stratagèmes afin de regagner son affection. Alors, elle se fâchait et parcourait les couloirs encrassés du palais en tapant du pied et en grommelant les réponses qu'elle aurait dû lui opposer lors de leur dispute. À une ou deux occasions, elle se surprit à hésiter, se demandant si elle ne devrait pas ordonner qu'on lui tranchât la tête pour haute trahison. Malheureusement, le bourreau d'Anchorage, un très vieux monsieur dont le poste avait été purement honorifique, était mort, et Freya doutait que Smew eût seulement la force de soulever la hache.

Tom avait quitté sa suite au Palais d'Hiver afin d'emménager dans un appartement abandonné d'un des grands immeubles vides de la Perspective Rasmussen, à deux pas du port. Sans la Wunderkammer et la bibliothèque de la margravine pour l'occuper, il consacrait ses journées à s'apitoyer sur lui-même et à chercher des façons de ramener Hester ou, du moins, de découvrir où elle était partie.

Il n'avait aucun moyen de quitter la ville, la chose était certaine. Il avait harcelé M. Aakiuq pour qu'il transformât le *Choucas* en un vaisseau longue distance, mais ce n'était qu'un remorqueur qui ne s'était jamais éloigné de plus d'un kilomètre d'Anchorage, et le chef de la capitainerie affirmait qu'il était impossible de l'équiper des vastes réservoirs dont il aurait besoin si Tom comptait le ramener vers l'est.

– Au demeurant, avait-il ajouté, avec quoi les remplirions-nous ? J'ai vérifié le niveau de nos réserves, et il ne nous reste presque plus rien. Je ne comprends pas. Les jauges continuent de marquer le plein, mais les soutes sont vides.

Le carburant n'était pas le seul à disparaître. Peu convaincu par les fantômes de M. Scabious, Tom avait poursuivi son enquête dans le quartier des mécaniciens, s'enquérant auprès de tous du mystérieux ami de Hester. Si personne ne le connaissait, tout le monde en revanche avait quelque chose à raconter sur des silhouettes entrevues dans des recoins et sur des outils qui s'évaporaient entre deux changements de brigade. Des objets se volatilisaient de casiers cadenassés et de pièces verrouillées, et le réservoir d'huile de la Rue du Transfert Thermique était à sec, alors que les jauges indiquaient le contraire.

– Que se passe-t-il ? demandait Tom. Qui s'amuse à voler ces choses ? Y aurait-il des clandestins à bord ? Des gens qui, après l'épidémie, seraient secrètement restés afin de se remplir les poches ?

– Voyons, jeune homme ! rigolaient les mécanos. Personne n'aurait envie de rester ici, à moins de vouloir aider Sa Splendeur à mener la ville en Amérique !

On ne peut descendre d'Anchorage, encore moins écouler les marchandises dérobées.

– Alors, qui…

– Des fantômes, répondaient les ouvriers en secouant la tête et en tripotant les amulettes qu'ils portaient autour du cou. Les Hautes Glaces ont toujours été hantées. Les spectres viennent jouer de mauvais tours aux vivants. Tout le monde sait ça.

Tom n'en était pas aussi convaincu. Certes, le quartier des mécaniciens avait quelque chose d'effrayant. Il arrivait aussi, quand il était seul dans les rues lugubres, qu'il eût l'impression d'être observé. Mais il ne comprenait pas ce que des fantômes auraient fait d'huile, d'outils, de carburant et de babioles volées dans le musée de la margravine.

– Il nous traque, marmonna Skewer d'une voix sombre, un soir que, sur les écrans, il regardait Tom farfouiller dans des bâtiments vides en lisière de la salle des machines. Il sait.

– Mais non ! protesta Caul avec lassitude. Il a des soupçons, rien de plus. D'ailleurs, il ne sait même pas ce qu'il soupçonne. Il se dit juste que quelque chose ne tourne pas rond.

Skewer le contempla d'un air surpris avant de s'esclaffer.

– Tu m'as l'air de bien connaître ses pensées, hein ?

– Je dis simplement qu'il est inutile de s'inquiéter.

– Et moi, je crois que nous devrions le liquider. Un accident est si vite arrivé. Qu'est-ce que tu dis de ça, hein ?

Caul ne répondit pas, refusant de mordre à l'hameçon. Il était vrai que, depuis que Tom avait commencé à enquêter, les cambrioleurs étaient obligés de se montrer plus prudents, ce qui les retardait. Skewer avait hâte de prouver qu'il avait eu raison de s'emparer du commandement et il était bien déterminé à ramener à Parrain *La Sangsue Agile* chargée de butin jusqu'à la gueule. Hélas, lui et Caul avaient beau monter sur les ponts supérieurs toutes les nuits, ils n'osaient plus piller de façon trop évidente, par crainte de nourrir la suspicion de Tom. Ils avaient été aussi contraints de débrancher leurs tuyaux-lamproies des réservoirs d'essence du port, ce qui allait bientôt poser un problème, dans la mesure où les poissons-messages et la plupart des systèmes de *La Sangsue Agile* étaient alimentés en carburant volé.

La part Garçon Perdu de la personnalité de Caul savait que Skewer avait raison. Il aurait suffi d'un couteau planté entre les côtes de Tom dans une artère déserte et de son cadavre jeté par-dessus bord pour que leurs activités reprennent un rythme normal. Mais son autre part, plus gentille, ne supportait pas cette idée. Il aurait voulu que Skewer renonçât et rentrât à Grimsby en l'abandonnant seul ici, libre d'espionner Tom, Freya et les autres Secs. Quelquefois, il caressait même l'idée de se livrer aux habitants d'Anchorage, de se fier à leur miséricorde. Sauf que, d'aussi loin qu'il se souvînt, on lui avait répété que les Secs étaient impitoyables. Ses entraîneurs du Volarium, ses camarades, la voix de Parrain qui chuchotait à travers les haut-parleurs de la cantine de Grimsby – tout le monde s'accordait pour affirmer que, si civilisés qu'ils puissent paraître, si confortables que soient leurs cités et jolies leurs filles, les Secs feraient subir des choses infâmes à tout Garçon Perdu qu'ils attraperaient.

Caul n'était pas certain que cela fût vrai, il n'avait cependant pas le courage d'aller le vérifier. Comment s'y serait-il pris, au demeurant ? « Salut, c'est moi, Caul. Je vous vole depuis… »

Au fond de la cabine, le télégraphe se mit à jacasser, interrompant les pensées du garçon. Lui comme Skewer sursautèrent, tandis que Gargle, plus nerveux que jamais depuis que Skewer régnait en tyran sur la bernique, poussa un couinement de frayeur. La machine soulevait et abaissait ses leviers en laiton à toute vitesse, pareille à un criquet mécanique, et un long ruban de papier perforé se mit à sortir de la fente de son dôme en verrtique. Quelque part dans les profondeurs abyssales au-dessus desquelles avançait

Anchorage, un poisson-message de Grimsby nageait vers eux, lançant son signal à travers la banquise.

Les voleurs se regardèrent. Voilà qui était rare. Ni Caul ni Skewer n'avaient jamais reçu de message de Parrain lors de leurs précédentes missions. Sous l'effet de la surprise, Skewer en oublia son rôle de commandant.

– Qu'est-ce que c'est, à ton avis ? demanda-t-il à Caul d'un air inquiet. Des ennuis à la maison ?

– C'est toi le capitaine, maintenant. À toi de vérifier.

Skewer traversa la cabine en poussant Gargle et attrapa la bande de papier. Il en étudia les trous, et se renfrogna.

– Qu'est-ce qu'il y a, Skew ? trépigna Gargle. Ça vient de Parrain ?

L'autre hocha le menton avant de relire le message, comme s'il n'en croyait pas ses yeux.

– Évidemment, que c'est de Parrain, pauvre crétin. Il écrit qu'il a lu nos rapports et nous ordonne de rentrer immédiatement à Grimsby. Nous devons ramener Tom Natsworthy avec nous.

– Professeur Pennyroyal !

Ces dernières semaines, le grand explorateur ne se montrait plus guère, se confinant dans ses appartements et ne daignant même pas paraître aux réunions du Comité d'Orientation. Il avait, d'une voix étouffée, expliqué être enrhumé lorsque Freya avait envoyé Smew frapper à sa porte. Ce soir-là, alors qu'il émergeait du quartier des mécaniciens, Tom reconnut sa silhouette enturbannée qui pataugeait dans la neige de la Perspective Rasmussen.

– Professeur Pennyroyal ! hurla-t-il de nouveau.

Il partit au galop et rattrapa l'homme au pied du Phare.

– Ah, Tom ! marmonna l'archéologue avec un sourire faiblard.

Il avait du mal à s'exprimer, et ses bras étaient pleins de bouteilles d'un vin rouge bon marché qu'il venait d'emprunter à un restaurant abandonné appelé *Tortore du Nord*. Je suis ravi de vous revoir. Pas de chance avec l'aérostat, j'imagine ?

– Pardon ?

– Mon petit doigt m'a dit que vous aviez demandé le remorqueur à Aakiuq. Le *Chourave* où je ne sais quoi. Vous comptiez fuir ces contrées polaires afin de regagner la civilisation.

– C'était il y a des semaines, Professeur.

– Ah bon ?

– Et ça n'a pas marché.

– Ah. Dommage.

Un silence gêné s'installa. Pennyroyal tanguait légèrement.

– Je vous cherche depuis un bon moment, reprit Tom. Je voulais vous poser une question. En tant qu'explorateur et historien.

– Dans ce cas, vous feriez mieux d'entrer.

La résidence du Chef Navigateur Honoraire avait perdu de sa superbe depuis la dernière fois que Tom y était venu. Des piles de journaux et de vaisselle sale avaient poussé comme des champignons un peu partout, des vêtements onéreux et froissés jonchaient le sol, des rangées de bouteilles vides étaient alignées le long du canapé, épave échouée sur une grève de vin chapardé çà et là.

– Installez-vous, dit Pennyroyal en montrant vaguement un fauteuil.

Il farfouilla sur son bureau encombré, à la recherche d'un tire-bouchon.

– Et maintenant, enchaîna-t-il, en quoi puis-je vous être utile ?

Tom secoua la tête. Sa requête lui paraissait stupide, maintenant qu'il devait la formuler à voix haute.

– Eh bien, voilà. Durant vos voyages, vous est-il arrivé d'entendre parler d'intrus grimpant à bord de villes ?

Le bonhomme faillit en lâcher sa bouteille.

– Des clandestins ? Non ! Pourquoi ? Suggéreriez-vous que quelqu'un…

– Je n'en suis pas certain. Peut-être. Des objets

disparaissent, et je n'imagine pas un des sujets de Freya... ils ont tout ce qu'ils veulent, ils n'ont aucune raison de voler.

Pennyroyal déboucha le vin, but une longue rasade au goulot, ce qui parut calmer ses nerfs.

– Nous sommes parasités, si ça se trouve, commenta-t-il.

– Comment ça ?

– Vous n'avez donc pas lu *Cités ziggourats du dieu-serpent ?* Mon époustouflant récit du séjour entrepris chez les Néo-Mayas ? Tout un chapitre est consacré aux villes-parasites : « Las Ciudades vampiras ».

– Non. S'agit-il de bourgades d'éboueurs ?

– Pas du tout ! se récria l'ivrogne en s'asseyant près de Tom, l'haleine chargée de relents vineux. Il existe bien des façons de piller une locomopole. Ces villes vampiriques se cachent dans le Terrain de Chasse jusqu'à ce qu'on leur roule dessus. C'est alors qu'elles bondissent et se cramponnent au bas de caisse d'une cité, grâce à de gigantesques ventouses. La malheureuse proie continue d'avancer sans se douter de la tique accrochée à son ventre, cependant que les occupants du parasite se glissent à bord et vident les réservoirs d'essence, dérobent des pièces d'équipement, assassinent les gens les uns après les autres, enlèvent les belles jeunes femmes qu'ils vendront sur le marché aux esclaves d'Itzal afin qu'elles soient sacrifiées aux dieux-volcans. La victime finit par s'arrêter, carcasse vide, privée de ses moteurs, vidée de ses habitants, cependant que le vampire engraissé se détache d'elle pour chercher une nouvelle proie.

Tom médita ces révélations.

– Mais c'est impossible, finit-il par objecter. Comment une locomopole pourrait-elle ignorer que toute une ville est suspendue à elle ? Comment pourrait-elle ne pas voir ces cambrioleurs crapahuter partout ? Cela n'a aucun sens ! Et puis... des *ventouses* ?

– Qu'insinuez-vous, Tom ? s'offusqua l'historien.

– Que... que vous avez tout inventé ! Comme dans votre ouvrage *Poubelles ? Plus belles !* Comme au sujet des vieux bâtiments que vous auriez découverts en Amérique... Par Quirke ! Êtes-vous seulement allé en Amérique, ou est-ce aussi un mensonge ?

Tom frissonna, bien qu'il fît étouffant dans l'appartement.

– Bien sûr que j'y suis allé ! s'emporta Pennyroyal.

– Je ne vous crois pas !

Le Tom d'autrefois, élevé dans le respect de ses aînés et des historiens de tout poil, n'aurait jamais osé assener pareille insolence, ne l'aurait même pas pensée. Trois semaines sans Hester l'avaient plus changé qu'il ne s'en doutait. Debout, il toisa le visage bouffi et suant de son interlocuteur, fut convaincu qu'il lui racontait des salades.

– Ce n'était qu'une fable, n'est-ce pas ? tonna-t-il. Le récit de votre voyage en Amérique, vous l'avez brodé à partir de comptes rendus d'aviateurs, et la légendaire carte de Snøri Ulvaeusson, qui a opportunément disparu, n'a même sans doute jamais existé !

– Quel culot ! pesta Pennyroyal en se hissant lourdement sur ses pieds et en brandissant sa bouteille vide. Quel culot ! Vous, une espèce d'ancien apprenti Historien, vous vous permettez de m'insulter ! Figurez-vous que mes livres se sont vendus à plus de cent mille exemplaires ! Qu'ils ont été traduits dans des dizaines de langues ! Je suis extrêmement respecté. « Épatant, époustouflant, épanouissant » – *La Gazette de Champ-Tremblant.* « Une excellente histoire » – *L'Annonceur de Panzerstadt Coblenz.* « Les travaux de Pennyroyal sont une bouffée d'air frais dans la lugubre production historique » – *Le Verbiage Venteux du Vendredi...*

Tom aurait bien eu besoin d'une bouffée d'air frais, mais pas de celles que l'historien pouvait fournir. Écartant l'impérieux archéologue, il dévala l'escalier et se rua dehors. Pas étonnant que Pennyroyal eût attendu avec autant d'impatience que fût réparé le *Jenny Haniver*, et qu'il eût été aussi désespéré quand Hester s'était enfuie. Ses fameuses prairies n'étaient que mensonges ! Il savait fort bien que Freya Rasmussen conduisait sa ville à la catastrophe !

Le jeune homme se précipita en direction du Palais d'Hiver, puis changea d'avis. La margravine n'était pas la bonne personne à qui révéler la vérité. Elle avait tout investi dans ce voyage vers l'ouest. S'il déboulait en clamant que l'historien n'était qu'un imposteur, l'orgueil de Freya en prendrait un coup, or de l'orgueil, elle en avait à revendre. Pis, elle était capable de croire que ce n'était là qu'une ruse de la part de Tom pour l'obliger à rebrousser chemin afin de partir en quête de Hester.

– Monsieur Scabious ! s'exclama-t-il.

Ce dernier n'avait jamais vraiment cru au Professeur Pennyroyal. Il écouterait Tom. Tournant les talons, celui-ci fonça vers les marches menant au quartier des mécaniciens. Alors qu'il passait sous le Phare, l'explorateur, penché au-dessus du balcon, lui cria :

– « Un talent renversant ! » – *L'Hebdo du Marteleur de Roues* !

En bas, dans la salle des machines étouffante et sombre, tout vibrait et trémulait à l'unisson du battement des moteurs qui menaient la ville à sa perte. Tom arrêta les premiers hommes qu'il croisa et leur demanda où il pouvait trouver Scabious. Du menton, ils indiquèrent la poupe tout en tripotant leurs amulettes.

– Il est allé chercher son fils, comme toutes les nuits.

Tom se rua dans les rues calmes et rouillées où rien ne bougeait. Ou du moins, presque rien. Alors qu'il passait sous une des suspensions à argon, un léger mouvement dans l'embouchure d'un puits de ventilation envoya un reflet de lumière au coin de son œil. Il stoppa net, hors d'haleine, le cœur battant, le poil dressé sur ses poignets et sur sa nuque. Dans son affolement, il avait oublié les intrus. À présent, ses théories à leur propos lui revenaient en plein. Le tuyau avait l'air vide et innocent, mais le garçon était certain d'y avoir aperçu quelque chose, une chose qui, coupable, s'était retirée dans l'ombre juste au moment où il prenait conscience de sa présence. Il était d'ailleurs persuadé qu'elle était toujours là, à l'observer.

– Oh, Hester ! chuchota-t-il, soudain terrifié.

Il regrettait qu'elle ne fût pas là pour l'aider. Elle aurait su affronter cela, alors qu'il ne pensait pas en être capable, seul du moins. Essayant de se représenter ce qu'elle aurait fait, il s'obligea à poursuivre son chemin, pas après pas, sans oser regarder vers la bouche d'aération jusqu'à ce qu'il soit hors de vue de ce qui s'y dissimulait.

– Je crois qu'il nous a aperçus, dit Caul.

– Des clous ! ricana Skewer.

Caul haussa les épaules, mécontent. Ils avaient suivi Tom toute la soirée à l'aide de leurs caméras, guettant le moment où il atteindrait un endroit suffisamment calme et suffisamment près de *La Sangsue Agile* pour exécuter les ordres mystérieux de Parrain. Jamais ils n'avaient espionné un Sec d'aussi près, et quelque chose dans le visage de Tom quand il regardait vers les caméras mettait Caul mal à l'aise.

– Voyons, Skew, reprit-il, au bout d'un moment, tout cela doit s'accumuler, non ? Les bruits, la sensation d'être observé. En plus, il avait des soupçons avant…

– Ils ne nous repèrent jamais ! décréta fermement son acolyte.

L'étrange message de Parrain l'avait rendu nerveux. Confronté à l'obligation de suivre Tom à la trace, force lui avait été de reconnaître que Gargle était le meilleur opérateur vidéo à bord. Du coup, il avait été obligé de lui céder le commandement des opérations. Il s'accrochait à l'idée de sa supériorité sur les Secs, comme si c'était la dernière chose au monde dont il fût certain.

– Il leur arrive de regarder, mais ils ne nous voient jamais, continua-t-il. Ils ne sont pas aussi observateurs que nous. Là, qu'est-ce que je disais ? Il a poursuivi sa route sans s'arrêter. Crétin de Sec !

Ce n'était pas un rat. Tous les rats d'Anchorage étaient morts et, de toute façon, cela avait l'air mécanique. Alors qu'il revenait subrepticement vers le tuyau d'aération, Tom distingua un reflet lumineux sur du métal. Un corps rebondi de la taille du poing, supporté par trop de jambes. Une caméra.

Il repensa au garçon qui était venu le réveiller la nuit où Hester était partie. À la manière dont il avait semblé être au courant de tout ce qui se déroulait au port et au Palais d'Hiver. Combien de ces appareils étaient-ils en place, à écumer les canalisations pour espionner la cité ? Et pourquoi celui-ci en particulier était-il focalisé sur lui ?

– Où est-il, Gargle ? Trouve-le...

– Il a filé, j'ai l'impression, répondit le petit en scannant les alentours.

– Attention ! le prévint Caul, une main sur son épaule. Je suis prêt à parier que Tom est encore dans le coin.

– T'es devin, ou quoi ? ricana Skewer.

Prenant trois longues inspirations, Tom se jeta sur la bouche d'aération. L'objet métallique déguerpit aussitôt pour tenter de se réfugier dans le conduit. Heureusement, Tom avait encore ses moufles. Il s'empara des pattes qui se débattaient et tira.

– Il nous tient !

– Larguez les ris !

Huit jambes d'acier, des aimants en guise de pieds, un corps blindé hérissé de rivets, une lentille de cyclope qui bourdonnait en essayant de se focaliser sur lui. L'engin ressemblait tellement à une énorme araignée que Tom le lâcha et recula, cependant que la chose gisait sur le dos en agitant ses membres, impuissante. Tout à coup, le mince câble qui était attaché au bout se tendit, et l'insecte mécanique fut tiré bruyamment vers la bouche d'aération. Tom se jeta sur lui, mais il ne fut pas assez vif. L'espèce de crabe disparut dans le conduit, et le jeune homme en fut réduit à écouter l'écho de sa fuite éperdue dans les profondeurs de la ville.

Puis, affolé, Tom fila. Qui était derrière cela ? Qui avait intérêt à épier les habitants d'Anchorage ? Lui revint le récit de Pennyroyal sur les villes-vampires et, soudain, ces contes ne lui parurent plus aussi insensés. Il fit une pause, s'adossa à une paroi pour reprendre son souffle.

– Monsieur Scabious ! cria-t-il en reprenant sa course. Monsieur Scabious !

Ses appels rebondirent sur les murs des rues tubulaires, allant mourir au sommet des vastes voûtes sombres, humides et hantées.

– Encore perdu ! Non, le voilà ! Caméra douze...

Gargle passait à toute vitesse d'une caméra à l'autre.

Aigrelette, la voix de Tom résonnait dans les haut-parleurs : « Monsieur Scabious ! Ce n'est pas un fantôme ! Je sais d'où il vient ! »

– Il file vers la galerie arrière.

– Faut qu'on se le chope en vitesse ! gémit Skewer en fouillant dans des casiers, à la recherche d'un pistolet, d'un filet. Il va éventer notre couverture. Parrain va nous tuer ! Nous massacrer ! Par les dieux, je déteste ça. On est des voleurs, pas des kidnappeurs ! Il a quoi dans le crâne, Parrain ? C'est la première fois qu'on nous demande d'enlever des Secs. Adultes, en plus...

– Parrain a toujours raison, lui rappela Gargle.

– Oh, ferme-la, toi !

– Je m'en charge, décréta Caul.

Face à l'urgence de la situation, il avait fait preuve d'un calme absolu. Il savait ce qu'il fallait faire, et il savait comment il allait s'y prendre.

– Pas sans moi ! brailla Skewer. Je n'ai pas confiance en toi, espèce de Secolâtre.

– D'accord, céda Caul, qui se dirigeait déjà vers la sortie. Mais laisse-moi lui parler. Il me connaît, je te rappelle.

– Monsieur Scabious ?

Tom surgit sur la passerelle arrière d'Anchorage. La roue à aubes renvoyait des reflets de lune sur les plaques du sol. Le garçon inconnu l'y attendait, les éclats de lumière intermittents lui donnaient une allure spectrale.

– Comment vas-tu, Tom ? demanda-t-il.

Il semblait nerveux, timide mais amical, comme si leur rencontre était des plus naturelles. Tom ravala son cri de surprise.

– Qui es-tu ? répliqua-t-il en reculant. Ces machins qui ressemblent à des crabes… tu dois en avoir des tas, qui rampent dans toute la ville et espionnent tout. Pourquoi ? Qui es-tu ?

– Je m'appelle Caul, répondit ce dernier en levant la main pour inciter Tom à s'arrêter.

Le jeune homme déglutit. Telle une sonnette d'alarme, des bribes du récit idiot de Pennyroyal retentirent dans son crâne – gens assassinés, la ville comme une carcasse vide, ses habitants tués…

– Ne t'inquiète pas, reprit Caul avec un grand sourire. Nous ne sommes que des cambrioleurs, et nous nous apprêtons à retourner chez nous. Mais tu dois venir avec nous. Parrain l'a dit.

Plusieurs choses se produisirent alors : Tom tourna les talons pour s'enfuir, un filet métallique lâché depuis un portique lui tomba dessus, et il s'affala par terre. Il entendit Caul crier :

– Non, Skew !

– Axel ? lança une autre voix.

Levant les yeux, Tom découvrit Scabious, au bout de la passerelle, pétrifié par la vision de l'adolescent mince aux cheveux clairs qu'il prenait pour le fantôme de son fils. Soudain, dans la pénombre, un coup de feu partit, espèce de toux accompagnée d'une flamme bleue, tiré par un pistolet à gaz sans doute, et une balle ricocha quelque part en hurlant comme un chien blessé. Poussant un juron, Scabious se jeta sur le côté afin de se couvrir, cependant qu'un deuxième garçon, plus costaud que Caul et doté de longs cheveux noirs qui lui fouettaient le visage, grimpait sur la passerelle. Lui et Caul soulevèrent Tom, qui se débattait, et déguerpirent à toutes jambes dans un conduit sombre.

L'obscurité était presque totale, le plancher vibrait à un rythme régulier, de gros tuyaux sortaient du sol pour grimper dans l'ombre, formant une forêt métallique. Quelque part derrière les fuyards, là où la bouche du conduit était vaguement éclairée par la lune, M. Scabious s'époumonait, furibond.

– Espèces de jeunes… Revenez ici ! Arrêtez-vous !

– Monsieur Scabious, cria Tom, ce sont des parasites ! Des voleurs ! Ils…

Sans prendre de gants, ses ravisseurs le laissèrent tomber sur le pont où il roula. Les doigts fins de Caul soulevèrent une plaque métallique qui cachait une trappe.

– Stop ! brailla le chef des mécaniciens.

Il se rapprochait. L'ami de Caul leva son arme et tira une nouvelle fois, transperçant un tuyau qui lâcha aussitôt un geyser de vapeur.

– Je vais chercher de l'aide, Tom ! cria le vieillard.

– Monsieur Scabious ! le héla le jeune homme.

Malheureusement, l'autre était parti, et les échos de ses appels résonnèrent en vain. L'écoutille clandestine fut ouverte sur un puits baigné d'une lumière azur. Caul et son acolyte poussèrent Tom à l'intérieur. Il eut le temps de distinguer une échelle qui descendait vers une petite pièce pleine de reflets bleus, avant de dégringoler comme un sac de charbon jeté dans une cave et d'atterrir brutalement par terre. Ses ravisseurs le rejoignirent à toute vitesse, et la trappe se referma.

22
La Sangsue Agile

Une soute au plafond voûté, bourrée de butin, comme un ventre bien rebondi. Des ampoules bleues protégées par des grilles. Une odeur d'humidité, de moisi et de garçons mal lavés.

Tom s'assit avec difficulté. Lors de sa chute, une de ses mains s'était libérée du filet. Malheureusement, au moment où il s'en rendait compte, Caul attrapa ses bras par-derrière, tandis que son ami, Skewer, s'accroupissait devant lui. Il avait rengainé son pistolet à gaz mais brandissait un couteau, courte lame en métal clair dont l'un des bords était denté. Il l'appuya contre la gorge du prisonnier.

– Non ! couina ce dernier. Je t'en prie !

Il ne croyait pas vraiment que ces inconnus s'étaient donné le mal de l'enlever rien que pour le tuer. Il n'empêche, la lame était froide sur sa peau, et le regard couleur étain de Skewer avait des reflets sauvages.

– Arrête, Skew, dit d'ailleurs Caul.

– Juste pour qu'il sache, riposta l'autre en éloignant lentement son arme. Pour qu'il soit bien conscient de ce qui lui arrivera s'il tente quoi que ce soit.

– Il a raison, Tom, renchérit Caul en l'aidant à se mettre debout. Tu ne peux pas t'échapper, alors mieux vaut ne pas essayer. Ce ne sera pas très drôle pour toi, si tu nous obliges à t'enfermer dans une réserve.

Tirant une corde de sa poche, il entreprit de lier les poignets du jeune homme au moyen de nœuds compliqués.

– Ce n'est que le temps de quitter Anchorage, expliqua-t-il. Après, nous te détacherons.

– Quitter Anchorage ? s'exclama Tom. Où allez-vous ?

– Chez nous. Parrain désire te voir.

– Qui c'est, Parrain ?

Derrière Caul, une écoutille s'ouvrit, tel l'iris d'un appareil photographique. La salle au-delà était encombrée d'appareils à l'allure fragile. Un troisième garçon, étonnamment jeune, cria :

– Faut qu'on parte, Skewer !

– Bienvenue à bord de *La Sangsue Agile*, sourit Caul.

Il se précipita dans l'autre cabine, suivi par Tom

que Skewer avait fermement poussé. Ce drôle de terrier bleu n'était pas, contrairement à ce qu'avait cru le jeune homme, une espèce de crypte d'Anchorage, mais elle n'était pas non plus une des villes-parasites mentionnées par le Professeur Pennyroyal. Il s'agissait d'un véhicule, et cette pièce en croissant de lune dotée de rangées de leviers et de cadrans en était le poste de commandement. Les hublots bombés donnaient sur des ténèbres. Six écrans ovales placés au-dessus du tableau de bord offraient des vues un peu floues d'Anchorage : les sphères Scabious, la passerelle arrière, la Perspective Rasmussen, un couloir du Palais d'Hiver. Sur le dernier, on voyait Scabious entraînant une bande de mécaniciens vers la trappe secrète.

– Ils arrivent ! piailla le plus jeune des maraudeurs, visiblement affolé.

– T'inquiète, Gargle, le rembarra Caul. On a le temps de filer.

Il s'approcha d'une série de manettes qui avaient un petit air de bricolage amateur, comme tout ce qui se trouvait à bord du vaisseau. Il les manipula et, malgré le concert de craquements et de grincements qu'elles émirent, elles parurent fonctionner. Une à une, les images des écrans s'éteignirent, et la cabine résonna d'un sifflement métallique, cependant que les câbles des caméras, qui avaient envahi les conduits d'aération et la plomberie d'Anchorage comme les radicelles d'une mauvaise herbe particulièrement vivace, étaient prestement ramenés à bord. Tom imagina les habitants surpris lever la tête pour regarder les tuyaux soudain agités par un vacarme anormal. Dans *La Sangsue Agile*, le sifflement se transforma en hurlement tonitruant, puis une série de bruits sourds retentirent quand les caméras-crabes se fixèrent à leurs attaches pratiquées dans la coque, au-dessus de la cabine où se trouvait Tom. Des couvercles blindés se refermèrent sur le précieux matériel. Lorsque le fracas s'estompa, on perçut des martèlements plus feutrés – Scabious et ses hommes qui s'attaquaient à la trappe avec des marteaux et des pioches.

Caul et Skewer se tenaient côte à côte devant le tableau de bord. Leurs mains voletaient sur les commandes, rapides, sûres d'elles. Tom, qui avait toujours pris grand soin des instruments du *Jenny Haniver*, fut choqué par l'état de ceux-là : rouille, éraflures, crasse, leviers qui protestaient, aiguilles qui crépitaient, interrupteurs qui crachaient des étincelles. Pourtant, *La Sangsue Agile* se mit à vibrer en bourdonnant, et les cadrans prirent vie. Cet engin bizarre, quel qu'il fût, fonctionnait et il allait quitter Anchorage avant que Scabious et ses hommes n'aient le temps de sauver Tom.

– Immersion ! lança joyeusement Skewer.

Un nouveau son se produisit, qui rappela à Tom

celui que faisaient les crampons d'amarrage du *Jenny Haniver* lorsqu'ils se désengageaient d'un quai d'arrimage. Il ressentit ensuite une atroce impression de tomber. Le vaisseau se détachait de sa cachette, sous le ventre de la locomopole. L'estomac de Tom tressauta, et le jeune homme dut s'appuyer à une cloison pour ne pas se casser la figure. Était-il dans un aérostat ? Il ne volait pas, cependant. Il dégringolait. Leur chute se termina d'ailleurs par un grand choc quand l'appareil toucha la banquise. Les silhouettes immenses des supports des patins défilèrent derrière les hublots, à moitié cachés par des gerbes de neige grisâtre, et, soudain, la ville disparut, remplacée par des champs gelés qui scintillaient sous la lune.

Gargle vérifia ses instruments.

– Fine couche de glace à environ dix kilomètres, est-nord-est, annonça-t-il.

Si Tom n'avait toujours qu'une très vague idée de la taille et de la forme de *La Sangsue Agile*, les guetteurs postés sur le pont supérieur d'Anchorage la virent en revanche très bien tomber sur la banquise, évitant de peu la roue à aubes. C'était une araignée grande comme une maison dont la coque rebondie reposait sur huit pieds hydrauliques, chacun se terminant par un large disque denté. L'engin s'éloigna vers l'est dans un nuage de fumée noire crachée par ses pots d'échappement, remontant les traces laissées par la ville.

– Un parasite ! gronda Scabious.

Il se précipita sur la plate-forme de maintenance qui surplombait la roue afin de l'observer, plein d'une colère qui déverrouilla les serrures derrière lesquelles il avait enfermé ses sentiments depuis la mort de son fils. Une espèce de sale parasite s'était accroché à sa cité comme une tique ! Un petit maraud l'avait trompé en lui faisant croire au retour d'Axel !

– Nous les aurons ! brailla-t-il à ses hommes. Nous allons leur apprendre à cambrioler Anchorage ! Dites au Phare de tourner ! Umiak, Kinvig, Kneaves, avec moi !

Anchorage appuya à fond sur ses gouvernails tribord et fit demi-tour. Pendant quelques instants, on ne vit plus rien, sous l'effet des geysers de neige que la manœuvre avait soulevés, puis le parasite réapparut, deux kilomètres en avant, filant vers le nord-est. La locomopole mit les gaz afin de le rattraper, cependant que les ouvriers ouvraient les mâchoires de la ville et en nettoyaient les dents d'acier, couvertes de givre. Les projecteurs furent allumés et braqués sur la silhouette tordue du parasite. Anchorage se rapprocha, encore et encore, si près que sa gueule se referma sur une bouffée de fumée noire.

– Encore un effort ! ordonna Scabious. Cette fois, on le tient !

Malheureusement, Windolene Pye, penchée sur ses cartes, s'aperçut alors que la ville fonçait sur un endroit que les équipes d'éclaireurs avaient marqué d'une croix rouge. Un endroit où de l'eau vive s'était couverte d'une fine couche de glace qui ne supporterait pas le poids d'Anchorage. Elle ordonna au quartier des mécaniciens de stopper net, et la cité fit machine arrière, jeta toutes ses ancres et s'arrêta dans un tremblement si violent qu'il éparpilla les ardoises des toits et provoqua la chute de plusieurs immeubles rongés de rouille.

Le parasite, lui, poursuivit sa course, galopant sans difficulté sur la glace mince et traîtresse. À travers les mâchoires de la ville, Scabious le vit ralentir puis s'arrêter.

– Ah ! jubila-t-il. Nous l'avons coincé. Il n'osera pas aller plus loin. Il est à nous !

Il fila vers le garage où les éclaireurs rangeaient leurs traîneaux. Au passage, il prit son fusil à l'un de ses hommes. Quelqu'un sortit la luge et alluma les moteurs, et le vieillard sauta à bord avant de filer le long de la rampe de sortie. Une fois sur la banquise, il contourna les mâchoires de la cité et fonça vers l'engin en forme d'araignée, encouragé par une dizaine de ses hommes qui l'accompagnaient sur d'autres traîneaux.

Protégeant ses yeux contre l'éclat éblouissant des projecteurs d'Anchorage, Tom regarda par les fenêtres de la bernique. Il entendait les cris étouffés de ceux qui venaient le délivrer, les pétarades des coups de fusil tirés en l'air, le grondement des moteurs des traîneaux glissant vers lui.

– Si vous me relâchez, dit-il à ses ravisseurs, j'intercéderai en votre faveur. Scabious n'est pas un mauvais homme. Il vous traitera correctement, pour peu que vous rendiez ce que vous avez volé. Et je suis sûr que Freya ne vous punira pas.

Le petit garçon, Gargle, parut vouloir céder à ces sirènes, effrayé qu'il était par l'approche des équipes de secours, mais Skewer se borna à intimer à Tom de la boucler, tandis que Caul continuait à manœuvrer ses manettes et ses leviers. *La Sangsue Agile* se remit en mouvement, s'accroupissant de façon à ce que son ventre repose sur la banquise. Des scies apparurent sous sa coque, qui tournoyèrent, tandis que des jets d'eau chaude étaient projetés sur la glace, provoquant un nuage de vapeur. Le vaisseau tourna, tourna sur ses pattes malhabiles, découpant un trou pour y plonger, puis les lames se replièrent. Alors, écartant de force le bouchon de glace, l'engin s'engouffra dans l'eau.

À une centaine de mètres de là, le chef des mécaniciens comprit ce qui se passait. Il leva son fusil, mais sa balle rebondit sur la coque blindée du parasite et alla se perdre dans l'infini glacé, telle une abeille égarée. Les hublots bombés de l'araignée s'enfoncèrent sous la surface, des vaguelettes se refermèrent sur son dos, ses longues pattes se glissèrent une à une dans le trou, l'engin disparut.

Scabious arrêta son traîneau. Sa proie lui avait échappé, emportant Tom et les petits voyous vers une destination inconnue. « Pauvre Tom », songea le vieillard, car en dépit de son côté revêche, il s'était attaché au jeune aviateur. Pauvre Tom, et pauvre Axel qui était mort, mort, mort, et dont le fantôme n'avait pas mis un pied à Anchorage, finalement. « Personne ne revient des Confins Ombreux, monsieur Scabious. »

L'homme était heureux d'avoir son masque de protection contre le froid. Ainsi, personne ne remarquerait les larmes qui coulaient sur ses joues, parmi les employés qui s'arrêtaient près de lui et se précipitaient pour examiner le trou. Mais il n'y avait rien d'autre à voir qu'un grand cercle d'eau vive agité par des vagues. Le bruit qu'elles faisaient en clapotant sur les bords ressemblaient à des applaudissements moqueurs.

Freya avait été réveillée par les soubresauts de la ville stoppant net, et le fracas des bouteilles de shampoing et des bocaux de sels de bain qui dégringolaient des étagères où elle les avait abandonnés. Elle eut beau sonner Smew à plusieurs reprises, il ne vint pas, et elle finit par s'aventurer seule hors du Palais d'Hiver, première margravine sans doute à oser pareil geste depuis l'époque de Dolly Rasmussen.

Au Phare, tout le monde braillait, évoquant des crabes fantomatiques et des garçons-parasites. Ce ne fut que lorsque tout fut fini que Freya comprit que Tom n'était plus là.

Comme il lui était impossible de montrer ses larmes à Windolene Pye et à son équipe, elle se précipita dans l'escalier. M. Scabious venait à sa rencontre, dégoulinant de neige fondue et d'eau. Il retirait ses gants et son masque, il était rouge et semblait vivant comme il ne l'avait guère été depuis l'épidémie, à croire que la découverte du sous-marin avait libéré quelque chose en lui. Il lui sourit presque.

– Stupéfiante machine, Votre Splendeur, commenta-t-il. Elle a creusé la glace sans hésiter. Il faut reconnaître un sacré culot à ces démons ! J'avais entendu parler des parasites des Hautes Glaces, mais je prenais ces histoires pour des contes de bonne femme. Dommage que je n'aie pas été plus ouvert, alors.

– Ils ont emporté Tom, murmura Freya.

– Oui, j'en suis désolé. C'était un brave garçon. Il a tenté de m'avertir de leur présence, et ils l'ont emprisonné et embarqué à bord de leur engin.

– Que vont-ils lui faire ?

Le chef des mécaniciens secoua la tête puis retira son bonnet en signe de respect. Il ne savait pas quelles étaient les intentions de l'équipage de la machine-araignée-vampire-parasite, mais il doutait qu'elles fussent bonnes.

– Sommes-nous donc réduits à l'impuissance ? gémit la margravine. Nous pourrions creuser, chercher, non ? Et si cette chose remontait à la surface ? Il faudrait que nous attendions ici, que nous la guettions...

– Elle est partie depuis longtemps, Votre Splendeur, objecta Scabious. Inutile de nous attarder ici.

Freya ouvrit la bouche, aussi choquée que s'il l'avait giflée. Elle n'avait pas l'habitude qu'on discutât ses ordres.

– Mais Tom est notre ami ! protesta-t-elle. Je refuse de l'abandonner ainsi !

– Il n'est qu'un garçon parmi d'autres, Votre Splendeur. Vous avez la responsabilité de toute une ville. Louvehampton nous poursuit. Il nous faut repartir immédiatement.

Freya secoua la tête, bien qu'elle sût que son chef des mécaniciens avait raison. Elle avait refusé de rebrousser chemin pour Hester lorsque Tom l'en avait priée, elle n'avait pas le droit de le faire maintenant, même si elle en mourait d'envie. Si seulement elle s'était montrée plus gentille avec lui, ces dernières semaines ! Si seulement les ultimes mots qu'elle lui avait adressés n'avaient pas été aussi acerbes et durs !

– Venez, Margravine, chuchota Scabious en tendant la main.

Surprise, Freya contempla cette dernière quelques instants puis se décida à la prendre. Ensemble, ils montèrent l'escalier. Dans la passerelle de commandement du Phare, le silence régnait. Quelque chose dans ce mutisme général indiqua à la jeune fille que tout le monde avait dû parler d'elle juste avant qu'elle n'apparût.

Reniflant, elle essuya ses yeux sur sa manche et dit :

– En route, mademoiselle Pye, s'il vous plaît.

– Quelle direction, ô Lumière des Terres Polaires ?

– Plein ouest. L'Amérique !

– Ô, sainte Clio ! marmonna Pennyroyal qui était blotti dans un coin. Ô, grand Poskitt !

Les moteurs démarrèrent, et Freya sentit les vibrations agiter le plancher. Écartant Scabious, elle alla se poster au fond de la pièce, regardant la poupe de sa ville qui se remettait en mouvement, laissant derrière elle un enchevêtrement d'ornières et un trou parfaitement rond qui commençait déjà à se couvrir d'une pellicule de glace.

23
PROFONDEURS CACHÉES

Les jours passèrent, même s'il était difficile de déterminer leur nombre. La lueur bleuâtre qui régnait à bord de *La Sangsue Agile* donnait l'impression que le temps s'était arrêté à quatre heures moins le quart, un après-midi pluvieux de novembre.

Tom dormait dans un coin de la soute, sur une pile de couvertures et de tapisseries pillées dans les villas d'Anchorage. Parfois, il rêvait qu'il marchait main dans la main avec quelqu'un le long des couloirs poussiéreux du Palais d'Hiver, et il se réveillait sans savoir s'il s'était agi de Hester ou de Freya. Était-il possible qu'il ne revît jamais ni l'une ni l'autre ?

Il s'imaginait en train de s'évader, de remonter à la surface et de partir à la recherche de Hester, mais *La Sangsue Agile* évoluait entre des canyons sous-marins que la glace rendait lumineux, et il n'avait aucune échappatoire. Il s'imaginait lutter pour prendre le contrôle du vaisseau et envoyer des signaux de détresse à Anchorage, afin de prévenir Freya des mensonges de Pennyroyal, mais même s'il arrivait à déterminer laquelle de ces machines rouillées était la radio, les garçons qui l'avaient enlevé ne l'en laisseraient pas s'approcher.

Tous restaient très prudents à son égard. Skewer se montrait distant et hostile, et quand Tom traînait dans les parages, il fronçait les sourcils, crânait beaucoup ou parlait à peine. Il rappelait à Tom ce Melliphant, espèce de brute qui l'avait souvent menacé durant son apprentissage. Quant à Gargle, qui ne devait avoir guère plus de onze ans, il se contentait de fixer l'aviateur avec des yeux ronds quand il croyait que l'autre ne le regardait pas. Seul Caul était enclin à lui adresser la parole, le subtil Caul, à moitié amical, bien que lui aussi fût sur ses gardes et rechignât à répondre à ses questions.

– Tu pigeras quand on y sera, se bornait-il à lui dire.

– Où ça ?

– À la maison. À notre base. Là où vit Parrain.

– Mais qui est ton parrain ?

– Ce n'est pas mon vrai parrain. Rien que le chef des Garçons Perdus. Personne ne connaît son vrai nom, ni d'où il vient. On raconte que, autrefois, il a été quelqu'un d'important à bord de Breidhavik ou d'Arkangel ou d'une autre de ces villes, puis qu'il a été déchu pour des raisons quelconques, et que c'est pour cela qu'il est devenu cambrioleur. C'est un génie. Il a inventé les berniques et les caméras en forme de crabes, il nous a trouvés, et a construit le Volarium pour que nous puissions nous entraîner.

– Où vous a-t-il trouvés ?

– Aucune idée. Partout, j'imagine. Dans différentes cités. Les sous-marins sont envoyés pour voler des enfants et en faire des voleurs, exactement comme ils dérobent tout ce dont a besoin Parrain. J'étais si petit, lorsqu'ils m'ont pris, que je ne me rappelle rien de ma vie d'avant. Comme nous tous, d'ailleurs.

– Mais c'est abominable !

– Non !

Caul riait, comme à chaque fin de conversation. C'était drôle et agaçant à la fois d'essayer d'expliquer à un étranger une existence qu'il n'avait jamais eu l'idée de remettre en question. Comment amener Tom à comprendre que c'était un honneur d'être emmené au Volarium, et qu'il préférait, personnellement, être un Garçon Perdu plutôt qu'un de ces Secs barbants ? « Tu pigeras quand on y sera », serinait-il donc. Puis, parce que la perspective de rentrer chez lui afin de se justifier devant Parrain le mettait mal à l'aise, il changeait de sujet et demandait à quoi ressemblait vraiment Freya, ou s'il pensait réellement que Pennyroyal n'avait pas la moindre idée de la manière de gagner l'Amérique.

– Si, il connaît la route, répondit Tom sans beaucoup de conviction. N'importe qui d'un tant soit peu futé est capable d'en trouver une à partir des vieilles cartes. Le problème, c'est qu'il a menti à propos de ce qu'il y a là-bas. Je ne crois pas que les forêts verdoyantes existent, mis à part dans l'imagination du Professeur Pennyroyal.

Il baissa la tête, regrettant de ne pas être parvenu à avertir Freya de ses craintes avant d'être kidnappé par les Garçons Perdus. À présent, Anchorage devait avoir parcouru tant de chemin que la locomopole n'aurait plus assez de carburant pour faire demi-tour.

– On ne sait jamais, le réconforta Caul en effleurant son bras avant de vite retirer sa main, comme si le contact avec un Sec le brûlait. Il a eu raison à propos des parasites. En quelque sorte.

Puis vint le jour (ou la nuit) où Tom fut tiré de ses rêves perturbés par Caul.

– Tom ! Nous sommes arrivés !

Le jeune homme se leva précipitamment de son matelas de tissus maraudés afin de regarder par le hublot, mais quand il déboula dans le poste de commandement, il découvrit que *La Sangsue Agile* était toujours en eaux profondes. Un des appareils de bord émettait un *ping!* à intervalles réguliers. Skewer, le nez sur ses cadrans, se contenta de marmonner :

– La balise de Parrain.

La bernique ajusta son cap dans une série d'embardées. À l'extérieur, l'obscurité s'éclaircit, virant à un bleu crépusculaire, et Tom se rendit compte qu'ils n'étaient plus sous la couche de glace mais en pleine mer, et que le soleil transperçait la surface houleuse, à quelques centaines de pieds seulement au-dessus de sa tête. Les fonds d'icebergs gigantesques glissaient alentour, pareils à des montagnes renversées. D'autres formes se dessinèrent peu à peu – piliers et étais couverts d'algues, pale d'une énorme hélice incrustée de coquillages, un plan incliné et limoneux sur lequel des rangées de blocs rouillés émergeaient de la vase et des saletés. Tel un aérostat survolant un paysage de hauts plateaux et de canyons, *La Sangsue Agile* naviguait au-dessus des rues d'une immense ville naufragée.

– Bienvenue à Grimsby, décréta Skewer en se dirigeant vers le pont supérieur.

Tom avait entendu parler de Grimsby. Comme tout le monde. Cette prédatrice, la plus grande et la plus agressive des cités flottantes de l'Atlantique Nord, avait été coulée par la banquise pendant l'Hiver de Fer, quatre-vingt-dix ans plus tôt. Ébahi,

Tom contempla le paysage qui se déroulait derrière les hublots : bancs de poissons luisants qui dansaient dans les maisons mortes, temples et vastes immeubles de bureaux festonnés d'algues. Soudain surgit, au milieu des gris, des bleus et des noirs, une chose dorée et chaude. Gargle poussa un cri de joie, et Skewer sourit en amenant la bernique au-dessus du pont supérieur de la ville.

Tom poussa un hoquet de surprise. Devant lui, des lumières brillaient dans les fenêtres de la mairie, et des gens bougeaient à l'intérieur, donnant à l'édifice noyé une allure de foyer chaleureux, comme un refuge bien éclairé, un soir d'hiver.

– Qu'est-ce que c'est ? demanda le jeune homme. Comment…

– Notre maison, dit Caul.

Il s'était tenu coi jusqu'à présent, soucieux de l'accueil qui risquait de l'attendre, mais il était fier que Grimsby eût impressionné Tom, lui qui avait visité tant de capitales mythiques.

– C'est Parrain qui l'a construite ! s'exclama Gargle.

La Sangsue Agile glissa dans les premiers étages remplis d'eau de l'hôtel de ville puis s'engouffra dans des tunnels tubulaires, traversant sas après sas, système qui permettait aux parties supérieures du bâtiment de rester sèches, ce qui n'empêcha pas Tom d'être intensément soulagé quand le vaisseau émergea dans le bassin d'une pièce au haut plafond voûté.

Les moteurs s'arrêtèrent, leur ronronnement remplacé par le bruit des bras d'amarrage qui hissaient la bernique hors de l'eau. L'écoutille de la cabine de commandement s'ouvrit dans un soupir. Caul y fixa une échelle.

– Passe le premier, ordonna-t-il à Tom.

Ce dernier obtempéra et se retrouva sur le dos du sous-marin, à respirer un air froid aux senteurs ammoniaquées. Il regarda autour de lui. *La Sangsue Agile* avait émergé d'un trou pratiqué dans le sol d'une pièce gigantesque et pleine d'échos qui avait sans doute été la salle du conseil principal de Grimsby – sur le dôme du toit, l'esprit du darwinisme municipal, une jeune femme imposante dotée d'une paire d'ailes, dirigeait les pères des villes vers un avenir radieux. Des dizaines de bassins semblables poinçonnaient ainsi le plancher, chacun surmonté d'une grue de levage d'apparence complexe. À quelques-unes étaient suspendues des berniques, et l'aspect délabré des vaisseaux étonna Tom, à croire qu'ils avaient été fabriqués en assemblant à peu près tout ce qui était tombé sous la main de leur constructeur. Certains subissaient d'ailleurs des réparations, mais les personnes qui s'y affairaient, toutes du sexe masculin et rarement plus vieilles que Caul ou Skewer, avaient quitté leur poste pour converger vers *La Sangsue Agile,* et toutes sans exception dévisageaient l'aviateur avec des yeux ronds.

Il soutint ces regards inquisiteurs, fut heureux cependant quand Caul le rejoignit. Même dans les villes les plus détestables que le *Jenny Haniver* avait fréquentées, Tom avait rarement rencontré pareille hostilité. Il y avait là des gars de son âge, de jeunes hommes nerveux et durs, des garçons plus petits que Gargle, qui le toisaient avec un mélange de crainte et de haine. Tous étaient dotés de tignasses ébouriffées, et ceux en âge de se raser n'avaient pas pris cette peine. Leurs tenues consistaient en vêtements mal assortis, soit trop grands, soit trop petits : bouts d'uniformes, châles et coiffures de dames, combinaisons de plongée et bonnets d'aviateurs, couvre-théières et passoires reconvertis en casques. On aurait dit qu'ils avaient été arrosés par les débris d'une brocante ayant explosé.

Soudain, un craquement retentit, suivi d'un écho strident. Tous les visages se levèrent. Des haut-parleurs vissés aux grues se mirent à crachoter du larsen, et une voix qui paraissait surgir de partout résonna :

– Amenez le Sec à mes quartiers, les garçons. Je tiens à m'entretenir avec lui sur-le-champ.

24
Parrain

Grimsby ne ressemblait pas du tout à l'idée que Tom s'était faite du repaire sous-marin d'un maître du crime. L'air y était frisquet et sentait par trop l'humidité et le chou bouilli. Le bâtiment récupéré qui, de l'extérieur, avait paru tellement magique était exigu et encombré, bourré à craquer par le fruit d'années et d'années de rapines. Des tapisseries ornaient les couloirs, leurs beaux dessins rebrodés de moisissures. Sur les étagères et dans les placards des pièces et des ateliers entrouverts devant lesquels il passait, Tom entraperçut des monceaux de vêtements ; des moraines pourrissantes de livres et de papiers, de parures et de bijoux, d'armes et d'outils ; de mannequins hautains en provenance de boutiques de luxe ; d'écrans et de volants ; de piles et d'ampoules, de grosses pièces détachées graisseuses de machines arrachées au ventre des locomopoles.

Et, partout, il y avait ces caméras en forme de crabes. Le plafond en grouillait, les coins sombres étaient allumés par leurs pattes pareilles à des échasses. N'ayant nul besoin de se dissimuler, elles se perchaient sur les tas de vaisselle ou se faufilaient devant les bibliothèques, escaladaient les tapisseries ou se balançaient aux lourds et peu rassurants câbles électriques qui couraient le long des murs. Leurs yeux de cyclopes luisaient et bourdonnaient, traquant Tom qu'escortaient Caul et Skewer dans des volées de marches, jusqu'aux appartements de Parrain. Vivre à Grimsby signifiait vivre sous le regard permanent de Parrain.

Naturellement, ce dernier les attendait. Il se leva de son fauteuil quand ils entrèrent dans son cabinet et vint à leur rencontre, traversant au passage la lumière émise par un millier d'écrans de surveillance. C'était un petit homme mince, blême d'avoir vécu aussi longtemps loin du soleil. Des lunettes en demi-lunes étaient plantées sur son nez étroit. Il portait des mitaines, un chapeau à cinq cornes, une tunique passementée qui avait peut-être appartenu à un général ou à un liftier, une robe de chambre en soie dont les ourlets traînaient dans la poussière du plancher, des pantalons de coton et des chaussons en forme de lapins. Des mèches blanches tombaient sur ses épaules. Des livres que les enfants avaient volés au hasard dans des dizaines de bibliothèques dépassaient de ses poches. Des miettes s'accrochaient au chaume gris de sa barbe mal rasée.

– Caul, mon cher garçon ! murmura-t-il. Merci d'avoir si promptement obéi à ton vieux Parrain et d'avoir ramené à la maison ce Sec de manière aussi habile. Il n'a subi aucun dommage, n'est-ce pas ? Pas de bobo ?

Se souvenant de son comportement à Anchorage et du rapport que Skewer n'avait pas manqué d'envoyer à ce propos, Caul fut trop effrayé pour répondre.

– Vivant et en pleine forme, Parrain, répondit donc son acolyte d'une voix bourrue. Comme vous le souhaitiez.

– Parfait ! Parfait ! Et toi, mon petit Skewer, tu as été très occupé aussi, non ?

L'intéressé acquiesça. Avant qu'il ait pu parler cependant, Parrain le gifla, si fort que le gamin tituba et tomba sur les fesses en poussant un gémissement de douleur et de surprise. Parrain lui flanqua quelques coups de pied supplémentaires pour faire bonne mesure. Sous leurs têtes joyeuses de lapins, les pantoufles avaient des coques d'acier.

– Tu te prends pour qui ? hurla le vieil homme. Oser te désigner capitaine sans en avoir référé à moi au préalable ? Tu sais ce qu'il arrive à ceux qui me désobéissent, hein ? Tu te rappelles ce que j'ai infligé au jeune Sonar du *Remora* quand il s'est permis un tour de ce genre ?

– Oui, Parrain, pleurnicha Skewer. Mais ce n'est pas ma faute ! Caul a parlé à un Sec. Je croyais que le règlement...

– Caul a un peu joué avec le règlement, et alors ? rugit l'autre en lui assenant un nouveau coup de savate. Je suis un homme raisonnable. Quand mes garçons font preuve d'initiative, je n'ai rien contre. Le jeune Caul ne s'est pas montré à n'importe quel Sec, n'est-ce pas ? Il s'agissait de notre ami Tom.

Tout en pérorant, il s'était rapproché dudit Tom. Sa main moite l'attrapa par le menton, forçant son visage à se tourner vers la lumière.

– Je ne vous aiderai pas ! déclara l'aviateur. Pas si vous essayez d'attaquer Anchorage.

Parrain eut un petit rire sans joie.

– Attaquer Anchorage ? Je n'en ai nullement l'intention, Tom. Mes garnements sont des voleurs, pas des guerriers. Des marauds et des observateurs. Ils épient, écoutent, m'envoient des rapports sur ce qui se passe à bord des cités, sur ce qui s'y raconte. C'est comme ça que je les envoie au pillage, comme ça aussi que je n'ai jamais été pris. Je confronte et compare mes nombreux comptes rendus, les analyse et les annote, en tire des conclusions. Je surveille les noms qui surgissent et resurgissent çà et là. Comme Hester Shaw. Comme Thomas Natsworthy.

– Hester ? s'écria Tom en avançant d'un pas. (Caul l'empêcha d'aller plus loin.) Que savez-vous d'elle ?

Dans l'ombre, derrière le fauteuil de Parrain, deux gardes qu'avait surpris le brusque mouvement du jeune homme avaient dégainé leur sabre. Parrain les calma d'un geste.

– Caul m'a donc rapporté la vérité, hein ? Tu es le chéri de Hester Shaw ? Son amant ?

Sa voix avait pris des intonations doucereuses, patelines, et Tom se sentit rougir. Il hocha la tête. Parrain le contempla un moment avant de ricaner.

– C'est l'aérostat qui, le premier, a éveillé mon attention. *Jenny Haniver* est un nom que j'ai reconnu, pour ça oui. Le vaisseau d'Anna Fang, n'est-ce pas ?

– Anna était l'une de nos amies.

– Une amie ?

– Elle est morte.

– Je suis au courant.

– En quelque sorte, nous avons hérité du *Jenny*.

– Voyez-vous ça ! Comme c'est mignon ! Un héritage ! Ainsi que tu peux le constater, il y a ici des tas de choses dont les garçons et moi avons *hérité*. Quel dommage que nous ne t'ayons pas enlevé il y a des années, Tom. Tu aurais fait un formidable Garçon Perdu.

S'esclaffant, le bonhomme retourna s'asseoir.

Tom regarda Caul puis Skewer, qui s'était relevé, la joue encore marquée de l'empreinte des doigts de Parrain. Pourquoi toléraient-ils ce type ? se demanda-t-il. Tous étaient plus jeunes et plus forts que lui, alors en quel honneur lui obéissaient-ils ? La réponse s'imposa d'elle-même, accrochée aux murs, sur les écrans de toutes sortes et de toutes formes, où défilaient les images bleues de l'existence à Grimsby, où les conversations espionnées se déversaient par les haut-parleurs. Qui aurait défié Parrain quand il n'ignorait rien de ce que vous disiez et faisiez ?

– Vous avez mentionné Hester, rappela-t-il au vieillard en s'efforçant de rester poli.

– L'information, repartit l'autre en l'ignorant, tandis que les images des écrans se reflétaient dans ses lunettes. L'information est la clé de tout. Les comptes rendus de mes voleurs s'emboîtent comme les pièces d'un puzzle. J'en sais sûrement plus sur ce qui se passe dans le Nord que n'importe quel autre être vivant. Et je suis attentif aux petits détails. Aux changements. Les changements sont parfois choses fort dangereuses.

– Et Hester ? insista de nouveau Tom. Que savez-vous d'elle ?

– Par exemple, il existe une île, l'Aire des Crapules, pas très loin d'ici. C'était autrefois l'antre de Loki le Rouge et de ses pirates de l'air. Pas un mauvais bougre, ce Loki. Il ne nous a jamais embêtés. Lui et moi occupions des niches différentes dans la chaîne alimentaire. Il est mort, à présent. Assassiné. Son île sert désormais de base à un tas de partisans de la Ligue Anti-mouvement. Les Assaillants Verts, ils se font appeler. Des durs. Des terroristes. Des fauteurs de troubles. En aurais-tu déjà entendu parler, Tom ?

Toujours préoccupé par le sort de Hester, l'aviateur réfléchit. Il se souvenait que Pennyroyal avait braillé quelque chose au sujet de ces gens, quand ils avaient été attaqués dans les Tannhäusers. Il lui était cependant arrivé tant d'aventures depuis qu'il ne se rappelait pas un mot de ce que l'autre avait dit.

– Non, répondit-il, pas vraiment.

– Eh bien, eux ont entendu parler de toi. Sinon, ils n'auraient pas recruté un espion pour surveiller ton aérostat. Sinon, ta mignonne ne serait pas présentement leur invitée.

– Hester est là-bas ? Vous en êtes sûr ?

– Parrain a toujours raison, rétorqua l'autre.

Il bondit de nouveau sur ses pieds et tourna autour de Tom en se frottant les mains et en faisant craquer les jointures de ses doigts.

– Quoique… invitée n'est sans doute pas le mot, reprit-il. Ta copine ne jouit pas d'un confort exceptionnel. Elle n'est pas très heureuse, toute seule dans sa cellule. Elle en sort de temps en temps pour… on ne sait trop. Des interrogatoires ? Des séances de torture ?

– Mais comment s'est-elle retrouvée là-bas ? Et pour quelles raisons ? Que lui veulent-ils ?

Tom s'agitait, pas certain que Parrain ne lui mentait pas ni qu'il ne s'amusait pas à ses dépens. Il ne pensait qu'à Hester, emprisonnée, souffrant.

– Il faut que j'y aille ! s'exclama-t-il. Il faut que je l'aide !

Parrain sourit.

– Naturellement, mon cher garçon. Voilà pourquoi je t'ai fait venir ici. Toi et moi avons des intérêts communs. Tu vas aller tirer ta pauvre chérie de cette Aire des Crapules. Mes garçons et moi te donnerons un coup de main.

– En quel honneur ? Qu'est-ce que vous y gagnez ?

Tom avait beau être d'une nature confiante, un peu trop confiante au goût de Hester, d'ailleurs, il n'était pas naïf au point de ne pas se méfier de Parrain.

– Bonne question ! rigola ce dernier en continuant de jouer des castagnettes avec les os de ses mains. Allons manger. Le dîner sera servi dans la salle des cartes. Accompagne-nous, Caul, mon garçon. Quant à toi, Skewer, disparais.

Le voyou s'éclipsa comme un chien puni, tandis

que Parrain poussait ses invités au-delà d'une porte ménagée dans le mur du fond de son cabinet. Ils grimpèrent un escalier en colimaçon jusqu'à une pièce dont les parois étaient recouvertes, du sol au plafond, d'étagères en bois. Des cartes roulées ou pliées avaient été fourrées dans le moindre recoin disponible. Des gamins aux figures tristes et pâlottes, cambrioleurs ratés interdits de missions, escaladaient les étagères à la recherche des plans de villes dont Parrain avait besoin pour préparer sa prochaine razzia, rangeant ceux dont il n'avait plus l'usage. « C'est ici que va finir le pauvre petit Gargle », songea Caul, conscient que, après les rapports en provenance d'Anchorage, Parrain ne renverrait plus jamais le moutard sur le terrain. Le futur de Gargle, réduit à nidifier au milieu de ces falaises de papier ou à bricoler les caméras de surveillance, l'attrista durant quelques secondes.

Parrain s'installa en tête de table, où il alluma un petit écran portable posé près de son assiette, afin de continuer à espionner ses garçons pendant son repas.

– Asseyez-vous et régalez-vous ! cria-t-il en désignant les monceaux de nourriture exposés.

À Grimsby, les seules sources d'approvisionnement étaient ce que volaient les Garçons Perdus, et ces derniers ne chipaient que ce que mangent des garnements sans personne pour surveiller leur régime et leur interdire de boulotter entre les repas. Biscuits bourrés de sucre, chocolat de piètre qualité, sandwiches au bacon dégoulinant de graisse, fines galettes de pain d'algue tartinées de mixtures bigarrées, mauvais vin qui vous nettoyait les intérieurs comme du carburant… L'unique concession à la santé consistait en une soupière d'épinards bouillis qui trônait au milieu de la table.

– J'exige toujours que les garçons rapportent des légumes, expliqua Parrain en faisant le service. Ça évite le scorbut.

Les épinards se répandirent dans l'assiette de Tom, aussi appétissants que de l'huile de vidange.

– Donc, enchaîna son hôte, la bouche pleine et sans cesser de jeter des coups d'œil sur son écran, les raisons me poussant à t'aider… Il n'est pas aussi facile d'espionner un endroit comme l'Aire des Crapules qu'une locomopole, mon cher. Nous avons installé là-bas un poste d'écoute, il y a plusieurs mois déjà, et nous ne savons toujours pas ce que mijotent les Assaillants Verts. Or, ces gars-là ne rigolent pas. Impossible de poser des caméras, et je n'ose pas envoyer un de mes gamins – neuf chances sur dix qu'il soit repéré par les sentinelles. Bref, j'ai pensé t'expédier, toi. Et d'une, ça te donnera l'occasion de sauver Hester, et de deux, j'en apprendrai un peu plus sur eux.

– Mais vos garçons sont des cambrioleurs aguerris !

s'exclama Tom, ahuri. Si eux ne parviennent pas à aborder là-bas sans être pris, comment y arriverais-je, moi ?

– Que tu sois pris n'a aucune importance, s'esclaffa Parrain. Pour moi, en tout cas. J'en découvrirai quand même un peu plus sur leurs mesures de sécurité en observant comment ils te traitent. S'ils t'interrogent, tu ne pourras rien révéler de mes secrets, vu que tu ignores où se trouve Grimsby et le nombre de berniques dont je dispose. De toute façon, ils ne te croiraient pas. Ils penseraient que tu as agi seul, par amour pour ta chérie. Hmm, délicieusement romantique !

– Vous espérez qu'ils me captureront, j'ai l'impression.

– Espérer n'est pas le mot, s'offusqua le vieillard. Mais nous devons nous préparer à toute éventualité, Tom. Avec un peu de chance et le soutien de mes garçons, tu réussiras à aborder, à récupérer la fille et à ressortir, et nous serons tous assis autour de cette table dans quelques jours, à écouter Hester nous raconter pourquoi les Assaillants Verts sont si secrets et si armés, en plein sur mon territoire.

Parrain se fourra une poignée de pop-corn dans la bouche avant de retourner à son écran, zappant vivement de canal en canal. Caul contemplait son assiette d'un air malheureux, choqué par la suggestion de son mentor. Il avait l'impression que, à ses yeux, Tom n'était qu'une caméra supplémentaire, extensible et juchée sur deux pattes.

– Je refuse ! s'exclama Tom.

– Voyons, Tom !

– Comment pourrais-je accepter ? Je veux délivrer Hester, mais ce serait de la folie. Cette Aire des Crapules me semble être une vraie forteresse. Je suis historien, pas membre des commandos.

– Sauf que tu n'as pas le choix. Hester est là-bas. J'ai lu les tristes rapports de Caul et de Skewer à ton sujet. Ton amour pour elle, ton désespoir depuis que tu l'as poussée à partir. Imagine à quel point tu vas souffrir si tu ne tentes pas de la sauver alors que tu en as l'occasion. Elle est certainement torturée pour de vrai, à cette heure. Je n'aime pas imaginer ce que ces Assaillants Verts lui infligent. Ils lui reprochent le meurtre d'Anna Fang, tu sais ?

– C'est injuste ! Ridicule !

– Certes. Et c'est sûrement ce que la pauvre Hester dit à ses tourmenteurs. N'empêche, à mon avis, ils ne la croient pas. Et, quand bien même ils finiraient par admettre son innocence, ils ne risquent pas de la libérer avec un mot d'excuse, hein ? Elle n'aura droit qu'à une balle dans la tête, puis, *plouf !* à la baille du haut d'une falaise. Tu vois le tableau, Tom ? Bien. Habitue-toi. Si tu refuses d'aider Hester, tu le verras chaque fois que tu fermeras les yeux, et ce jusqu'à la fin de ton existence.

Repoussant sa chaise, le jeune homme se leva et s'éloigna de la table. Il aurait voulu trouver une fenêtre afin de regarder quelque chose d'autre que le visage sadique de Parrain. Mais la salle des cartes en était dépourvue et, de toute façon, il n'y aurait rien eu d'autre à voir que de l'eau froide et les toits d'une cité engloutie.

Un immense plan avait été punaisé sur un tableau près de la porte. Il représentait l'Aire des Crapules ainsi que les fosses et crêtes des fonds marins alentour. Tom le contempla, se demandant où était Hester, ce qu'elle vivait, dans ces petits carrés bleus qui indiquaient les bâtiments de l'île. Il ferma les paupières, mais elle l'attendait dans le noir, exactement comme l'avait prédit Parrain.

Tout était sa faute. S'il n'avait pas embrassé Freya, Hester ne se serait jamais enfuie, elle n'aurait pas été capturée par les agents des Assaillants Verts. Freya était également en danger, mais elle était au loin, et il n'était pas en mesure de lui porter secours. En revanche, Hester… il avait une chance sur dix de libérer Hester. Il s'efforça de retrouver son calme.

– Bien, dit-il en se retournant, d'une voix qu'il espérait ferme et déterminée. J'irai.

– Formidable ! rigola Parrain en applaudissant. Je

savais que tu accepterais. Caul te conduira à l'Aire à bord de *La Sangsue Agile*, demain à la première heure.

Relevant la tête, Caul se sentit déchiré par des émotions qu'il n'avait encore jamais éprouvées – de la peur pour Tom, bien sûr, mais aussi de l'exaltation, tant il avait craint que Parrain le punisse, à cause de son comportement à Anchorage. Or, voilà qu'il retrouvait ses fonctions de capitaine de *La Sangsue Agile*. Se mettant debout, il alla vers Tom qui, penché sur son dossier de chaise, paraissait tremblant et nauséeux.

– Ne t'inquiète pas, lui dit-il. Tu ne seras pas seul, mais avec les Garçons Perdus. Nous te mènerons là-bas et t'en sortirons avec Hester. Tout ira bien.

Parrain continuait de changer de chaîne, espionnant ses garnements, capables de toutes les bêtises s'ils n'étaient pas constamment surveillés. Puis, adressant un sourire radieux à ses hôtes, il remplit leurs verres de vin afin de faire passer le tas de demi-vérités et de mensonges éhontés qu'il venait de leur servir.

25
Le cabinet du Docteur Popjoy

Hester trouvait le temps long. Les jours et les nuits se confondaient sur l'Aire des Crapules. Seul le petit carré de fenêtre, tout là-haut dans le mur, qui virait du noir au gris, aidait à les distinguer. Une fois, la lune avait contemplé la jeune fille, une lune ayant tout juste commencé sa phase descendante, et Hester avait calculé qu'il s'était écoulé un peu plus d'un mois depuis qu'elle avait quitté Tom.

Elle restait assise dans un coin, mangeait quand les gardes poussaient de la nourriture à travers le vasistas de la porte, s'accroupissait au-dessus d'un seau en étain lorsque la nature l'exigeait. Elle dessinait les trajets d'Anchorage et d'Arkangel sur les moisissures des murs, tâchant d'estimer, dans la mesure du possible, quand et où le grand prédateur se jetterait sur sa proie. La plupart du temps, elle songeait qu'elle était la fille de Thaddeus Valentine.

Certains jours, elle regrettait de ne pas avoir tué l'aventurier quand elle en avait eu l'occasion ; à d'autres moments, elle regrettait qu'il fût mort, car elle aurait eu des tas de questions à lui poser. Avait-il aimé sa mère ? Avait-il su qui elle-même était ? Pourquoi s'était-il tant occupé de Katherine et si peu de son autre enfant ?

Il arrivait que la porte s'ouvrît à la volée, laissant entrer des soldats qui l'escortaient jusqu'à la Crypte aux Souvenirs, où l'attendaient Sathya, Popjoy et cette chose qui avait été Anna Fang. Une immense et laide photographie du visage de Hester avait été ajoutée aux portraits destinés à créer l'environnement mnémonique, mais Sathya continuait de croire que la présence de la jeune fille accélérerait les choses, tandis qu'elle-même répétait patiemment des anecdotes de la vie d'Anna Fang au Traqueur impassible. La colère qu'elle avait nourrie à l'encontre de Hester semblait s'être évaporée, comme si la combattante de la Ligue avait deviné que cette gamine défigurée et mal nourrie n'était pas la criminelle sans pitié qu'elle avait imaginée. Et, de son côté, Hester saisissait lentement et mieux Sathya, et les raisons pour lesquelles elle aspirait tant à ramener l'aviatresse à la vie.

Sathya était née sur le Terrain de Chasse, dans le sud de l'Inde, sur la route des locomopoles, dans un squat constitué de grottes dont l'entrée était vaguement masquée par un rideau. À la saison sèche, les siens étaient contraints de déménager pour éviter d'être écrasés par une cité de passage, comme Chidanagaram, Gutak ou Juggernautpur. Pendant la mousson, l'univers se fondait en bourbier sous leurs pieds nus. Tout le monde évoquait le jour où la communauté s'installerait dans une ville statique des plateaux. Au fur et à mesure qu'elle grandissait cependant, Sathya avait deviné que le voyage n'aurait jamais lieu. Leur seule survie prenait aux siens toute leur énergie et tout leur temps.

C'est alors qu'était arrivé l'aérostat. Un dirigeable rouge piloté par une grande, belle et bonne aviatresse, qui s'était arrêtée pour des réparations sur le chemin du retour vers le nord, après une mission sur l'île de Palau Pinang. Fascinés, les enfants du campement s'étaient accrochés à elle, écoutant avidement ce qu'elle racontait de son travail pour le compte de la Ligue Anti-mouvement. Anna Fang avait coulé une ville flottante qui menaçait d'attaquer l'archipel des Cent-Îles. Elle avait lutté contre les vaisseaux de reconnaissance de Paris et de Cittàmotore, et posé des bombes dans la salle des machines d'autres cités affamées.

À l'écart de la foule, la timide Sathya avait, pour la première fois, compris qu'elle n'était pas obligée de passer le restant de ses jours à vivre comme un asticot – il était possible de se rebeller.

Une semaine plus tard, à mi-chemin de Tienjing, la capitale de la Ligue, Mlle Fang avait entendu des bruits en provenance de la soute du *Jenny Haniver*, et elle avait découvert la fillette blottie au milieu de la cargaison. La prenant en pitié, elle lui avait payé sa formation de pilote de la Ligue. Sathya avait travaillé dur et progressé, n'avait pas tardé à devenir chef d'escadron au sein de la Flotte du Nord. Elle expédiait les trois quarts de son salaire mensuel dans le sud pour aider les siens, même si elle pensait rarement à eux. La Ligue était sa vraie famille, désormais, et Anna Fang sa mère, sa sœur et son amie sage et douce.

Or, de quelle manière l'avait-elle remerciée de toute cette gentillesse ? En s'acoquinant avec une bande d'activistes, les Assaillants Verts, dans les grottes glacées du Zhan Shan, où la Ligue mettait au repos ses meilleurs guerriers ; en dérobant le cadavre congelé de l'aviatresse et en le rapportant ici, sur l'Aire des Crapules ; en laissant Popjoy accomplir son atroce alchimie sur lui. Malgré elle, Hester éprouvait de plus en plus de compassion pour Sathya, à force de l'observer qui s'acharnait à extirper des bribes de souvenirs du cerveau du Traqueur. « Je ne suis pas

Anna Fang », ne cessait de répéter la mécanique de sa voix râpeuse, cédant parfois à la colère, au point qu'ils devaient s'éloigner. Il arrivait que plusieurs jours passent sans que ces rencontres eussent lieu et, plus tard, Hester apprenait que la créature avait tué un garde ou tenté de s'échapper de sa prison.

Les bons jours, ceux où le monstre était d'humeur docile, tous empruntaient un tunnel blindé qui reliait la Crypte aux Souvenirs et le hangar où était ancré le *Jenny Haniver*. Dans la nacelle exiguë, Hester était alors obligée de rejouer tout ce qu'elle se rappelait de ses deux courts voyages en compagnie de l'aviatresse, et Sathya racontait de nouveau la façon dont Anna avait construit l'aérostat, à partir de pièces détachées qu'elle avait volées dans le quartier des esclaves d'Arkangel où elle était détenue, assemblant en secret le vaisseau au nez et à la barbe de ses impitoyables geôliers.

Le Traqueur la regardait de ses yeux verts froids et chuchotait :

– Je ne suis pas Anna Fang. Nous perdons du temps. Tu m'as construit pour prendre la tête des Assaillants Verts, pas pour traîner ici. Je veux détruire des villes.

Une nuit, Sathya vint seule voir Hester dans sa cellule. L'expression hantée de ses traits était plus intense que jamais ; elle avait des cernes mauves, s'était rongé les ongles jusqu'au sang. Hester se redressa pour l'accueillir, assaillie par une idée étrange – « cette fille est prisonnière, elle aussi ».

– Viens ! se contenta de lui ordonner le commandant.

Elle conduisit Hester dans des souterrains sombres, jusqu'à un laboratoire dans lequel des rangées de tubes à essai leur adressèrent des sourires sans joie. Le Docteur Popjoy était penché sur sa paillasse, sa tête chauve luisant sous la lumière d'une lampe à argon. Il bricolait la partie délicate d'une machine. Sathya dut l'appeler à plusieurs reprises avant qu'il réagisse en grommelant et interrompe son travail.

– Je veux que Hester voie tout, Docteur, annonça Sathya.

Les paupières roses de Popjoy papillotèrent.

– Vous êtes sûre que c'est raisonnable ? Si jamais il y a des fuites... Enfin, je suppose que Mlle Shaw ne partira pas d'ici vivante, n'est-ce pas ? Du moins, pas au sens conventionnel du terme.

Il émit quelques reniflements censés passer pour des rires, puis invita ses visiteuses à le suivre. Au passage, Hester constata qu'elles l'avaient dérangé alors qu'il travaillait sur le cerveau d'un Traqueur.

– Remarquable pièce de machinerie, n'est-ce pas, ma chère ? dit Popjoy avec fierté. Certes, elle a encore besoin d'un corps à investir. Pour l'instant, ce n'est qu'un joujou doté d'intelligence, mais attendez que je le greffe sur un cadavre ! Une giclée de produits chimiques, un soupçon d'électricité, et roulez jeunesse !

Il traversa avec agilité le laboratoire au milieu d'étagères, de cornues, de bocaux contenant des chairs mortes, de Traqueurs à moitié construits. Un gros oiseau empaillé juché sur un perchoir contemplait les jeunes femmes de ses prunelles vertes et luisantes. Quand Popjoy tendit le bras vers lui, le volatile agita ses ailes dépenaillées et ouvrit le bec.

– Comme vous le constatez, reprit le docteur, je ne me limite pas à ressusciter des êtres humains. Des prototypes d'Oiseaux-Traqueurs patrouillent déjà dans le ciel autour de la base, et je songe à de nouvelles créatures : un Chat-Traqueur, une Baleine-Traqueur, peut-être, qui serait en mesure de déposer des explosifs sous une ville flottante. Entre-temps, j'ai énormément progressé dans le domaine des résurrections humaines…

Hester jeta un coup d'œil à Sathya, mais cette dernière se borna à suivre Popjoy jusqu'à une porte pratiquée dans le mur du fond de la pièce. Comme celle de la Crypte aux Souvenirs, elle était fermée par un verrou magnétique. Les doigts effilés de l'Ingénieur tapèrent rapidement un code, les serrures bourdonnèrent, et le battant s'ouvrit, révélant une chambre froide où d'étranges statues attendaient sous des housses en plastique.

– Voyez-vous, les anciens créateurs de Traqueurs manquaient d'imagination, expliqua Popjoy dont l'haleine formait des nuages. Ce n'est pas parce qu'un Traqueur a besoin d'un cerveau et d'un système nerveux humains qu'il doit forcément prendre une forme humaine, poursuivit-il en dévoilant ses inventions. Pourquoi se contenter de deux bras et de deux jambes ? Pourquoi seulement deux yeux ? À quoi bon une bouche, puisque ces chérubins ne mangent pas, et que nous ne les fabriquons pas pour l'intérêt de leur conversation ?

Les housses gelées enlevées, les visiteuses découvrirent des centaures cuirassés dotés de vingt bras et montés sur des chenilles en guise de jambes, des araignées aux pieds griffus et au ventre équipé d'une mitrailleuse, des Traqueurs avec un œil supplémentaire derrière leur tête. Sur une dalle de marbre gisait un monstre à moitié achevé fabriqué à partir du corps du malheureux Widgery Blinkoe.

– C'est l'homme qui m'a droguée à Arkangel ! hoqueta Hester en plaquant sa main sur sa bouche.

– Rien qu'un agent rémunéré, éluda Sathya. Il en savait trop. J'ai ordonné qu'on le liquide le soir même de ton arrivée ici.

– Et si ses épouses viennent le chercher ?

– Tu le chercherais, toi, si tu étais sa femme ? répliqua le commandant sans même accorder un regard à son ancien espion.

– Passons ! s'écria joyeusement Popjoy en remettant ses créatures dans leurs protections. Mieux vaut sortir avant que ces chéris ne réchauffent. Ils risqueraient la décomposition sans avoir eu le temps de s'animer !

Hester était figée d'horreur, et Sathya dut la ramener dans le laboratoire.

– Merci, Docteur Popjoy, cela a été très intéressant, lança-t-elle.

– Tout le plaisir a été pour moi, ma chère, minauda l'Ingénieur avec une courbette. Bientôt, j'en suis certain, nous trouverons le moyen de restaurer la mémoire de votre amie Anna... Au revoir, mademoiselle Shaw ! Il me tarde de travailler sur vous quand vous aurez été exécutée.

Hester emboîta le pas à Sathya qui, via d'autres tunnels, la conduisit sur une passerelle rouillée implantée le long d'une falaise. Le vent soufflait fort, glacial, hurlant. La jeune fille vérifia d'où il venait avant de se pencher par-dessus la rambarde pour vomir.

– Tu m'as demandé un jour pourquoi les Assaillants Verts soutenaient mes travaux, dit Sathya. Tu le sais, à présent. Anna ne les intéresse pas vraiment. Ils veulent que Popjoy leur construise une armée de Traqueurs qui leur permettra de s'emparer du pouvoir au sein de la Ligue et de commencer leur guerre contre les locomopoles.

S'essuyant les lèvres, Hester contempla les langues d'écume blanche qui léchaient les rochers.

– Pourquoi m'avoir mise au courant ?

– Parce que j'y tenais. Parce que, quand les bombes se mettront à tomber, quand les Traqueurs seront lâchés, je souhaite que quelqu'un puisse témoigner que je n'y suis pour rien. Je n'ai fait cela que pour Anna. Pour elle seule.

– Si ce n'est qu'elle aurait détesté cela. Elle n'aurait pas désiré la guerre.

Sathya opina, misérable.

– Elle estimait que nous ne devions agresser les villes que lorsqu'elles menaçaient nos colonies statiques. Elle n'a jamais admis l'idée que les citadins étaient tous des barbares. D'après elle, ils se trompaient, rien de plus. J'ai cru que, redevenue elle-même, elle nous montrerait une autre voie. Quelque chose de plus puissant que la vieille Ligue et de moins féroce que les Assaillants Verts. Malheureusement, ces derniers gagnent en force, et leurs nouveaux Traqueurs sont presque prêts. Quant à Anna...

Devinant le sourire railleur qui se dessinait sur son visage, Hester se dépêcha de se détourner pour que Sathya ne le remarque pas. Elle avait du mal à avaler ces préoccupations d'ordre éthique, de la part d'une fille qui avait assassiné le vieux Blinkoe sans sourciller. Elle sentit cependant qu'elle tenait là une occasion à ne pas laisser passer. Les doutes de Sathya étaient comme un barreau descellé à la fenêtre d'une prison ; une faiblesse dont elle devait pouvoir profiter.

– Tu devrais avertir la Ligue, murmura-t-elle. Expédier un message au Haut Conseil et leur expliquer ce que tes amis fabriquent.

– Impossible. Si les Assaillants l'apprenaient, ils me tueraient.

Hester continua de regarder la mer, léchant le sel des embruns sur ses lèvres.

– Et si un prisonnier s'évadait ? suggéra-t-elle. Personne ne te le reprocherait. Un prisonnier qui serait dans le secret de ce qui se trame, qui volerait un aérostat et qui s'échapperait – tu n'y serais pour rien.

Sathya releva brusquement la tête, cependant que Hester se mettait à trembler à la perspective toute proche de sa propre fuite. Quitter cet endroit ! Elle aurait encore le temps de sauver Tom ! Elle était fière de la façon dont elle usait de la tristesse de sa geôlière. C'était là une manière d'agir rusée, impitoyable, digne de la fille de Valentine.

– Laisse-moi me sauver à bord du *Jenny Haniver*, insista-t-elle. Je gagnerai le territoire de la Ligue, je trouverai quelqu'un de fiable, comme le capitaine Khora. Il viendra ici avec des vaisseaux de guerre et s'emparera de l'île. Vous jetterez les créatures de Popjoy à la mer avant qu'elles puissent servir.

Les prunelles de Sathya s'allumèrent, comme si elle imaginait déjà le bel Africain sautant de la nacelle de son Achebe 9000 afin de l'aider à sortir du piège qu'elle s'était tendu à elle-même. Puis elle secoua le menton.

– Je ne peux pas, chuchota-t-elle. Si Khora voyait Anna telle qu'elle est aujourd'hui, il ne comprendrait pas. Rien ne doit perturber le travail que j'accomplis sur elle, Hester. Nous sommes tout près de réussir, maintenant. Parfois, je sens qu'elle me regarde de derrière son masque... Et puis, comment pourrais-je t'autoriser à partir ? Tu as participé à son meurtre.

– Ne me dis pas que tu penses encore cela. Sinon, tu m'aurais déjà exécutée.

Deux larmes roulèrent sur les joues du commandant, reflets argentés sur sa peau mate.

– Je ne sais pas, marmonna-t-elle. J'ai des doutes, mais j'ai des doutes sur tant de choses.

Soudain, elle serra Hester contre elle, attirant sa tête dans le tissu rêche de sa tunique.

– Il est bon d'avoir quelqu'un à qui parler, ajouta-t-elle. Je ne te tuerai pas. Quand Anna ira mieux, elle sera en mesure de me révéler si tu es ou non responsable de sa mort. Il te faut rester jusqu'à ce qu'elle se rétablisse.

26
La grande image

Si vous aviez eu la possibilité de contempler le monde d'en haut – si vous aviez été un dieu ou un fantôme hantant les anciennes plates-formes militaires américaines qui continuaient de tourner en orbite au-dessus du pôle – le Cryodésert vous serait d'abord apparu aussi blanc que les murs de la cellule de Hester ; une blancheur étalée au sommet de cette pauvre vieille Terre, telle la cataracte voilant un œil bleu. Mais regardez-y de plus près, et vous distinguerez des choses qui se déplacent sur ce vide immense. Vous voyez ce minuscule point noir qui se trouve à l'ouest du Groenland ? C'est Anchorage, précédée par une équipe de traîneaux de reconnaissance, qui se fraye un chemin au milieu des montagnes couvertes de glaciers, qui cherche sa route en des parages non cartographiés. Elle avance prudemment mais sans s'attarder, car tout le monde à bord s'inquiète du parasite qui a emporté le malheureux Tom et craint que d'autres engins du même acabit ne surgissent de la glace sans crier gare. Des rondes ont été mises en place dans le quartier des mécaniciens, et des patrouilles inspectent la coque de la ville tous les matins, cherchant d'éventuels intrus.

Ce que personne ne soupçonne en revanche, c'est que le danger réel ne se trouve pas en dessous, mais provient d'un autre point noir, plus gros et plus sombre, qui arrive de l'est, tous patins et toutes chenilles déployés, propulsant sa masse imposante sur le dos montueux du Groenland. C'est Arkangel. Ses entrailles digèrent Louvehampton et trois petites villes baleinières, cependant que, enfermé dans le bureau aux lambris d'ivoire du Direktor, Piotr Masgard presse son père d'accélérer.

– Mais la vitesse est onéreuse, mon cher fils, objecte le Direcktor en caressant sa barbe. Nous avons attrapé Louvehampton. Je ne suis pas sûr qu'il vaille la peine de traquer Anchorage vers l'ouest. Et si nous ne mettions pas la dent dessus ? S'il s'agissait d'une entourloupe ? On m'a appris que la fille qui t'avait vendu ces informations avait disparu.

Piotr Masgard hausse les épaules.

– Mes délateurs prennent souvent la tangente avant la capture. Pour celle-là, j'ai toutefois l'impression que nous la reverrons. Elle reviendra chercher sa part de l'or du prédateur.

Il abat son poing sur la table de travail de son père.

– Il faut que nous les chopions ! assène-t-il. Il ne s'agit pas d'une bourgade baleinière de troisième ordre, mais d'Anchorage ! Imaginez les richesses du Palais d'Hiver ! Sans parler de leurs moteurs. J'ai vérifié, ils sont censés être vingt fois plus efficaces sur la glace que ceux des autres cités.

– C'est vrai. La famille Scabious a toujours préservé le secret de leur construction. Par peur, sans doute, qu'un rapace ne souhaite s'en emparer.

– Eh bien, c'est ce qui va arriver. Et le rapace, ce sera nous. Søren Scabious travaillera bientôt pour nous. Il pourrait recomposer nos moteurs de façon à ce que nous utilisions moitié moins d'essence tout en attrapant deux fois plus de proies.

– Très bien, soupire le Direktor.

– Vous ne le regretterez pas, Père. Encore une semaine à ce train, et mes Grands-Veneurs et moi sortirons en reconnaissance pour localiser Anchorage.

Si vous étiez un spectre assis parmi les papiers, les stylos, les gobelets en plastique et les astronautes gelés qui tournent sans cesse en apesanteur, vous pourriez utiliser les instruments équipant cette vieille station spatiale pour percer les océans et observer les endroits les plus secrets de Grimsby, comme celui où Parrain, assis devant son écran le plus vaste, surveille *La Sangsue Agile* qui sort du hangar, Caul aux commandes, Skewer comme simple homme d'équipage, et qui emmène Tom Natsworthy en direction de l'Aire des Crapules.

– Zoome, mon garçon, zoome ! ordonne Parrain, qui se délecte des feux arrière du vaisseau s'éloignant dans les eaux noires.

Assis à côté de lui, Gargle obéit. Parrain ébouriffe les cheveux du gamin. C'est un bon petit. Il sera utile, ici ; il l'aidera avec ses archives et ses écrans. Parfois, il songe que ce sont ceux qu'il préfère, ces bons à rien de vermisseaux comme Gargle. Au moins, ils ne posent pas de problèmes. On ne peut en dire autant des adolescents étranges et doux comme Caul qui, dernièrement, a montré les déplaisants symptômes d'une conscience ; pareil pour les ambitieux comme Skewer, qui doivent être constamment espionnés, au cas où ils utiliseraient le talent et la ruse que leur a inculqués Parrain pour se retourner contre lui.

– Il est parti, Parrain, pépie Gargle. Vous pensez que ça va marcher ? Que le Sec y arrivera ?

– Quelle importance ? D'une façon ou d'une autre, nous sortirons gagnants de l'aventure, mon petit. Il est vrai que je n'en sais pas autant que je le voudrais sur l'Aire des Crapules, mais les rapports de Wrasse m'ont donné quelques indications. Des petits riens, sauf qu'un génie de ma trempe a su les mettre bout à bout. Un Ingénieur de Londres… ce cercueil en provenance du Shan Guo, conservé dans la glace… cette Sathya qui pleure la mort de sa pauvre chère vieille amie. Élémentaire, mon cher Gargle.

Ce dernier le regarde avec des yeux ronds, sans rien comprendre.

– Et… Tom ? demande-t-il.

– Ne t'en fais pas, mon garçon, répond Parrain en lui passant une nouvelle fois la main dans les cheveux. Envoyer un Sec là-bas n'est qu'une façon de détourner l'attention des Assaillants Verts.

– La détourner de quoi, Parrain ?

– Tu verras, gamin, tu verras.

27
Les escaliers

Les Garçons Perdus avaient établi leur base de surveillance sur la côte est de l'Aire des Crapules, là où les falaises noires tombaient droit dans quarante brasses d'eau. L'un des aérostats incendiés de Loki le Rouge s'y était échoué durant la bataille contre les Assaillants Verts, et trois berniques s'étaient ancrées dans la carcasse couverte de coquillages de son ballon afin d'y installer un avant-poste, leurs longues pattes emmêlées dans les corps les uns des autres, comme des crabes dans une casserole d'eau. *La Sangsue Agile* se fit une place dans cet enchevêtrement métallique, et un sas de son ventre se connecta à l'écoutille centrale du sous-marin principal, l'*Anguille sous Roche*.

– Ainsi, voilà la nouvelle recrue de Parrain ? s'enquit le grand adolescent qui accueillit Caul, Skewer et Tom, lorsque ces derniers grimpèrent à bord.

L'air empestait le renfermé et la crasse. Le responsable était jusqu'à présent le plus âgé de tous les collaborateurs de Parrain qu'eût vus Tom, et il le toisait avec un drôle de sourire condescendant, comme s'il était au courant d'une plaisanterie que le Sec ne saurait comprendre.

– La bonne amie de Tom est Hester Shaw, la prisonnière des Assaillants Verts, expliqua Caul.

– Oui, oui. Le poisson-message de Parrain est arrivé ici bien avant vous. Rien ne m'est étranger de ces deux tourtereaux. Mission de charité, donc, hein ?

Sur ce, le grand jeune homme se détourna pour s'engouffrer dans une étroite coursive.

– Il s'appelle Wrasse, chuchota Caul en suivant avec Tom et Skewer. C'est l'un des tout premiers.

– Des premiers quoi ? demanda Tom.

– De ceux que Parrain a ramenés à Grimsby. Un des leaders. Parrain lui laisse la moitié du butin qu'il rapporte à la maison. C'est son bras droit.

L'intéressé les conduisit dans une soute qui avait été débarrassée de sa cargaison afin d'être transformée en station de surveillance. D'autres gars, plus jeunes que Wrasse mais plus âgés que Skewer ou Caul, étaient affalés dans divers sièges, s'ennuyant ferme, ou assis devant une série d'écrans bleus qui occupaient toute une paroi. L'endroit était bondé. C'était la première fois que Caul voyait autant de voleurs assignés à une mission. Pourquoi Parrain avait-il décidé d'en envoyer un tel nombre ? Et pourquoi autant d'écrans étaient-ils noirs ?

– Vous n'avez que trois caméras qui fonctionnent, fit-il remarquer. À Anchorage, nous en avions trente allumées en permanence !

– C'est qu'il ne s'agit pas de détrousser des citadins, gamin, aboya Wrasse. Les Assaillants Verts, c'est du costaud. Il y a des gardes et des flingues partout et tout le temps. La seule façon pour une caméra d'entrer, c'est par un tuyau d'évacuation des égouts qui mène à des latrines abandonnées sur la côte ouest. Nous avons réussi à en infiltrer trois, mais les Secs ont entendu les bruits et se sont mis à devenir fouineurs. Du coup, on ne peut pas les bouger beaucoup, et nous avons renoncé à en implanter d'autres. Nous n'aurions même pas pu mettre les trois premières si Parrain ne nous avait pas fourni ses derniers modèles. Des trucs à télécommande, sans câbles. Il nous a aussi filé des films spéciaux.

De nouveau, ce sourire supérieur. Caul jeta un coup d'œil au tableau de bord. Des piles de notes gisaient parmi les gobelets de café abandonnés, les relevés d'emploi du temps et de changements d'équipe des sentinelles des Assaillants Verts. Un tas de gros boutons rouges protégés par des capuchons en verrtique attira son attention.

– À quoi ça sert ? demanda-t-il.

– T'occupe.

– Alors, qu'est-ce qui se passe, là-haut ? intervint Skewer.

Wrasse haussa les épaules sans cesser de zapper de canal en canal.

– Aucune idée. Nous n'avons pas pu entrer dans les endroits qui intéressent le plus Parrain, le laboratoire et la Crypte aux Souvenirs. Nous arrivons à espionner le hangar principal, mais sans toujours piger de quoi il retourne. Ils ne parlent pas forcément l'anglois ou le nord comme les vraies gens. Ça jacasse en veux-tu en voilà en airsperanto et dans des tas d'autres langues orientales bizarres. Leur chef, cette nana (un visage sombre emplit l'écran, photographié selon un drôle d'angle à travers la grille d'une bouche d'aération ménagée dans le plafond du bureau ; la jeune femme rappela un peu à Tom Sathya, la fille qui s'était montrée si impolie envers lui, à Batmunkh Gompa), elle est cinglée. Elle n'arrête pas de bavasser au sujet d'une de ses copines mortes, comme si elle était encore vivante. Parrain est très intrigué par elle. Et puis, il y a ce délicieux personnage…

Tom hoqueta. Sur l'écran, Wrasse zoomait sur une silhouette blottie au fond d'une pièce profonde pareille à un puits. L'image était tellement floue et sous-exposée que, si on la fixait trop longtemps, elle perdait toute signification et se dissolvait dans un potage de formes abstraites. Tom n'eut pas besoin de regarder bien longtemps cependant.

– C'est Hester ! beugla-t-il.

Les Garçons Perdus sourirent, ricanèrent, se donnèrent des coups de coude. Ils avaient vu le visage de la jeune femme, et ils trouvaient extrêmement drôle qu'on pût s'attacher à un tel laideron.

– Il faut que j'aille la chercher, décréta Tom en se penchant en avant.

Il aurait aimé pouvoir traverser l'écran afin de la toucher du doigt, juste pour qu'elle sût qu'il était là.

– T'inquiète, tu vas y aller, marmotta Wrasse.

Prenant l'aviateur par le bras, il l'entraîna dans un compartiment voisin dont les murs étaient pleins de râteliers contenant des pistolets, des sabres et des piques.

– Nous sommes parés, reprit-il. Parrain nous a donné nos instructions. Le plan est arrêté.

S'emparant d'un pistolet à gaz, il le tendit à Tom, y ajouta un drôle de petit appareil en métal.

– Un rossignol, précisa-t-il. Pour crocheter les serrures.

Dans la salle des opérations, l'activité connut soudain un regain d'effervescence. Plus personne ne semblait s'ennuyer, à présent. Se retournant, Tom constata que les garnements allaient et venaient avec des papiers et des calepins, qu'ils allumaient des interrupteurs, se coiffaient d'écouteurs.

– Tu ne vas pas m'envoyer là-haut maintenant, hein ? s'étonna-t-il.

Il s'était attendu à disposer d'un peu de temps pour se préparer, voire à être briefé sur ce que les Garçons Perdus avaient appris sur la disposition de la base. En revanche, il ne s'était pas du tout imaginé être jeté dans l'action aussi vite. Mais Wrasse, le reprenant par le bras, le propulsa dans les coursives.

– Il faut battre le fer quand il est chaud, lâcha-t-il.

Sur la côte ouest de l'Aire des Crapules, un escalier métallique zigzaguait le long de la falaise, jusqu'à une jetée en fer qui s'avançait dans la mer, protégée par de longs pitons rocheux. Elle avait, du temps des pirates, servi aux bateaux de ravitaillement qui s'y ancraient, mais nul bateau n'était revenu depuis que les Assaillants Verts s'étaient emparés de l'île. Déjà, la jetée avait un air délabré et mal aimé, érodée par la rouille et les attaques incessantes de l'océan.

La Sangsue Agile fit surface dans son ombre, juste au moment où le soleil disparaissait derrière une épaisse bande de brume à l'horizon. Le vent était quasiment tombé, même si la houle restait forte. Les vagues s'abattirent sur la carapace de la bernique quand les grappins magnétiques de cette dernière entrèrent en contact avec la jetée.

Par les hublots mouillés d'embruns, Tom contempla les lumières qui brillaient dans les bâtiments, tout là-haut, au sommet de la falaise, et une vague de nausée le secoua. Depuis qu'il était parti de Grimsby, il s'était répété que tout irait bien ; malheureusement, une fois sur place, au milieu de la houle, il doutait vraiment qu'il arriverait à pénétrer dans la forteresse des Assaillants Verts, et encore moins à en ressortir accompagné de Hester.

Il aurait aimé que Caul fût là, mais Wrasse s'était chargé en personne de piloter *La Sangsue Agile*, obligeant Caul à rester à bord de l'*Anguille sous Roche*.

– Bonne chance ! lui avait souhaité l'adolescent en le serrant contre lui.

Tom commençait à se rendre compte qu'il allait en effet avoir besoin d'une sacrée chance.

– Les marches conduisent à une porte, à une trentaine de mètres d'ici, lui apprit Wrasse. Elle n'est pas gardée. Ils ne s'attendent pas à ce qu'on les attaque par la mer. Elle sera fermée, mais rien ne résiste à nos outils. Tu as le rossignol ?

Tom tapota la poche de son manteau. Une vague souleva le vaisseau.

– Eh bien..., murmura-t-il, nerveux, en se demandant s'il était trop tard pour renoncer.

– Je serai ici, promit l'autre.

Il gratifia Tom du fameux petit sourire narquois, et le voyageair regretta de ne pas avoir confiance en lui. Il se décida néanmoins à escalader l'échelle et s'efforça de ne penser qu'à Hester – il savait que, s'il songeait aux soldats en armes de la forteresse, il craquerait. Une nouvelle vague engloutit *La Sangsue Agile* au moment où il émergeait de l'écoutille, et l'eau glacée le trempa jusqu'aux os. Il resta un instant debout sur la coque de la bernique, dans l'air frais et le bruit de la mer, puis se faufila entre les poutrelles de la jetée qu'il escalada. Il courut vers l'escalier, avec l'impression que le sol métallique ruait, tel un animal essayant de se débarrasser de lui.

Il monta rapidement les marches, heureux de cette occasion de se réchauffer. Des oiseaux tourbillonnaient autour de lui dans le crépuscule, ce qui l'effraya. « Hester, ne songe qu'à Hester ! » se serinait-il à lui-même. Hélas, il eut beau se remémorer ses meilleurs souvenirs avec elle, il ne parvint pas à effacer totalement sa peur. Il tenta alors de faire le vide dans sa tête, se répéta qu'il avait une tâche à accomplir – sans résultat. Cette mission était suicidaire. Parrain se servait juste de lui. Cette histoire selon laquelle il avait besoin d'un espion à l'intérieur de l'Aire des Crapules n'avait pas été l'entière vérité, il en était convaincu à présent. Quant au poste de surveillance, avec toutes ces armes... il avait bien vu l'air surpris de Caul en découvrant l'arsenal. Il avait été roulé. Il n'était qu'un pion dans une partie dont il ignorait les règles. Est-ce qu'il devrait se rendre aux Assaillants Verts, alerter les sentinelles et se laisser attraper ? Ils n'étaient peut-être pas aussi teigneux que ce que la rumeur affirmait et, comme ça, il aurait au moins une chance de revoir Hester...

Une forme noire tomba soudain du ciel. Tom agita les bras et détourna le visage en fermant les paupières. Un cri rauque retentit, et un bec pareil à un marteau frappa son crâne d'un coup violent et douloureux. Suivirent des battements d'ailes, puis plus rien. Tom releva la tête pour scruter les alentours. Il avait entendu parler des oiseaux de mer qui agressaient quiconque approchait de leurs nids. Au-dessus de lui, des milliers de volatiles tournaient dans l'obscurité naissante. Le jeune homme reprit sa course en croisant les doigts pour que tous n'aient pas la même idée que celui qui venait de l'attaquer.

Il avait grimpé une autre volée de marches quand l'oiseau revint à la charge, plongeant sur lui en poussant un long couinement guttural. Tom eut le temps de mieux l'apercevoir, cette fois : de grandes ailes malpropres qui avaient des allures de manteau dépenaillé, des yeux verts luisants au-dessus du bec ouvert. Sans s'arrêter, le garçon le frappa du poing et de l'avant-bras, réussissant à l'éloigner. Il ressentit une brusque souffrance et constata que trois estafilades sanglantes avaient entamé sa peau. De quelle espèce d'oiseau s'agissait-il ? Ses ergots avaient carrément déchiré ses gants de cuir !

Il y eut un nouveau cri, perçant et suffisamment proche pour être entendu par-dessus le vacarme des autres volatiles. Des ailes s'agitèrent autour du visage de Tom, méli-mélo de plumes, frappant son front, ses cheveux. Une odeur chimique lui chatouilla les narines, et il découvrit que la lumière verte des prunelles semblait artificielle. Tirant le pistolet que Wrasse lui avait donné, il heurta la chose qui s'éloigna en tournoyant. Un instant plus tard néanmoins, des griffes se plantaient dans son cuir chevelu. Il était à présent harcelé par deux créatures.

Il se mit à courir, grimpant, grimpant, cependant que les oiseaux – si c'en était – le harcelaient en criaillant, le frappaient sur la tête ou dans le cou. Ils n'étaient que deux, les autres vaquaient à leurs affaires. Deux, mais c'était plus que suffisant. Leurs griffes aiguisées comme des rasoirs renvoyaient des éclats de lumière, leurs ailes claquaient comme des drapeaux dans la tourmente.

– Au secours ! cria Tom, assez sottement. Partez ! Partez !

Il songea à redescendre vers le vaisseau, mais les

volatiles se jetèrent sur lui quand il fit demi-tour. De plus, la porte était tout près, à présent, plus qu'une volée de marches. Il continua donc, glissant sur les degrés glacés, mains levées dans ses gants déchirés afin de protéger sa figure sur laquelle coulait un sang chaud. Apercevant le battant, il se rua dessus. Malheureusement, il était trop occupé à se défendre pour utiliser le rossignol. Au désespoir, il souleva le pistolet et visa en l'air. Le coup résonna sur la falaise, et l'un des oiseaux aux yeux verts tomba en émettant un long panache de fumée. L'autre recula, puis repartit à l'assaut, et Tom se cacha le visage. Son arme glissa de sa main ensanglantée, rebondit sur la rambarde et disparut dans l'obscurité.

Soudain, le faisceau d'un projecteur déchira la falaise, poignardant le garçon à travers le tourbillon d'ailes noires qui s'acharnaient sur lui. Tom se rencogna contre la porte. Une sirène mugit, puis une autre, une troisième, la roche renvoyant leurs échos.

– Wrasse ! hurla l'aviateur. Caul ! Au secours !

Comment les choses avaient-elles pu tourner aussi mal aussi vite ?

– Ils l'ont chopé, grésilla une voix dans la radio de *La Sangsue Agile.*

Wrasse hocha calmement le menton. Parrain l'avait averti que ça se passerait sans doute ainsi.

– Faites avancer les caméras, ordonna-t-il. Nous n'avons que quelques minutes avant qu'ils ne s'aperçoivent qu'il est seul.

Il appuya sur des boutons, manœuvra des manettes. Sur la coque, une écoutille s'ouvrit, libérant une vieille montgolfière de livraison. Sitôt qu'elle eut commencé à s'élever dans la tempête d'oiseaux et de projecteurs qui tournoyaient au sommet de l'île, la bernique se libéra de la jetée, replia ses pattes et s'enfonça comme une pierre sous les flots.

La porte métallique céda, inondant Tom de lumière jaune. Il fut si content d'échapper à l'oiseau qu'il éprouva du soulagement quand les gardes s'emparèrent de lui. Lui plaquant les bras dans le dos, ils lui collèrent le canon d'un Weltschmerz sous le menton. Il ne cessa de les remercier et de s'excuser, cependant qu'ils l'attiraient à l'intérieur, refermaient le battant et le jetaient à terre. Dehors, des fusées lumineuses étaient tirées. On le releva, on l'emmena, tandis que des rugissements colériques secouaient le plafond bas. Ça parlait airsperanto avec des accents orientaux et des tas de mots dialectaux que Tom ne comprenait pas.

– Il est seul ? demanda une voix féminine, étonnamment familière.

– A priori, oui, Commandant. Le (mot incompréhensible) l'a trouvé dans l'escalier.

La femme s'exprima de nouveau, Tom ne saisit pas ses paroles, mais elle avait dû s'enquérir de la façon dont il était arrivé ici, car un homme répondit :

– Une montgolfière. Notre défense antiaérienne l'a abattue.

Un juron sans doute, puis :

– Pourquoi nos guetteurs ne l'ont-ils pas vue arriver ?

– D'après la sentinelle, elle vient juste d'apparaître.

– Il n'y avait pas de montgolfière, chuchota Tom, perdu.

– Le prisonnier, Commandant…

– Montrez-le-moi.

– Désolé, marmonna Tom, du sang dans la bouche.

Quelqu'un braqua une lampe sur son visage, et la fille qui ressemblait à cette Sathya – qui *était* Sathya – se pencha vers lui.

– Bonjour, merci, navré, murmura-t-il.

Fouillant du regard le sang et les mèches humides, elle écarquilla les yeux et afficha un air féroce et furieux quand elle le reconnut.

Après des mois d'inactivité, les Garçons Perdus étaient soudain débordés. Ils se bousculaient devant les écrans, désireux de voir ce qui se passait chez les Secs. Caul se fraya un chemin sur l'avant et aperçut Tom, qu'une flopée de gardes en blanc emmenaient.

Sur un autre écran, le bureau du Commandant était vide, repas abandonné sur la table de travail. Un troisième montrait des aviateurs se regroupant près de leurs aérostats dans le grand hangar, comme si les Assaillants Verts croyaient que l'arrivée de Tom annonçait une attaque de plus grande envergure. Les autres écrans n'étaient qu'ombres mouvantes. Des dizaines de caméras-crabes qui avaient patienté à l'embouchure du tuyau d'évacuation des égouts profitaient du charivari pour infester la base. Émergeant d'une cuvette de toilettes cassée, les machines s'engouffraient dans un conduit d'aération avant de se disperser dans la tuyauterie de l'Aire des Crapules, découpant les grilles de sécurité et détruisant les capteurs, le vacarme ainsi produit noyé par les mugissements des sirènes.

Au milieu de tout cela, Caul sentit les tremblements déclenchés par *La Sangsue Agile* qui s'arrimait. Un instant plus tard, Wrasse arriva par le sas, l'air tendu et excité, posant une rafale de questions sur la réaction des Assaillants Verts.

– Ils sont rapides, répliqua un des garçons.

– Je suis bien content que Parrain ne m'ait pas envoyé en reconnaissance.

– De drôles d'oiseaux apprivoisés gardaient l'escalier. Ce sont eux qui ont donné l'alarme.

– On s'en débrouillera.

Caul tira plusieurs fois sur la manche de Wrasse, jusqu'à ce que l'autre se tourne vers lui, agacé.

– Tu étais censé attendre Tom ! cria Caul. Et s'il s'échappe, hein ? Comment filera-t-il, sans *La Sangsue Agile* ?

– Ton chéri est fichu, espèce de Secolâtre ! riposta l'autre en le repoussant. Et t'inquiète, tout se passe comme Parrain l'avait prévu.

Clés dans la serrure, porte brutalement ouverte – les bruits réveillèrent Hester. Elle se leva précipitamment. Sathya entra dans la cellule et la fit retomber d'un coup de poing. Des soldats suivaient, traînant une silhouette mouillée. Hester ignorait de qui il s'agissait, ne réagit pas, même quand Sathya souleva le visage ensanglanté et meurtri. En revanche, elle reconnut le long manteau d'aviateur, pensa à Tom, qui en avait un semblable. Elle regarda la victime de plus près, même si cela lui paraissait impossible.

– Tom ? murmura-t-elle.

– Ne joue pas l'innocente ! hurla Sathya. N'espère pas que je croie que tu n'étais pas au courant ! Qu'avez-vous planifié ? Pour qui bossez-vous ?

– Personne ! se défendit Hester. Personne !

Elle fondit en larmes quand les gardes forcèrent Tom à se mettre à genoux, à côté d'elle. Il était venu la sauver, il était blessé, paraissait effrayé. Pire, il n'était pas au courant de ce qu'elle avait fait. Il avait parcouru des kilomètres pour la tirer de là, alors qu'elle ne le méritait pas.

– Tom, sanglota-t-elle.

– J'avais confiance en toi ! beugla Sathya. Tu m'as piégée, exactement comme tu as piégé la pauvre Anna, à jouer les saintes nitouches, à m'amener à douter de moi, pendant que ton barbare de complice rappliquait ici. Qu'aviez-vous prévu ? Un vaisseau vous attend ? Blinkoe était-il dans le coup ? J'imagine que vous vouliez enlever Popjoy afin de l'emmener dans une de vos sales villes pour que les partisans du darwinisme municipal aient des Traqueurs, hein ?

– Non, non, non ! Tu te trompes complètement.

Hester comprenait néanmoins que rien de ce qu'elle pourrait dire ne persuaderait Sathya que l'apparition de Tom n'était liée d'aucune manière à un complot. Quant à Tom, il avait trop froid et était trop choqué pour saisir ce qui se passait. Il perçut cependant la voix de Hester et leva les yeux. Il la vit, à côté de lui. Il avait oublié à quel point elle était laide.

Tout à coup, Sathya le prit par les cheveux, l'obligea à baisser la tête, dégageant son cou. Il entendit le sifflement du sabre qu'elle dégainait, capta des grincements et des cavalcades dans la tuyauterie du plafond, sursauta quand Hester cria son nom et ferma les paupières.

Sur les écrans des Garçons Perdus, le sabre tiré fut un éclair blanc. La voix de Sathya leur parvenait, ténue, délirant à propos de complots et de trahisons.

– Fais quelque chose ! hurla Caul.

– Ce n'est qu'un Sec, répondit Skewer avec une douceur inhabituelle. Oublie-le.

– Nous devons l'aider. Il va mourir !

– C'était prévu d'avance, espèce d'idiot ! siffla Wrasse en écartant l'adolescent. Tu as vraiment cru que Parrain comptait le laisser en vie, avec ce qu'il a vu à Grimsby ? Même s'il avait réussi à tirer la fille de là, j'avais pour ordre de les tuer. Tom n'était ici que pour créer une diversion.

– Pourquoi ? gémit Caul. Juste pour que tu puisses installer d'autres caméras ? Juste pour que Parrain apprenne ce qui se passe dans la Crypte aux Souvenirs ?

Wrasse lui assena un coup de poing qui l'envoya valser contre le tableau de bord.

– Parrain a découvert ce qui se tramait dedans il y a des mois. Ce ne sont pas que des caméras, ce sont des bombes. Nous les mettons en place, attendons quelques heures que les Secs se calment puis faisons sauter tout ce bazar et l'investissons pour faucher un maximum de trucs.

Caul contempla les écrans tout en léchant le sang

qui lui coulait des narines. Les autres garçons s'étaient reculés, comme si se soucier un peu trop des Secs était une maladie contagieuse, à l'instar de la grippe. Il se releva, aperçut le tas de boutons rouges tout près de sa main. Il les fixa un moment. Il avait beau ne jamais en avoir vu de pareils, il n'eut pas de mal à comprendre à quoi ils servaient.

– Non ! brailla quelqu'un. Pas maintenant !

Avant que ses compères ne l'attrapent, il réussit à soulever un maximum de capuchons en plastique et à abattre ses poings sur les boutons.

Les écrans s'éteignirent.

28
Bon vent

Quelque chose le frappa dans le dos, et il s'affala, face contre terre. « Ça y est, pensa-t-il, je suis mort. » Mais non. Il sentait l'humidité de la pierre et, quand il roula sur le flanc, il constata qu'une déflagration avait fait tomber le plafond. Une grosse explosion, à en juger par l'importance des gravats et de la poussière. Elle aurait dû provoquer un véritable tintamarre, pourtant il n'avait rien entendu. D'ailleurs, il ne percevait rien, alors que de gros pans du toit dégringolaient, que des gens s'agitaient partout en brandissant des torches, bouches grandes ouvertes – toutefois, ne résonnait à l'intérieur de son crâne qu'un gémissement, un sifflement, un bourdonnement. Il éternua, sans bruit, puis de petits doigts chauds se refermèrent autour de sa main et tirèrent sur son bras. Il leva les yeux, vit Hester qui semblait lui parler tout en le tirant, encore et encore, et qui lui montrait la porte. Quelque chose lui était tombé dessus, il s'en extirpa – et découvrit qu'il s'agissait de Sathya et se demanda si elle était gravement blessée, s'il devait l'aider, mais Hester l'entraîna vers le seuil, trébuchant sur les cadavres d'hommes qui, eux, étaient bien morts, se glissant sous les restes d'une conduite de chauffage toute tordue et fumante, à croire qu'elle avait explosé de l'intérieur. Il se retourna, quelqu'un tira un coup de feu vers lui, il vit l'éclair, sentit la balle frôler son oreille, mais il n'entendit pas cela non plus.

Ils dégringolèrent des escaliers, franchirent de multiples portes, les claquant derrière eux sans émettre de bruit. Ils s'arrêtèrent pour reprendre haleine, pliés en deux, toussant, et il en profita pour essayer de saisir ce qui s'était passé. La déflagration, les canalisations...

– Tom !

Hester était tout près de lui, sa voix restait cependant faible et lointaine, indistincte comme si elle parlait sous l'eau.

– Quoi ?

– Le vaisseau ! Où est ton vaisseau ? Comment es-tu arrivé ici ?

– Sous-marin. Mais il est parti, je crois.

– Quoi ?

Elle était aussi sourde que lui.

– Parti !

– Quoi ?

Au bout du couloir, des torches illuminèrent la poussière et la fumée.

– On n'aura qu'à prendre le *Jenny* ! hurla Hester.

Sur ce, elle poussa Tom en direction d'un autre escalier. Il y faisait sombre, comme dans le corridor, la fumée y était épaisse, et le jeune homme commença à comprendre que plusieurs explosions s'étaient produites en même temps. Dans certains endroits, les ampoules clignotaient encore, mais le courant avait été coupé un peu partout. Des groupes de soldats apeurés et éberlués couraient çà et là en brandissant des lampes. Les deux fuyards réussirent assez facilement à les voir venir et à les éviter en se cachant dans des renfoncements de portes ou en s'accroupissant derrière des montagnes de gravats. Lentement, Tom recouvra l'ouïe, et le sifflement qui emplissait ses tympans laissa place au couinement permanent et anxieux des sirènes d'alarme. Hester le projeta dans un énième escalier, cependant que d'autres gens les croisaient à toutes jambes, des aviateurs cette fois.

– Je ne sais même pas où nous sommes, grommela-t-elle. Tout est différent, dans le noir.

Elle se tourna vers Tom, le visage taché de saleté, et lui adressa un immense sourire.

– Comment t'es-tu débrouillé pour faire tout sauter ?

Ç'avait été la décision la plus difficile de la vie de Wrasse, et il avait failli craquer, pétrifié par la panique devant les écrans blancs de l'*Anguille sous Roche* – tous les plans de Parrain qui tombaient à l'eau ! Tout ce pour quoi ils avaient travaillé réduit à néant ! La plupart des caméras-crabes avaient explosé avant même d'être en position !

– Qu'est-ce qu'on fait, Wrasse ? avait demandé l'un des garçons.

Il n'avait pas le choix. Soit ils rentraient à la maison et Parrain les écorchait vifs pour être revenus les mains vides ; soit ils fonçaient.

– On fonce ! avait décidé le capitaine.

Aussitôt, il avait senti sa détermination lui revenir, cependant que sa bande se ruait vers les fusils, les filets et les gadgets divers fournis par Parrain, se collait des lampes frontales sur le crâne, emmenait Caul.

– Skewer ! Baitball ! Aux caméras ! Vous resterez ici, les autres avec moi !

Ainsi, tandis que les Assaillants Verts s'affolaient, se disputaient, essayaient d'éteindre les incendies déclenchés par les bombes, tandis que les projecteurs fouillaient le ciel et que les batteries antiaériennes tiraient salve sur salve en direction d'agresseurs imaginaires, une bernique se détacha du poste de surveillance et gagna la jetée. Les Garçons Perdus en surgirent, rapides et silencieux, et grimpèrent l'escalier que Tom avait emprunté une heure auparavant.

Un Oiseau-Traqueur les surprit au sommet, et un petit passa par-dessus la rambarde, chutant droit dans l'eau en hurlant. Un de ses camarades fut blessé par un tir en provenance de la falaise, et Wrasse dut l'achever parce que les ordres de Parrain étaient de ne laisser aucun survivant derrière soi pour éviter que les Secs n'en apprennent trop. Ils arrivèrent enfin à la porte, la franchirent, se dirigèrent vers la Crypte aux Souvenirs à l'aide de leurs plans, postant quelques-uns d'entre eux aux intersections afin de surveiller la route de sortie. Ils tuèrent les soldats qui couraient dans la fumée, parce que Parrain l'avait également exigé : pas de témoins.

Les gardiens de la Crypte aux Souvenirs avaient fui. Les verrous énormes étonnèrent un instant Wrasse. Le courant étant coupé, il réussit à les soulever, et la porte s'ouvrit sans difficulté. Les torches des Garçons Perdus illuminèrent une passerelle qui menait à une plate-forme centrale sur laquelle quelqu'un faisait les cent pas, comme un lion en cage. Un masque de bronze se tourna vivement en direction de la lumière.

Les garnements sursautèrent. Seul Wrasse avait une vague idée de ce qu'on les avait envoyés voler, mais lui non plus n'avait jamais rien vu de tel. Parrain l'avait prévenu de ne pas affronter la chose directement. « Prends-la par surprise, par-derrière ; lance les filets et les grappins dessus avant qu'elle ne comprenne ce qui lui arrive. » Malheureusement, il était trop tard, et même s'ils avaient eu le temps, Wrasse doutait que ce plan eût fonctionné. Ce truc paraissait tellement fort ! Pour la première fois de son existence, il commença à se demander si Parrain avait toujours raison. Il dissimula sa frayeur du mieux qu'il put.

– C'est ça, annonça-t-il. C'est ce que Parrain veut. Fauchez-moi ça !

Les Garçons Perdus levèrent leurs pistolets et leurs lames, leurs chaînes et leurs cordes, leurs grappins magnétiques et leurs filets, et se mirent à avancer sur la passerelle.

Le Traqueur plia et déplia ses doigts et vint à leur rencontre.

Des coups de feu retentissaient un peu partout, même s'il était difficile de les localiser précisément, car leurs échos s'entremêlaient et rebondissaient sur les parois des tunnels. Tom et Hester couraient, selon un vague itinéraire dessiné par la mémoire de la jeune femme. Ils croisèrent les cadavres de trois Assaillants Verts en tas, puis celui d'un garçon blond habillé de vêtements sombres mal assortis. Un instant, Tom crut qu'il s'agissait de Caul, mais celui-ci était plus vieux et plus costaud. Il avait appartenu à l'équipe de Wrasse.

– Les Garçons Perdus sont ici ! souffla-t-il.

– Qui c'est ?

Il ne répondit pas, trop occupé à tenter de comprendre les événements ainsi que la part qu'il y avait prise. Un véritable charivari éclata, empêchant Hester de reposer sa question – une rafale de coups de feu qui alla en s'amenuisant, entrecoupée de hurlements. Le tout se termina par un cri perçant, puis le silence. Même les sirènes s'étaient tues.

– Qu'est-ce que c'était que ça ? balbutia Tom.

– Comment veux-tu que je le sache ? répliqua sa compagne. Filons d'ici.

Elle s'empara de la lampe de l'adolescent mort et entraîna Tom vers une nouvelle volée de marches. Il lui emboîta le pas sans protester, appréciant sa main autour de la sienne. Fallait-il le lui dire ? Était-ce le moment de s'excuser pour ce qui s'était produit à Anchorage ? Cependant, ils étaient parvenus au pied de l'escalier, et Hester s'arrêta net. D'un geste, elle lui intima de garder le silence et de ne pas bouger. Ils se trouvaient dans une sorte d'antichambre, devant une porte métallique circulaire.

– Par les dieux et les déesses ! chuchota Hester.

– Quoi ?

– Le courant ! Les verrous n'ont pas fonctionné. La barrière électrique. Elle s'est échappée.

– Quoi donc ?

Prenant une grande inspiration, elle approcha de l'entrée.

– Viens ! Il y a un tunnel qui mène au hangar.

Ensemble, ils franchirent le seuil. Au-dessus de leurs têtes, un épais nuage de fumée crachée par des armes à feu formait comme un dais blanc. Les ombres résonnaient des bruits d'un liquide dégoulinant. Hester promena sa lampe le long de la passerelle, illuminant des flaques de sang, des traces de pas rougies qui évoquaient une sorte de danse violente, des gouttes qui tombaient du plafond voûté. Des choses gisaient sur la passerelle. Au premier abord, elles ressemblaient à des tas de vêtements ; en y regardant de plus près, on distinguait des mains, des visages. Tom en reconnut certains, entrevus dans le poste de commandement de l'*Anguille sous Roche*. Qu'étaient-ils venus chercher ici ? Que leur était-il arrivé ? Il se mit à trembler de tous ses membres.

– C'est bon, la voie est libre, annonça Hester en dirigeant le faisceau de sa torche sur la plate-forme centrale.

Elle était déserte, mis à part une robe grise trempée de sang, abandonnée telle une chrysalide. Le

Traqueur avait filé dans le labyrinthe de la base, sans doute à la recherche de nouvelles victimes. Reprenant Tom par la main, Hester le mena vivement jusqu'à la porte qu'elle avait si souvent franchie en compagnie de Sathya et des autres, les jours où la créature était de bonne composition. Dans l'escalier, l'air gémissait doucement, pareil à des voix spectrales.

– Il mène au hangar où est garé le *Jenny*, expliqua-t-elle en s'y précipitant.

Ils débouchèrent à l'endroit dit, et Tom repéra tout de suite le ballon rouge et rapiécé du *Jenny Haniver* dans l'éclat vacillant de la lampe brandie par Hester. Cette dernière dénicha des commandes fixées au mur et tira un des leviers. Quelque part du côté du plafond, des poulies grincèrent et des parcelles de rouille dégringolèrent, cependant que les énormes portes s'ouvraient sur une petite piste d'atterrissage et du brouillard, dense paysage de collines oniriques qui cachait la mer et l'Aire des Crapules. Plus haut, le ciel était dégagé, et la lueur des étoiles et des satellites morts entrait dans le hangar, révélant l'aérostat des voyageairs ainsi qu'une ligne de traces sanglantes sur le sol en béton.

De sous les ailes directionnelles du *Jenny Haniver* émergea une haute silhouette. Deux yeux verts étaient suspendus dans l'obscurité, tels des vers luisants.

– Nom de Quirke ! souffla Tom. Est-ce... ce n'est pas... est-ce...

– Mlle Fang, répondit Hester. C'est elle sans être elle.

Le monstre avança dans la tache de lumière que les portes ouvertes avaient créée. Ses grands membres d'acier et son torse blindé renvoyaient de faibles reflets, son masque de bronze luisant là où les balles inutiles des Garçons Perdus l'avaient entamé. Le sang des malheureux dégoulinait des griffes de la créature, lui dessinant de longs gants rouges qui remontaient jusqu'aux coudes.

Le Traqueur avait adoré le massacre qui s'était déroulé dans la Crypte aux Souvenirs, mais quand le dernier de ses petits assaillants était mort, il n'avait su que faire. L'odeur de la poudre et les sons étouffés d'une bataille qui se déroulait dans les souterrains avaient réveillé ses instincts de Traqueur ; il avait néanmoins regardé avec suspicion la porte ouverte, se rappelant les décharges électriques qui s'étaient déclenchées chaque fois qu'il avait tenté de s'enfuir. Il avait fini par choisir l'autre sortie, poussé par des émotions qu'il ne comprenait pas, et avait gagné le hangar où se trouvait le vieil aérostat rouge. Dans l'obscurité, il faisait le tour du *Jenny Haniver*, laissant ses doigts métalliques courir le long de la nacelle lorsque Hester et Tom avaient surgi. De nouveau, ses griffes jaillirent, et une puissante envie de tuer, pareille à un courant, crépita dans ses veines électriques.

Tom tourna les talons, prêt à se sauver vers la piste d'atterrissage, mais il heurta de plein fouet sa compagne, qui glissa dans le sang répandu à terre. Alors qu'il se courbait pour l'aider à se relever, le Traqueur fut soudain sur eux.

– Mademoiselle Fang ? murmura le jeune homme en examinant le visage étrange et familier à la fois.

Le monstre le regarda, accroupi au-dessus de la fille étalée sur le sol, et un minuscule pan de mémoire voleta soudain dans son cerveau mécanique, dérangeant, dénué de sens. Il hésita, griffes en mouvement. Où avait-il rencontré ce garçon ? Il n'avait pas eu son portrait accroché sur les murs de la crypte, et pourtant le Traqueur le connaissait. Il se rappelait avoir été couché dans la neige, le visage de cet étranger penché sur lui. Derrière le masque, ses lèvres mortes prononcèrent un nom.

– Tom Nitsworthy ?

– Natsworthy, corrigea-t-il.

La mémoire étrangère réagit une nouvelle fois dans le crâne de la créature. Sans savoir pourquoi cet inconnu lui était familier, elle devinait qu'elle ne voulait pas sa mort. Elle recula d'un pas, d'un autre, rétracta ses griffes.

– Anna !

La voix, cri strident, résonna bruyamment dans le hangar caverneux. Les trois protagonistes se retournèrent. Sathya se tenait sur le seuil, une lanterne à la main, son sabre dans l'autre, le visage et les cheveux encore blanchis de poussière de plâtre, du sang dégouttant d'une blessure à la tête, là où un éclat de shrapnel l'avait frappée. Posant son fanal par terre, elle s'approcha vivement de son Traqueur bien-aimé.

– Oh, Anna ! Je t'ai cherchée partout. J'aurais dû me douter que tu serais ici, avec le *Jenny*…

La créature ne broncha pas, se contenta de pivoter le cou pour fixer Tom. Sathya s'arrêta net en découvrant pour la première fois les silhouettes blotties aux pieds du Traqueur.

– Tu les as attrapés, Anna ! s'exclama-t-elle. Bien joué ! Ce sont des ennemis, ils complotent avec les envahisseurs. Ils t'ont assassinée. Tue-les !

– Tous les ennemis des Assaillants Verts doivent mourir, acquiesça la machine.

– Oui, Anna ! Tue-les maintenant ! Tue-les, comme tu as tué les autres !

Le Traqueur pencha la tête. Ses yeux balayèrent Tom de leur couleur verte.

– Alors, c'est moi qui m'en chargerai ! brailla Sathya en avançant, sabre levé.

Le Traqueur fit un geste, Tom couina de frayeur et sentit Hester se coller à lui. Les griffes d'acier brillèrent, et l'arme de Sathya se fracassa par terre, avec sa main encore serrée autour du fourreau.

– Non, dit le monstre.

Il y eut un court silence, pendant lequel la mutilée contemplait le sang qui jaillissait de son moignon.

– Anna ! murmura-t-elle en tombant à genoux, tête en avant.

Tom et Hester se taisaient, osant à peine respirer, se faisant le plus immobiles et le plus petits possible, espérant que le Traqueur les oublierait. Il se tourna cependant vers eux, leva ses griffes rouges.

– Partez ! murmura-t-il en désignant le *Jenny Haniver*. Partez et évitez de recroiser le chemin des Assaillants Verts.

Hébété, Tom était trop effrayé pour bouger ; Hester, prenant le Traqueur au mot, se releva et recula, entraînant son compagnon vers l'aérostat.

– Viens, pour l'amour des dieux ! Tu as entendu ce qu'il a dit !

– Merci, réussit à chuchoter le garçon en se rappelant ses bonnes manières.

Ils s'empressèrent de grimper la passerelle menant à l'aérostat. L'intérieur de la nacelle avait une odeur froide et étrangère, après que le vaisseau était resté si longtemps au sol, mais quand Hester alluma les moteurs, ils démarrèrent comme autrefois, dans un rugissement et des tremblements familiers. Tom se glissa sur le siège de pilotage en essayant de ne pas regarder la créature qui le contemplait, son armure rendue criarde sous les reflets verts et rouges des phares du *Jenny Haniver*.

– Va-t-elle vraiment nous laisser nous en aller ? demanda-t-il.

Il claquait des dents et tremblait si fort qu'il avait du mal à manœuvrer les commandes.

– Pourquoi ? reprit-il. Pourquoi ne nous liquide-t-elle pas comme les autres ?

Hester secoua la tête en signe d'ignorance. Elle se souvenait de Shrike et des sentiments bizarres qui l'avaient poussé à collectionner les automates cassés ou à sauver une fillette défigurée et mourante.

– Ne dis pas « elle », se borna-t-elle à répondre. Ce n'est pas un être humain. Filons avant que ce truc ne change d'avis.

Les crampons d'arrimage se détachèrent, les moteurs se mirent en position de décollage, et l'aérostat se souleva lentement et sortit dans la nuit, éraflant une de ses gouvernes contre le mur du hangar. Le Traqueur se rendit sur la piste d'atterrissage et regarda le vieux vaisseau s'éloigner de l'Aire des Crapules et disparaître dans la brume avant que les batteries antiaériennes ne décident s'il était ami ou ennemi. Une fois encore, cette étonnante mémoire incomplète s'éveilla dans le cerveau de la créature, ravivant l'image de ce N'a-qu'une-vie agenouillé dans la neige et sanglotant : « C'est injuste ! sanglotait-il. Il vous a prise en traître ! Vous l'aviez battu ! »

Un bref instant, la machine ressentit une sorte de satisfaction, comme si elle s'était acquittée d'une vieille dette.

– Où allons-nous ? demanda Tom quand l'Aire des Crapules fut à plus d'un kilomètre derrière eux et qu'il eut recouvré assez de calme pour parler.

– Anchorage. Il faut que j'y retourne. Il s'est passé quelque chose d'affreux.

– Pennyroyal. Je sais. J'ai tout deviné avant d'être enlevé. J'aurais mieux fait de t'écouter.

– Pennyroyal ? sursauta Hester, ahurie. Mais non ! Arkangel les pourchasse.

– Par Quirke ! Tu en es sûre ? Comment le prédateur a-t-il eu vent de leur itinéraire ?

Hester prit les commandes et mit le cap sur le nord-ouest. Puis elle se retourna, serrant le tableau de bord si fort que ses mains en étaient douloureuses.

– Je t'ai vu embrasser Freya, murmura-t-elle. Et je... j'ai...

Le silence tomba, froid comme la banquise. Elle voulait lui avouer la vérité, vraiment, mais elle se rendit compte que, face à ce pauvre visage meurtri et terrorisé, elle ne pouvait pas.

– Je suis désolé, Hester, lâcha-t-il soudain.

– Ça n'a pas d'importance. Moi aussi.

– Qu'allons-nous faire ?

– À propos d'Anchorage ?

– Il est impossible qu'ils continuent à se diriger vers une terre complètement morte, et il est impensable qu'ils rebroussent chemin si Arkangel est à leurs trousses.

– Aucune idée. Commençons par les rejoindre, on verra une fois sur place.

– Mais...

Hester coupa court aux objections de Tom en prenant ses joues entre ses mains et en lui donnant un baiser.

Le ronronnement du *Jenny Haniver* faiblit de plus en plus, jusqu'à ce que même les oreilles du Traqueur ne le perçoivent plus. Le souvenir qui l'avait amené à épargner les deux voyageairs s'estompait, tel un rêve. La créature déclencha sa vision nocturne et retourna dans le hangar. La main tranchée de Sathya avait refroidi, mais son corps continuait à émettre une chaleur diffuse. Le monstre s'approcha d'elle, la souleva par les cheveux et la secoua jusqu'à ce qu'elle reprenne conscience. Elle se mit à gémir.

– Prépare les dirigeables et les armes, ordonna-t-il. Nous quittons la base.

Sathya gargouilla quelques paroles incompréhensibles, les yeux écarquillés par la douleur et la crainte. Le Traqueur n'avait-il attendu que cela, alors qu'elle le tenait enfermé dans la Crypte aux Souvenirs, lui montrait des photographies et lui jouait les airs préférés de la malheureuse Anna ? Naturellement ! C'était ce pour quoi il avait été élaboré. N'avait-elle pas prié Popjoy de s'arranger pour qu'Anna soit prête à s'emparer du commandement de la Ligue ?

– Oui, Anna, pleura-t-elle. Bien sûr, Anna !

– Je ne suis pas Anna, répliqua l'autre. Je suis le Traqueur Fang et j'en ai assez de me cacher ici.

D'autres N'a-qu'une-vie commençaient à arriver dans le hangar, à présent. Des soldats, des savants et des aviateurs, encore sous le choc de leur bataille contre les mystérieux envahisseurs. Le Docteur Popjoy les accompagnait et, quand le Traqueur se tourna vers eux, ils le propulsèrent à l'avant. Traînant Sathya comme une poupée brisée, la créature s'approcha de lui, suffisamment pour sentir la sueur qui suintait de tous ses pores et pour entendre le staccato heurté de sa respiration.

– Tu m'obéiras, décréta la machine. Tes prototypes doivent être terminés immédiatement. Nous allons regagner le Shan Guo en regroupant au passage les autres forces des Assaillants Verts. Les éléments de la Ligue Anti-mouvement qui nous résisteront seront liquidés. Nous prendrons le contrôle des bases, des flottes, des camps d'entraînement, des usines d'armement. Ensuite, nous déclencherons une attaque qui débarrassera la Terre des locomopoles pour toujours.

TROISIÈME PARTIE

29
La grue

– Je vais te raconter une petite histoire, susurra la voix. Tu es confortablement installé ? Bon, je commence.

Caul ouvrit les yeux. Ou plutôt, un œil, car l'autre était gonflé par un beau coquard. Quelle raclée lui avaient donnée les survivants de l'équipe dirigée par le malheureux Wrasse ! *La Sangsue Agile* le ramenait à la maison, dans un état de disgrâce rarement atteint. Lorsque l'inconscience l'avait enfin pris dans ses bras, il l'avait confondue avec la mort, l'avait accueillie avec joie, et sa dernière pensée avait été pour se féliciter d'avoir aidé Tom et Hester à se sauver. Puis il s'était réveillé à Grimsby, les coups avaient recommencé à pleuvoir, et il avait oublié toute fierté. Il avait été d'une bêtise telle qu'il n'en revenait pas lui-même. Gâcher sa vie pour sauver celle de deux Secs !

Parrain réservait une punition bien particulière aux garçons qui l'avaient autant déçu. Caul fut traîné au bassin des berniques, on lui passa une corde autour du cou et on en attacha l'autre extrémité à la grue de *La Sangsue Agile* avant de le soulever afin qu'il s'étrangle lentement. Toute la journée, il était resté suspendu là à se débattre pour respirer, les Garçons Perdus s'étaient tenus autour de lui, le raillant, le huant, le bombardant de débris de nourriture et de saletés. À la tombée de la nuit, lorsque tout le monde avait regagné les dortoirs, la voix s'était mise à parler. Elle était si faible et chuchotante que Caul avait d'abord cru qu'il l'imaginait. Elle était bien réelle, pourtant. C'était celle de Parrain qui provenait du haut-parleur attaché à côté de la tête de l'adolescent.

– Tu ne dors pas encore, Caul ? Tu n'es pas encore mort ? Le jeune Sonar a tenu presque une semaine, comme ça. Tu te souviens ?

Caul avait aspiré un peu d'air à travers ses lèvres meurtries et gonflées, à travers la brèche de ses dents de devant brisées. Au-dessus de lui, la corde craquait, tournant doucement, si bien qu'il avait l'impression que le hangar bougeait, de même que les peintures du plafond. Il entendait la respiration humide et régulière de Parrain dans le haut-parleur.

– Quand j'étais jeune, disait ce dernier, et j'ai été jeune, autant que toi, la seule différence étant que, contrairement à toi, j'ai vieilli, je vivais à bord d'Arkangel. Je m'appelais Stilton Kael. Je descendais d'une grande famille, propriétaire de magasins, d'hôtels, de chantiers de récupération, de la franchise des chenilles. À dix-huit ans, je me suis vu confier le chantier de récupération familial. Ce n'était pas le destin que j'attendais, vois-tu. Je voulais devenir poète, je désirais écrire des œuvres épiques, être quelqu'un dont le nom resterait dans l'Histoire, comme ce vieux machin-truc, tu sais, Bidule, le Grec aveugle… Bizarre comme les rêves de jeunesse ne mènent à rien. Mais bon, ce n'est pas à toi que je vais l'apprendre, mon ami.

Caul hoqueta, mains liées dans le dos, la corde mordant la chair de son cou. Parfois, il perdait connaissance, mais quand il revenait à lui, la voix était toujours là, sifflant son récit insistant dans ses oreilles.

– Nos affaires de récupération ne se faisaient que grâce aux esclaves. J'étais chargé d'eux, des bandes entières. Un jour, une fille est arrivée, elle m'a tourné les sangs. Elle était si belle. Un poète ne manque jamais de noter cela. Sa chevelure était pareille à une cascade d'encre indienne, sa peau avait la couleur d'une lumière de lampe, ses yeux étaient tel l'Arctique nocturne, noirs, mais pleins d'éclat et de mystère. Tu vois le tableau, Caul ? Je te raconte tout cela parce que tu seras bientôt mort, évidemment. Je ne tiens pas à ce que mes Garçons Perdus sachent que j'ai eu le cœur assez tendre pour tomber amoureux. La douceur et l'amour n'entrent pas dans la personnalité d'un Garçon Perdu, Caul.

Ce dernier songea à Freya Rasmussen et se demanda où elle était, comment se déroulait sa progression vers l'Amérique. Un instant, il la vit si clairement qu'il sentit presque sa chaleur, puis les murmures de Parrain repartirent, brisant son rêve.

– Anna, tel était le nom de cette esclave. Anna Fang. Pour un poète, ça sonnait bien. Je lui épargnais les travaux durs et dangereux, je lui obtenais de la bonne nourriture, de bons vêtements. Je l'aimais, elle disait m'aimer aussi. J'avais l'intention de la libérer et de l'épouser, quoi qu'en pense ma famille. Hélas, il s'est révélé que mon Anna me roulait dans la farine depuis le début. Pendant que je me pâmais pour elle, elle farfouillait dans mes déchetteries, s'emparant du ballon d'un vieil aérostat ici, de deux moteurs là, amenant mes ouvriers à les fixer à une nacelle en prétextant que c'était un ordre de moi, vendant les cadeaux que je lui offrais pour acheter du carburant et du gaz ascensionnel. Et, un beau jour, alors que je cherchais un mot qui rimerait avec Fang pour décrire précisément la couleur de ses lobes, on vint m'annoncer qu'elle s'était enfuie. Elle s'était construit un dirigeable à partir de tout ce qu'elle avait dérobé.

Ce fut la fin de ma vie à Arkangel. Ma famille me renia. Le Direktor me fit arrêter pour avoir aidé une esclave à s'échapper, et je fus banni sur la banquise, sans rien. Rien de rien.

Caul aspira un peu d'air, mais ce n'était jamais assez pour emplir ses poumons.

– Oh, ça m'a forgé le caractère, Caul. Je me suis acoquiné avec une bande de Snowmades qui donnaient dans le travail d'éboueurs et dépeçaient l'épave de Grimsby. Je les ai tués l'un après l'autre, j'ai fauché leur sous-marin, je me suis installé ici et lancé dans la cambriole. Je piquais des bricoles par-ci par-là afin de remplacer tout ce que j'avais perdu. Je piquais aussi des informations, parce que je m'étais juré que personne ne me cacherait plus jamais un secret. Bref, en quelque sorte, on peut dire qu'Anna Fang a fait de moi l'homme que je suis aujourd'hui.

Ce nom, répété à l'envi, se fraya un chemin dans les tourbillons de lumières bigarrées qui explosaient dans le crâne de l'adolescent. « Fang », tenta-t-il de murmurer.

– Exactement. J'ai découvert ce qui se tramait à l'Aire des Crapules il y a un bon moment déjà. Toutes ces images, et leur recherche désespérée du *Jenny Haniver*. Soit ils constituaient un musée consacré à Anna Fang, soit ils l'avaient ramenée là-bas.

Caul se souvint du poste de surveillance, et des

violentes conséquences du raid. Quelques caméras avaient continué à fonctionner. Au fur et à mesure que les techniciens avaient essayé de suivre à la trace l'équipe de voleurs, ils avaient entraperçu le Traqueur Anna Fang et entendu sa voix abominable qui ne parlait que de guerre.

– Voilà pourquoi j'ai mis tellement d'efforts dans cette mission. Réfléchis ! Récupérer celle qui avait signé ma chute, tant d'années auparavant. Ma carrière repartant de zéro, comme un serpent qui se mord la queue. Justice poétique ! J'allais ramener ce Traqueur ici et le reprogrammer de façon à en faire de nouveau mon esclave. Sans aucun repos. Jusqu'à la disparition définitive du soleil et au gel permanent du monde ! J'aurais réussi, si tu n'avais pas déclenché les bombes, obligeant Wrasse et ses gars à y aller trop tôt. Tu as tout gâché, Caul. Tout fichu en l'air.

– S'il vous plaît..., réussit à bafouiller Caul après avoir aspiré assez d'air pour former ces simples mots. S'il vous plaît...

– S'il vous plaît quoi ? ricana Parrain. Tu veux que je te laisse la vie ? Que je te tue ? Pas après ce dont tu t'es rendu coupable, Caul. Les garçons doivent avoir quelqu'un à blâmer pour ce qui est arrivé à Wrasse, et ce ne sera pas moi, je te le garantis ! Donc, tu resteras accroché ici jusqu'à ce que tu crèves. Tu resteras accroché jusqu'à ce que la puanteur soit trop forte, y compris pour des voyous comme les Garçons Perdus. Alors, on t'expédiera dans la flotte. Histoire de rappeler à tout le monde que Parrain a toujours raison.

Il y eut un long soupir, des doigts qui tâtonnaient, puis ce bruit de ballon tapoté quand le micro fut coupé. Le sifflement du larsen s'éteignit. La corde émit un craquement, la pièce tourna, la mer lécha les murs et les baies vitrées de Grimsby, cherchant un moyen d'y entrer. Caul sombra dans l'inconscience, se réveilla, plongea de nouveau.

Là-haut, dans son cabinet, Parrain observait le visage du garçon à l'agonie sur une demi-douzaine d'écrans, de loin, de près. Étouffant un bâillement, il se détourna. Même les yeux omniscients devaient parfois se reposer, bien que le vieillard n'appréciât guère que ses garnements fussent au courant, sinon le plus fiable d'entre eux.

– Surveille-le bien, Gargle, ordonna-t-il à son assistant avant de grimper l'escalier jusqu'à sa chambre.

Son lit disparaissait presque entièrement sous les monceaux de papiers, de dossiers, de livres et de documents conservés dans des boîtes en étain. Parrain se glissa sous la courtepointe (brodée d'or, volée au margrave de Kodz) et ne tarda pas à s'endormir.

Dans ses rêves, toujours identiques, il était jeune ; exilé, sans le sou, le cœur brisé.

Lorsque Caul reprit connaissance, il faisait encore nuit, et la corde qui l'étranglait tressautait dans tous les sens. Il se battit désespérément pour respirer dans un concert de bruits mouillés horribles.

– Ne bouge pas, souffla quelqu'un juste au-dessus de lui.

Il ouvrit son œil valide, regarda. Dans la pénombre, un couteau brilla. La lame mordait dans le chanvre épais.

– Hé ! tenta-t-il de crier.

Le dernier filin se rompit, et Caul chuta comme une pierre, atterrissant lourdement sur la coque de *La Sangsue Agile*. Allongé, il aspira de grandes goulées d'oxygène. Quelqu'un trancha les liens qui retenaient ses poignets. Des mains trouvèrent ses épaules et le retournèrent sur le dos. Gargle était penché sur lui. Caul voulut parler, mais son corps était trop occupé à respirer pour s'embarrasser de mots.

– Remets-toi, chuchota Gargle. Il faut que tu te sauves.

– Quoi ? croassa Caul. Mais Parrain va me voir !

– Il dort.

– Parrain ne dort jamais.

– C'est ce que tu crois. D'ailleurs, toutes les caméras braquées sur toi ont cassé. J'y ai veillé.

– Quand il découvrira ce que tu as fait…

– Ça n'arrivera pas. J'ai caché les composants que

j'ai volés dans le châlit de Skewer. Parrain pensera que c'est lui, le responsable.

– Skewer me hait. Parrain le sait.

– Non. Je lui ai raconté comment vous deux vous étiez bien entendus, pendant la mission à Anchorage. Je lui ai dit que Skewer avait pris le commandement seulement parce qu'il s'inquiétait pour toi. Qu'il serait prêt à n'importe quoi pour toi. Parrain pense que Skewer et toi êtes comme les deux doigts de la main.

– Par les dieux !

Caul était surpris par la ruse du petiot et horrifié à l'idée de ce qui allait arriver à Skewer.

– Je ne pouvais pas laisser Parrain te tuer, reprit Gargle. Tu as été gentil avec moi, à Anchorage. C'est là que tu dois aller, Caul. Prends *La Sangsue Agile* et retourne là-bas.

L'adolescent se massa la gorge. Toutes ses années d'entraînement lui hurlaient que dérober un vaisseau était le pire péché que pût commettre un Garçon Perdu. D'un autre côté, il était bon d'être vivant, et chaque nouvelle respiration qui emplissait ses poumons affamés renforçait sa détermination à le rester.

– Pourquoi Anchorage ? objecta-t-il. Tu as entendu Tom et Pennyroyal. La cité est perdue. Et puis, je n'y serais pas le bienvenu, un voleur comme moi.

– Ils t'accueilleront à bras ouverts. Quand ils

s'apercevront à quel point ils ont besoin de toi, ils te pardonneront tes rapines. Tiens, prends ça.

Gargle fourra un long tube métallique dans la main de Caul.

– Bon, enchaîna-t-il, ce n'est pas le moment de discuter. Tu n'as plus ta place ici. Tu ne l'as jamais vraiment eue, d'ailleurs. Alors, saute dans cette bernique et dégage.

– Tu ne viens pas avec moi ?

– Tu rigoles ? Je suis un Garçon Perdu. Je vais rester ici et me rendre utile. Parrain est un vieux bonhomme. Il perd la vue et l'ouïe. Un jour, il lui faudra une personne de confiance près de lui pour gérer ses caméras et ses archives. Encore quelques années, et je serai son bras droit. Quelques-unes encore et, qui sait ? je dirigerai peut-être Grimsby moi-même.

– Ce serait chouette, Gargle. Ça me plairait. Que toutes ces brimades cessent.

– Quoi ? s'écria le moutard avec un sourire froid et dur que Caul ne lui connaissait pas et qu'il n'aima pas beaucoup. Des clous ! Je serai le plus méchant de tous ! C'est ce qui m'a aidé à tenir, tout ce temps où Skewer et les autres me menaient la vie dure, dans le Volarium. Penser à ce que je leur infligerais quand mon tour viendrait.

Caul le contempla un moment, songeant qu'il rêvait sans doute.

– File ! lui intima Gargle en ouvrant l'écoutille du vaisseau.

Rêve ou pas, il était inutile de protester. La voix de Gargle avait une assurance telle que Caul avait l'impression d'être retourné à la case départ, jeunot obéissant aux ordres d'un garçon plus âgé et plus sûr de lui. Il lâcha l'objet que l'autre lui avait donné, mais Gargle le ramassa et le lui tendit.

– Va-t'en et ne reviens pas. Bonne chance !

Caul se glissa en titubant par l'écoutille et le long de l'échelle en se demandant vaguement à quoi allait lui servir ce vieux tube en étain.

30
Anchorage

Freya se réveilla tôt. Pendant quelques instants, elle resta allongée dans le noir, sentant les vibrations de sa ville qui glissait sur la surface inégale de la banquise. Anchorage se trouvait désormais très à l'ouest du Groenland et descendait vers le sud, parcourant des bancs de glace inconnus et parsemés d'îles gelées au relief tourmenté. M. Scabious avait dû relever la roue à aubes à plusieurs reprises afin de laisser les chenilles porter la locomopole pour traverser de la roche solide et enneigée, ainsi que des glaciers. À présent, une nouvelle étendue de banquise s'étirait devant eux, loin sur l'horizon. Mlle Pye y voyait la baie d'Hudson, celle qui, d'après le Professeur Pennyroyal, allait les mener au cœur du Continent Mort, quasiment aux portes de ces plaines verdoyantes. Serait-elle assez résistante cependant pour supporter le poids d'Anchorage ?

« Si seulement le Professeur Pennyroyal était en mesure de nous le dire avec certitude ! » songea la margravine en rejetant ses couvertures afin de s'approcher de la fenêtre. Malheureusement, l'explorateur avait traversé ces contrées à pied, et les descriptions de son livre étaient étonnamment vagues. Mlle Pye et M. Scabious avaient bien tenté de lui soutirer des détails, mais cela l'avait rendu grognon et presque impoli. Au bout d'un moment, il avait carrément cessé de fréquenter le Comité d'Orientation. À la réflexion, depuis le départ de Hester à bord du *Jenny Haniver*, ce cher Professeur s'était comporté de façon très étrange.

Freya tira les rideaux, et une bouffée d'air froid lui sauta au visage. Qu'il était bizarre de songer que ces glaces étaient le bout du monde ! Et encore plus bizarre de se rappeler que, bientôt, ils seraient sur un nouveau Terrain de Chasse, que ces carreaux donneraient sur des paysages verts, plantés d'herbe, de buissons et d'arbres. Les Dieux Givrés régneraient-ils dans ces contrées où la neige ne tombait que quelques mois par an ou d'autres divinités veilleraient-elles au destin de la ville ?

Un rai de lumière illumina la blancheur extérieure quand quelqu'un ouvrit la porte du Phare et se glissa dehors. Freya essuya la buée que son haleine avait dessinée sur la vitre et se rapprocha. Pas de doute ! Cette silhouette rondouillarde en robe et turban démesuré qui se faufilait en douce sur la Perspective Rasmussen était Pennyroyal ! Même au vu de la drôle d'attitude qu'avait récemment adoptée l'explorateur, c'était louche. Se vêtant rapidement d'habits de travail en mouton retourné (elle ne portait plus que ça, ces derniers temps), la jeune fille empocha une lampe électrique. Elle sortit du palais sans se soucier de réveiller Smew. Pennyroyal avait disparu, mais ses empreintes profondes et hasardeuses marquaient la neige. Elle n'avait plus qu'à les suivre.

Quelques mois plus tôt, Freya n'aurait pas osé s'aventurer seule hors du palais. Toutefois, elle avait beaucoup changé pendant ce long voyage autour du Groenland. D'abord, le choc d'avoir perdu Tom l'avait presque replongée dans ses travers d'autrefois : elle restait dans ses appartements, ne voyait personne, dispensait ses ordres à Scabious par l'intermédiaire de Smew. Elle s'était rapidement ennuyée, cependant, ainsi enfermée dans sa demeure, et elle brûlait de découvrir ce qui se passait à l'extérieur. C'est ainsi qu'elle avait fait le grand saut et s'était mêlée à la vie de sa cité comme jamais encore. Elle bavardait avec les ouvriers pendant leur pause déjeuner dans les pavillons chauffés qui bordaient la ville haute. Windolene Pye lui avait appris à se laver et à se brosser les dents, et elle s'était fait couper les cheveux court. Elle se mêlait aux patrouilles que Scabious expédiait sur les patins tous les matins, histoire de vérifier que nul parasite ne s'y était accroché. Elle était même allée sur la banquise en compagnie d'une équipe de reconnaissance plutôt surprise et gênée. Elle avait jeté aux orties toutes les traditions familiales avec un sentiment d'intense soulagement, comme quand on se débarrasse de vieux habits trop étroits.

Et voici qu'elle se faufilait dans la pénombre de la Perspective Rasmussen et espionnait son propre Chef Navigateur !

Devant elle, le turban criard du Professeur faisait une tache colorée sur le fond glacé et lugubre des bâtiments. Il se glissa entre les grilles du port. Freya se précipita derrière lui, sautant d'une flaque d'ombre à une autre jusqu'à ce qu'elle parvînt à l'abri d'un des postes de douane situé juste de l'autre côté des grilles. Enveloppée par la brume de sa propre haleine, elle scruta les alentours, craignant un instant d'avoir perdu sa proie au milieu des hangars et des quais d'appontement. Non ! Il était là-bas. La tache bigarrée de son couvre-chef sautilla sous un lampadaire, de l'autre côté du port, avant de disparaître quand il entra dans l'entrepôt d'Aakiuq.

Freya suivit les traces du bonhomme. L'entrepôt était ouvert. Elle s'arrêta une seconde, scrutant nerveusement l'obscurité en se rappelant les garçons-parasites qui avaient utilisé les ombres comme un manteau afin de hanter et de piller la ville… Il n'y avait plus de danger, cependant. La torche qu'elle voyait vaciller dans les tréfonds du hangar n'appartenait pas à quelque pirate malintentionné, juste à un explorateur un peu zinzin.

Elle l'entendait marmotter dans le silence poussiéreux. À qui parlait-il ? À lui-même ? Windolene Pye lui avait confié que l'historien avait vidé la cave du Chef Navigateur et qu'il volait à présent des liqueurs dans les restaurants vides de l'Ultime Galerie. Ivre peut-être, il délirait. La margravine avança, se frayant un passage entre des monceaux de vieilles pièces détachées de moteur.

– Ici Pennyroyal ! Que quelqu'un réponde ! disait-il d'une voix basse mais désespérée. Ici Pennyroyal ! Que quelqu'un réponde ! N'importe qui ! Je vous en prie ! Je vous en supplie !

Il était accroupi dans la flaque de lumière verte que dispensait une radio antédiluvienne qu'il avait dû réussir à réparer. Des écouteurs plaqués sur les oreilles, la main tremblante agrippée au micro.

– Il y a quelqu'un ? Je vous en prie ! Votre prix sera le mien. Mais tirez-moi de cette ville de cinglés !

– Professeur Pennyroyal ? lança Freya tout fort.

– Aarrgh ! piailla l'explorateur. Sainte Clio ! Ô grand Poskitt ! Flûte de flûte !

Il se redressa d'un seul coup, déclenchant une

avalanche de composants dans lesquels s'était coincé le fil de son micro. La lueur de l'appareil s'éteignit, et quelques valves émirent des étincelles, tel un feu d'artifice décevant. Sortant sa torche de sa poche, la jeune fille l'alluma. Dans son faisceau, le visage de Pennyroyal lui apparut blême et suant, sa peur le cédant peu à peu à un sourire affecté alors qu'il identifiait Freya.

– Votre Splendeur ?

Plus personne ne prenait la peine de l'appeler ainsi, à présent. Même Mlle Pye et Smew lui donnaient du « Freya ». Qu'est-ce qu'il était dépassé, ce bonhomme !

– Je suis heureuse de constater que vous vous occupez, Professeur, marmonna-t-elle. M. Aakiuq sait-il que vous rôdez dans son entrepôt ?

– Rôder, moi ? se récria l'autre, offusqué. Un Pennyroyal ne rôde jamais, Votre Splendeur ! Non, non, non... Je... je ne voulais pas ennuyer M. Aakiuq.

La lampe de Freya clignota, et elle se souvint qu'il ne restait sans doute plus beaucoup de piles à bord d'Anchorage. Elle trouva un interrupteur, alluma un des globes à argon suspendus aux poutrelles rouillées du toit. Aveuglé par son éclat, Pennyroyal cligna des yeux. Il avait très mauvaise mine : pâle, les yeux veinés de rouge, un tapis de poils blancs mal rasés se confondant avec sa barbe.

– À qui parliez-vous ? s'enquit la souveraine.

– À personne. Personne du tout.

– Et pourquoi souhaitiez-vous que ces gens vous tirent de cette ville de cinglés ? Je croyais que vous veniez avec nous ? Que vous aviez hâte de retrouver les vertes vallées de l'Amérique et la belle Code-Postal ?

À la grande surprise de Freya, l'homme devint encore plus blanc.

– Ah... hum... euh...

Ces dernières semaines, la jeune fille avait été parfois sujette à un atroce pressentiment. Il surgissait à des moments étranges, sous la douche, par exemple, ou en pleine insomnie, à trois heures du matin, ou lors du dîner pris en compagnie de Mlle Pye et de M. Scabious. Elle ne l'avait jamais mentionné à personne, bien qu'elle fût certaine que d'autres l'avaient également éprouvé. D'ordinaire, lorsqu'elle le sentait s'insinuer dans son esprit, elle s'efforçait de penser à autre chose, parce que... eh bien, c'était tellement sot, n'est-ce pas ?

Sauf que ça ne l'était pas. C'était vrai, tout bonnement vrai.

– Vous ne connaissez pas l'Amérique, je me trompe ? demanda-t-elle en tâchant de s'exprimer d'une voix ferme.

– Euh...

– Sur vos conseils, à l'aide de votre livre, nous sommes venus jusqu'ici, or vous n'avez pas la moindre idée de la façon de retrouver vos vertes vallées. À moins qu'elles n'existent pas. Avez-vous jamais mis un pied en Amérique, Professeur ?

– Comment osez-vous ? commença à protester Pennyroyal.

Il s'interrompit et, comprenant qu'il ne servait à rien de mentir plus avant, il soupira et secoua la tête.

– Non, avoua-t-il. J'ai tout inventé.

Pitoyable, vaincu, il se laissa tomber sur un capot de moteur retourné.

– Je n'y suis pas allé, Votre Splendeur. Je me suis contenté de lire les ouvrages des autres, de regarder des images, et j'ai tout imaginé. J'ai écrit *Merveilleuse Amérique* allongé dans une piscine du pont supérieur de Paris, en compagnie d'une charmante jeune femme répondant au doux nom de Peaches Zanzibar. Naturellement, j'ai veillé à ce que tout soit bien vague. Je n'aurais jamais cru que quelqu'un aurait envie de se rendre là-bas.

– Dans ce cas, pourquoi ne pas avoir admis dès le départ que ce n'était qu'une plaisanterie ? Lorsque je vous ai nommé Chef Navigateur, pourquoi ne pas m'avoir révélé que c'était un tissu de bêtises ?

– Et j'aurais loupé la chance de mettre la main sur tout cet argent, ces appartements de grand luxe et cette cave ? Je ne suis qu'un pauvre humain, Freya. De plus, si la vérité avait été éventée, j'aurais été la risée du Terrain de Chasse. J'espérais m'en aller avec Tom et Hester.

– C'est la raison pour laquelle vous avez été si bouleversé quand cette dernière est partie à bord du *Jenny Haniver* !

– Oui. Elle m'a privé de ma porte de sortie ! Je n'avais plus aucun moyen de quitter cette ville, et je ne pouvais reconnaître ce que j'avais fait, car vous m'auriez tué !

– N'importe quoi !

– Vos sujets s'en seraient chargés, alors. Bref, je me suis servi de cette vieille radio pour appeler à l'aide, en croisant les doigts pour qu'un négociant égaré ou un explorateur soient dans les parages. Quelqu'un qui m'aurait emmené loin d'ici.

Il était stupéfiant de constater à quel point cet homme pouvait avoir pitié de lui-même sans se préoccuper un instant du sort de la cité qu'il avait conduite à sa perte. La colère fit frissonner Freya.

– Vous êtes déchu, Professeur Pennyroyal ! Vous rendrez votre compas de cérémonie et les clés du Phare à l'instant !

Cette décision ne la rasséréna pas pour autant, et elle s'affala sur un tas d'anciens joints de culasse qui vacillèrent et crissèrent sous son poids. Comment allait-elle annoncer la nouvelle à Mlle Pye et à M. Scabious ? Sans parler des autres ! Voilà qu'ils étaient coincés du mauvais côté de la planète, sans rien devant eux qu'un continent mort et pas assez de carburant pour rebrousser chemin. Or, c'était elle qui les avait mis dans cette situation ! Elle qui avait dit que ce voyage vers l'ouest était une exigence des Dieux Givrés, alors que, en vérité, cela n'avait été que son seul désir à elle. Quel dommage qu'elle se soit laissé berner par Pennyroyal et son imbécile de livre !

– Que vais-je faire ? gémit-elle. Que vais-je faire ?

Dans la rue, derrière le port, des cris retentirent soudain. Pennyroyal releva la tête. Un bourdonnement était audible, bruit faible et intermittent qui ressemblait à...

– Des moteurs aéronautiques ! s'écria l'explorateur en bondissant sur ses pieds et en se ruant vers la porte.

Dans sa précipitation, il renversa des tas de ferraille.

– Sainte Clio ! Nous sommes sauvés !

Freya courut derrière lui en essuyant ses larmes et en pressant son masque antifroid contre son nez. À l'extérieur, l'obscurité avait cédé la place à une aube plombée. Pennyroyal galopait en direction de l'aire d'amarrage. Il ne s'arrêta que pour désigner un point dans le ciel. La jeune fille plissa les yeux dans le vent et distingua des phares ainsi qu'un panache de fumée qui rayait les nuages.

– Un aérostat ! beuglait Pennyroyal en dansant comme un fou dans la neige. Quelqu'un a eu mon message ! Nous sommes sauvés. Sauvés !

Freya le dépassa, s'efforçant de ne pas perdre de vue l'engin. Les Aakiuq se tenaient devant la capitainerie du port, tête levée.

– Un vaisseau ? Ici ? marmonna M. Aakiuq. Qui cela peut-il être ?

– Les Dieux Givrés vous ont-ils avertie de cela, très chère Freya ? demanda son épouse.

À cet instant, un homme appelé Lemuel Quaanik arriva en courant à toutes jambes. C'était l'un des patrouilleurs avec qui la margravine avait travaillé, si bien qu'il ne fut pas trop intimidé pour parler.

– Splendeur ? J'ai déjà vu ce vaisseau. C'est celui de Piotr Masgard, le *Turbulence de l'Air Pur* !

– Les Grands-Veneurs d'Arkangel ! hoqueta Mme Aakiuq.

– Ici ? s'écria Freya. Mais c'est impossible ! Arkangel ne chasse pas à l'ouest du Groenland. Il n'y a rien à avaler, là-bas.

– Ben si, objecta M. Quaanik. Nous.

Le *Turbulence de l'Air Pur* survola Anchorage avant de planer au-dessus de sa poupe, tel un loup solitaire menaçant sa proie. Filant au Phare, Freya monta jusqu'au poste de commandement. Windolene Pye s'y trouvait déjà, encore en chemise de nuit, ses longs cheveux gris défaits.

– Ce sont les Grands-Veneurs, murmura-t-elle. Comment nous ont-ils trouvés ? Par tous les dieux, comment ont-ils su où nous étions ?

– Pennyroyal ! s'exclama Freya. Le Professeur Pennyroyal et ses appels au secours imbéciles !

– Ils envoient un signal, annonça M. Umiak en sortant la tête de la salle radio. Ils nous ordonnent de stopper les machines.

La souveraine jeta un coup d'œil à l'arrière. Dans la maigre lumière du petit matin, la glace était pâle, vaguement lumineuse. La jeune fille apercevait les traces laissées par la roue à aubes qui s'étiraient vers le nord-est, se fondant dans la brume. Aucun signe de poursuite, juste ce vaisseau noir dans le sillage de la ville.

– Dois-je leur répondre, Freya ?

– Non. Faisons comme si nous n'avions rien entendu.

Cela n'arrêta pas Piotr Masgard très longtemps. Le *Turbulence de l'Air Pur* se rapprocha jusqu'à flotter face au Phare, si près que Freya distingua les aviateurs courbés sur leur tableau de bord. Un artilleur lui souriait depuis une bulle située sous les moteurs. Une trappe s'ouvrit, et Piotr Masgard en personne se pencha dehors, hurlant quelque chose dans un porte-voix. Mlle Pye ouvrit un vasistas afin d'entendre ce qu'il avait à dire.

– Félicitations, gens d'Anchorage ! Votre ville a été choisie pour proie par la splendide Arkangel ! Le Fléau du Grand Nord se trouve à une journée d'ici, et il gagne du terrain. Coupez vos moteurs, épargnez-nous une chasse, et vous serez bien traités.

– Ils ne peuvent pas nous manger ! s'écria Mlle Pye. Pas maintenant ! Oh, non ! C'est affreux !

Freya fut envahie par un engourdissement, comme si elle était tombée dans l'eau glacée. Mlle Pye l'interrogeait du regard, à l'instar de tout le monde sur la passerelle de commandement – tous attendaient que les Dieux Givrés s'expriment à travers elle et leur indiquent la meilleure manière de réagir. Devait-elle leur avouer la vérité ? Mieux valait peut-être qu'Arkangel les dévore plutôt qu'ils errent sur cette banquise inconnue et infinie en direction d'un continent qui était réellement mort. Mais elle se rappela ce qu'on racontait du prédateur, de sa manière de traiter les gens qu'il avalait. « Non, pensa-t-elle. Non, il n'y a rien de pire. Je me fiche que nous coulions ou que nous mourions de faim en Amérique. Ils ne nous auront pas ! »

– Coupez vos moteurs ! répéta Masgard.

Freya regarda vers l'est. Si Arkangel avait traversé le Groenland, elle était sans doute aussi près que ce qu'affirmait Masgard. Toutefois, Anchorage pouvait encore la distancer. Le rapace n'oserait pas s'aventurer aussi loin sur une banquise non cartographiée. Voilà pourquoi ils avaient envoyé leurs Grands-Veneurs en mission de reconnaissance...

Ne disposant pas de porte-voix, elle s'empara d'un crayon et écrivit NON en lettres capitales au dos d'une carte.

– Mademoiselle Pye ? dit-elle ensuite. Merci de transmettre à M. Scabious : pleins gaz, droit devant !

La demoiselle fila aussitôt vers les tubes acoustiques qui reliaient le Phare au quartier des mécaniciens, tandis que Freya plaquait sa feuille contre la baie vitrée. Masgard plissa les yeux pour lire sa réponse. Quand il comprit, il se renfrogna, rentra dans la gondole et claqua la trappe derrière lui. Le vaisseau s'éloigna.

– Ils ne peuvent rien contre nous, après tout, déclara l'un des navigateurs. Ils ne nous attaqueront pas, sinon ils risquent d'endommager ce pour quoi ils nous chassent.

– Je parie qu'Arkangel est beaucoup plus loin que ça, renchérit Mlle Pye. Cette espèce de gros urbivore à la noix ! Ils doivent être désespérés, sinon ils n'auraient pas expédié des aristos gâtés pour jouer les pirates de l'air. Vous avez parfaitement déjoué leur bluff, Freya. Nous allons les semer sans problème.

Malheureusement, le *Turbulence de l'Air Pur* alla se placer dans le sillage d'Anchorage et tira une salve de roquettes sur les supports bâbord de la roue à aubes. De la fumée, des étincelles et des flammes jaillirent aussitôt, l'essieu lâcha, la roue s'inclina et tomba sur la banquise, toujours attachée par un méli-mélo de chaînes d'entraînement et d'étais tordus – elle était désormais une ancre de ferraille qui ralentit puis arrêta la ville.

– Vite ! cria Freya, affolée. Qu'on se mette sur chenilles !

– Oh, c'est impossible ! répondit Mlle Pye, toujours en liaison avec le quartier des mécaniciens. La roue est trop lourde, il faut la couper. D'après Søren, ça prendrait des heures !

– Mais nous n'avons pas des heures devant nous ! hurla la margravine.

C'est alors qu'elle se rendit compte qu'ils n'avaient même pas deux minutes, car le *Turbulence de l'Air Pur* se posa soudain sur l'aire d'amarrage, n'y restant que pour vomir une horde de sombres silhouettes en armures qui s'empressèrent de dégringoler les escaliers afin de s'emparer du quartier des mécaniciens. L'engin redécolla aussitôt et se posta devant le Phare, au niveau de la passerelle de commandement. D'autres hommes brisèrent la baie vitrée avec leurs bottes et déboulèrent dans la pièce. Il y eut une averse de verre, des hurlements, des sabres au clair, la table des cartes fut renversée. Freya avait perdu Mlle Pye de vue. Elle se précipita vers l'ascenseur, mais on l'y avait précédée – fourrure, cotte de mailles, grand sourire et grosses mains gantées qui avançaient pour l'attraper. « Tout ce chemin ! Nous avons parcouru tout ce chemin, seulement pour être dévorés ! » ne put-elle que penser.

31
Le tiroir à couteaux

Le *Jenny Haniver* survolait une étendue de glace hérissée de remblais et de crêtes tourmentées. Tom et Hester contemplaient l'infinie blancheur avec l'impression de traverser cet océan blindé depuis toujours.

Le lendemain de leur échappée, ils s'étaient posés sur une minuscule bourgade baleinière Snowmade afin d'y acheter du carburant au moyen des derniers souverains de Pennyroyal. Depuis, ils n'avaient fait que suivre un cap nord-ouest, à la recherche d'Anchorage. Ils n'avaient guère dormi, par peur de l'aviatresse morte, qui hantait leurs rêves. Ils étaient restés confinés dans le poste de commandement, grignotant des biscuits rassis, buvant du café, se racontant ce qui leur était arrivé après leur séparation, confessions brusques et maladroites.

Ils n'avaient pas abordé la fuite de Hester à bord

de l'aérostat ni ce qui l'avait provoquée. Ils n'en avaient pas reparlé depuis cette première nuit, quand, hors d'haleine, tremblants, serrés dans les bras l'un de l'autre, la jeune fille avait murmuré d'une toute petite voix :

– Il y a une chose que je ne t'ai pas expliquée. Après t'avoir quitté, j'ai fait quelque chose d'affreux...

– Tu étais bouleversée, alors tu t'es sauvée, l'avait interrompue Tom en se méprenant.

Il était si heureux de l'avoir retrouvée qu'il évitait toute nouvelle dispute. Du coup, il s'efforçait de minimiser l'événement, de le traiter comme un détail facile à pardonner.

– Non, avait objecté Hester. Je...

Malheureusement, avouer avait été au-dessus de ses forces, et ils avaient continué d'avancer, jour après jour, au-dessus de la banquise ridée et de terres éternellement gelées, en silence, jusqu'à ce que Tom lâche soudain :

– Je regrette ce qui s'est passé entre Freya et moi. Quand nous arriverons à Anchorage, ça ne se reproduira pas, je te le promets. Nous les préviendrons à propos d'Arkangel, puis nous filerons. Vers l'archipel des Cent-Îles ou ailleurs. Rien que nous deux, comme autrefois.

Hester avait secoué la tête.

– C'est trop dangereux, Tom. Une guerre se

prépare. Ce ne sera peut-être pas pour cette année ni pour la prochaine, mais elle ne saurait tarder, et il est trop tard pour l'empêcher. La Ligue nous soupçonne encore d'avoir détruit sa Flotte du Nord, et les Assaillants Verts ne manqueront pas de nous reprocher l'attaque de l'Aire des Crapules. Or, ce Traqueur ne sera pas toujours là pour nous protéger.

– Alors, où irons-nous, si nous voulons être en sécurité ?

– À Anchorage. Nous trouverons un moyen de sauvegarder la ville, et nous y resterons quelques années. Après, peut-être...

Pourtant, même s'ils arrivaient à préserver Anchorage, Hester savait qu'elle-même n'avait pas sa place à bord. Elle laisserait Tom là-bas avec Freya et partirait seule. Anchorage était une cité bonne, douce et paisible – ce n'était pas un endroit pour la fille de Thaddeus Valentine.

Cette nuit-là, tandis que les aurores boréales dansaient dans le ciel, Tom aperçut à travers les nuages une grande cicatrice qui fendait la banquise, des centaines de cannelures parallèles qui s'étiraient vers l'ouest.

– Des traces de locomopole ! s'écria-t-il en allant réveiller Hester.

– Arkangel, bougonna-t-elle.

Elle avait peur, elle avait le cœur au bord des lèvres. Le vaste sillage du prédateur la renvoyait à l'immensité de la ville. Comment pouvait-elle espérer stopper pareil monstre ?

Ils calèrent l'itinéraire du *Jenny Haniver* sur celui d'Arkangel. Une heure plus tard, Tom capta sur la radio le hululement strident de la balise du rapace, et ils ne tardèrent pas à apercevoir ses phares qui scintillaient dans le brouillard.

La locomopole fonçait, précédée par un écran de véhicules de repérage et de banlieues dépecées destinés à tester la glace. Des vaisseaux flottaient au-dessus d'elle, essentiellement des navires marchands qui quittaient le port pour retourner à l'est, peu désireux de se laisser entraîner aussi loin aux confins du monde cartographié. Tom voulut leur parler, mais Hester l'en empêcha.

– Il est impossible de faire confiance à ceux qui commercent avec Arkangel.

Elle craignait qu'un marchand ne la reconnût et n'apprît sa trahison à Tom.

– Évitons la ville, décréta-t-elle, et poursuivons notre route.

Ainsi firent-ils, laissant derrière eux les lueurs du prédateur. La neige se mit à tomber, poussée par un vent du nord. Alors que la balise d'Arkangel s'éloignait, elle fut remplacée par une autre, faiblarde mais de plus en plus forte, en provenance de la banquise, devant eux. Ils se mirent à surveiller les alentours, en dépit du vent qui secouait le ballon de l'aérostat, et de la neige qui ouatait ses fenêtres. Bientôt, des lumières apparurent au loin, et la longue note lugubre de la balise surpassa le larsen, aussi solitaire qu'un hurlement de loup.

– Anchorage.

– Elle est immobile.

– Il se passe quelque chose…

– Nous arrivons trop tard ! se désola Tom. Tu te souviens de la brute que nous avons rencontrée à Port-Céleste ? Arkangel envoie ses Grands-Veneurs en éclaireurs. Ils capturent les villes que le prédateur souhaite dévorer. Ils les arrêtent et les ramènent vers les mâchoires d'Arkangel ! Nous allons devoir faire demi-tour. Si nous nous posons, les Grands-Veneurs nous retiendront jusqu'à l'arrivée de la cité, et le *Jenny* sera avalé, comme tout le reste…

– Non, objecta Hester. Il faut que nous atterrissions et que nous agissions.

Elle contempla Tom, mourant d'envie de lui expliquer pourquoi cela était si important à ses yeux. Elle avait compris que la seule rédemption possible était de lutter contre les sbires d'Arkangel, qu'elle y perdrait sans doute la vie. Elle désirait avouer à Tom le marché qu'elle avait passé avec Masgard, elle voulait qu'il lui pardonne. Mais s'il lui refusait son pardon ? S'il la repoussait, horrifié ? Les mots lui brûlaient les lèvres, elle n'osa pas les prononcer cependant.

Tom coupa les moteurs de l'aérostat, laissant le vent les rapprocher sans bruit. Il était ému par le soudain intérêt que manifestait Hester pour la cité polaire. Jusqu'à ce qu'il revoie celle-ci, il ne s'était pas rendu compte à quel point elle lui avait manqué. Il en eut les larmes aux yeux, et les lumières du Phare et du Palais d'Hiver se brouillèrent.

– Tout est éclairé… Comme un sapin brillant de mille feux…

– C'est pour qu'Arkangel la repère. Masgard et ses hommes ont dû arrêter les moteurs et allumer toutes les lampes ainsi que la balise. Ils attendent sans doute dans le palais de Freya que leur ville arrive.

– Et Freya ? Ses sujets ? Qu'en ont-ils fait ?

Hester n'en avait aucune idée.

Le port brillait lui aussi de tous ses feux, accueillant. Il était cependant hors de question de s'y poser. Hester éteignit les phares du *Jenny Haniver* avant de laisser les commandes à Tom, car il était bien meilleur pilote qu'elle. Il fit descendre l'aérostat si bas que la quille de la nacelle érafla presque la glace, puis il remonta brutalement, se glissant dans la ruelle ménagée entre deux entrepôts, à bâbord du pont inférieur. Le bruit des grappins d'arrimage leur parut horriblement fort, mais personne n'accourut pour voir ce qui se passait. Quand les deux voyageairs se risquèrent dehors, rien ne bougeait dans les rues silencieuses et enneigées.

Ils grimpèrent vivement et sans bruit jusqu'au port. Ils ne parlaient pas, plongés dans leurs souvenirs de cette cité. Le *Turbulence de l'Air Pur* était ancré à un quai central, le loup rouge d'Arkangel luisant sur son ballon. Un soldat emmitouflé dans ses fourrures montait la garde, et des ombres s'agitaient derrière les fenêtres éclairées de sa nacelle.

– Comment s'y prend-on ? demanda Tom à Hester.

Cette dernière secoua le menton, réfléchissant, puis elle l'entraîna dans les vastes flaques d'ombre des réservoirs d'essence, et ils se faufilèrent jusqu'à la porte arrière de la maison du chef de la capitainerie. Tout était éteint, ici, l'obscurité rompue seulement par les lueurs des lampadaires, au-delà des carreaux givrés. Une tornade semblait avoir ravagé la cuisine et le salon proprets – les assiettes commémoratives avaient été brisées, la vaisselle mise en miettes, les portraits des enfants Aakiuq jetés par terre. L'antique tromblon autrefois suspendu au mur avait disparu, et le poêle était froid. Écrasant les débris des visages souriants des Rasmussen, Hester ouvrit le tiroir à couteaux.

Derrière eux, une marche craqua. Tom, qui était

le plus proche de l'escalier, virevolta et eut le temps d'apercevoir la tache grise d'un visage qui l'observait entre deux piliers de la rambarde. Elle disparut immédiatement ; l'espion, qui qu'il fût, entreprit de filer vers l'étage. Le jeune homme poussa un cri de surprise qu'il étouffa aussitôt d'une main plaquée sur sa bouche en se rappelant le soldat qui montait la garde, dehors. L'écartant sans ménagement, Hester se précipita – le couteau acéré de Mme Aakiuq lançait des reflets menaçants dans sa main. Les échos étouffés d'une bagarre résonnèrent, entrecoupés par des halètements – « Pitié ! Épargnez-moi ! » – et suivis d'un bruit sourd, celui d'un corps lourd traîné dans l'escalier par le fond de la culotte. Essoufflée, Hester se redressa, l'arme toujours brandie. Tom baissa les yeux sur sa prise.

Pennyroyal ! Un Pennyroyal crasseux, aux cheveux gras et au menton sali de barbe. Il paraissait avoir pris dix ans depuis le départ des jeunes gens, comme si, à bord d'Anchorage, le temps s'était écoulé plus vite que dans le reste du monde. Tout en gémissant, il les regarda, les yeux exorbités.

– Tom ? Hester ? Par les dieux et les déesses ! Je vous ai pris pour ces maudits Grands-Veneurs. Mais comment avez-vous réussi à débarquer ici ? Vous avez le *Jenny Haniver* ? Formidable ! Nous devons filer d'ici tout de suite.

– Expliquez-nous ce qu'il s'est passé, Professeur, lui enjoignit Tom. Où sont les autres ?

Tout en surveillant avec méfiance le couteau de Hester, l'explorateur s'installa dans une position plus confortable et s'appuya contre le pilastre de l'escalier.

– Les Grands-Veneurs d'Arkangel, Tom, expliqua-t-il. De vrais voyous ! Conduits par cette vermine de Masgard. Ils ont abordé il y a une dizaine d'heures, ont détruit la roue à aubes et se sont emparés de la ville.

– Ils ont liquidé tout le monde ? s'enquit Hester.

– Je ne crois pas, non. Ils tiennent à préserver les habitants pour les expédier dans leurs abominables fosses aux esclaves. Ils les ont ramassés et enfermés au Palais d'Hiver, en attendant qu'Arkangel nous rattrape. Quelques-uns des courageux ouvriers de Scabious ont bien essayé de résister, mais ils ont été tabassés. À part ça, personne n'a été blessé, me semble-t-il.

– Et vous ? insista la jeune femme en le toisant de son regard de Gorgone. Comment se fait-il que vous ayez échappé à la rafle ?

– Oh, vous connaissez la devise de ma famille, mademoiselle Shaw, se justifia l'homme avec un petit sourire mouillé : « Quand ça barde, le malin se planque sous les gros meubles. » Il se trouve que j'étais au port quand ces affreux ont atterri. J'ai eu la présence d'esprit de me faufiler ici et de me cacher sous le lit. Je n'en suis sorti que quand le charivari a cessé. J'ai songé à aller réclamer ma prime au jeune Masgard, mais je ne crois pas qu'on puisse lui faire confiance. Donc, je suis resté ici.

– Quelle prime ? sursauta Tom.

– Euh... hum, balbutia Pennyroyal, l'air vaguement honteux. C'est que, voyez-vous, mon ami, je crois que c'est moi qui ai attiré les Grands-Veneurs dans la ville.

Pour une raison qui échappa au jeune homme, Hester éclata de rire.

– J'ai juste envoyé des messages de détresse sans conséquence ! se défendit le bonhomme. Je n'ai pas pensé qu'Arkangel les recevrait. Un signal radio allant aussi loin, c'est du jamais vu. Sûrement un truc dû à ces horribles climats boréals. En tout cas, je suis bien puni, comme vous pouvez le constater. Voilà des *heures* que je suis coincé ici. J'espérais réussir à me glisser dans leur aérostat, mais il est gardé par une espèce de sentinelle immense, et il y en a d'autres dedans.

– On a vu, oui, acquiesça Tom.

– Enfin, reprit l'autre en retrouvant sa bonne humeur, maintenant que vous êtes ici avec le *Jenny Haniver*, ça n'a plus d'importance, n'est-ce pas ? Quand partons-nous ?

– On ne part pas, trancha Hester.

Son compagnon la dévisagea, toujours aussi étonné par sa volonté de régler leur compte aux Grands-Veneurs.

– Ce ne serait pas bien, s'empressa-t-elle de se justifier. Nous devons ça aux Aakiuq, à Freya, à tout le monde. Nous devons les sauver.

Plantant là les deux ahuris, elle alla à la fenêtre couverte d'étoiles givrées. Des flocons voletaient sous les cônes de lumière dispensés par les réverbères. Hester imagina les hommes à bord du vaisseau, leur camarade tapant des pieds pour se préserver du froid, le reste de la bande au Palais d'Hiver, se réchauffant à l'aide de la cave des Rasmussen. Ils seraient engourdis, confiants, ne s'attendraient pas à des ennuis. Thaddeus Valentine n'en aurait fait qu'une bouchée. Si elle avait hérité d'assez de sa force, de sa cruauté et de sa ruse, elle aussi leur réglerait leur compte en moins de deux.

– Hester ? appela Tom en se rapprochant, effrayé par son attitude glaciale.

D'ordinaire, c'était lui qui inventait des plans téméraires destinés à aider les désespérés. Que la jeune femme suggérât d'attaquer les Grands-Veneurs lui donnait l'impression que le monde avait perdu l'esprit. Il posa une main tendre sur son épaule, la sentit se raidir, recula d'un pas.

– Hester, murmura-t-il, ils sont nombreux, et nous ne sommes que trois…

– Deux, l'interrompit Pennyroyal. Pas question que je participe à votre entreprise suicidaire.

D'un seul mouvement leste, Hester lui plaqua son couteau sur la gorge. Sa main tremblait légèrement, envoyant des reflets sur la lame aiguisée.

– Vous, gronda la fille de Valentine, vous ferez ce que je vous dirai de faire, sinon je vous tuerai moi-même.

32
La fille de Valentine

– Mangez donc un peu, petite margravine, lança Piotr Masgard depuis l'autre bout de la table tout en brandissant une cuisse de poulet à moitié rongée.

Freya baissa les yeux sur son assiette, où la nourriture avait commencé à se figer. Elle aurait aimé être encore enfermée dans la salle de bal avec les autres, à avaler le brouet que les brutes avaient dû leur donner. Malheureusement, Masgard avait exigé qu'elle dînât en sa compagnie. D'après lui, ce n'était qu'élémentaire courtoisie, une souveraine n'avait pas à partager ses repas avec ses sujets. En tant que chef des Grands-Veneurs d'Arkangel, il était de son devoir de l'inviter à sa table. Et quand le devoir se doublait du plaisir…

Sauf que c'était à la propre table de Freya que tout cela se passait, dans sa propre salle à manger, que les mets provenaient de ses propres réserves et avaient été cuisinés dans ses propres cuisines par le pauvre Smew. Chaque fois qu'elle levait la tête, elle croisait les prunelles bleues de Masgard, des prunelles amusées et approbatrices, fières de leur prise.

Au début, dans la confusion provoquée par l'attaque du Phare, la jeune fille s'était consolée en songeant que Scabious ne saurait tolérer ça, que ses hommes et lui-même résisteraient et sauveraient Anchorage. Quand elle et les autres prisonniers avaient été escortés jusqu'à la salle de bal, lorsqu'elle avait vu le nombre de personnes qui s'y entassaient déjà, elle avait cependant compris que l'assaut avait été trop rapide. Les mécaniciens avaient été surpris, occupés à éteindre les incendies déclenchés par les roquettes. Le mal avait triomphé du bien.

– Arkangel nous aura rejoints d'ici quelques heures, avait annoncé Masgard en paradant devant ses captifs, tandis que ses hommes restaient vigilants, arbalètes et pistolets levés.

Ses paroles avaient mugi à travers les pavillons fixés sur le casque de son lieutenant.

– Tenez-vous tranquilles, et vous aurez droit à une existence vivifiante et productive dans les entrailles du Fléau du Grand Nord, avait-il poursuivi. Résistez, et vous mourrez. Cette ville est une jolie proie, je peux me permettre de sacrifier quelques esclaves si vous insistez pour que je vous prouve à quel point je suis sérieux.

Personne n'avait insisté. Les habitants d'Anchorage n'étaient pas habitués à la violence, et les visages brutaux des Grands-Veneurs, de même que leurs pistolets à vapeur, avaient suffi à les convaincre. Ils s'étaient serrés les uns contre les autres au milieu de la salle de bal, femmes s'accrochant à leurs maris, mères tentant d'apaiser leurs enfants qui pleuraient ou les empêchant de faire quoi que ce soit susceptible d'attirer l'attention de leurs geôliers. Lorsque Masgard avait invité la margravine à dîner, Freya s'était dit qu'il était plus sage d'accepter afin de ne pas le fâcher.

« N'empêche, réfléchissait-elle en jouant avec sa nourriture, je pourrai m'estimer heureuse si manger avec Masgard est le pire qui puisse m'arriver. » C'était pourtant une épreuve, surtout quand elle levait les yeux et sentait la menace qui émanait de lui. Son estomac se tordit, elle crut qu'elle allait vomir. Elle tenta de lui faire la conversation, dans l'espoir qu'il oublierait son manque d'appétit.

– Alors, monsieur Masgard, comment nous avez-vous trouvés ?

Le colosse sourit, ses prunelles bleues presque dissimulées sous ses paupières lourdes. Il avait été un peu déçu en débarquant ici ; les habitants s'étaient rendus trop aisément, et le garde du corps de Freya s'était révélé être un substitut d'homme indigne du sabre de Masgard. Toutefois, le butor était bien décidé à se montrer galant envers la margravine. Il avait l'impression d'être puissant, beau, victorieux, ainsi installé sur le trône de Freya, à la tête de sa table. Il avait le sentiment qu'il l'impressionnait.

– Si ça se trouve, répondit-il, ce sont mes dons naturels de chasseur qui m'ont mené ici.

La jeune femme réussit à afficher un petit sourire contraint.

– Vous ne travaillez pas comme ça, non ? J'ai entendu parler de vous. Arkangel a tellement besoin de nouvelles proies que vous payez des indicateurs pour qu'ils mouchent d'autres villes.

– Mouchardent.

– Pardon ?

– Mouchardent d'autres villes. Si vous tenez à employer l'argot de bas étage, Votre Splendeur, essayez au moins de ne pas vous tromper.

Freya rougit.

– C'est le Professeur Pennyroyal, hein ? Ses stupides messages radio. Il m'a dit qu'il voulait juste alerter un explorateur ou un négociant passant dans les parages, mais j'imagine qu'il a dû vous guider à nous depuis le début.

– Le professeur qui ? ricana Masgard. Non, ma

chère, ce n'est pas lui. La moucharde est une rate ayant fui le navire.

– Hester ! souffla la souveraine en le regardant droit dans les yeux, cette fois.

– Et devinez le plus beau ! Elle n'a même pas voulu d'or en échange de votre cité. Juste un garçon. Une espèce de nullard volant. Natsworthy…

– Oh, Hester ! murmura Freya.

Si elle s'était toujours doutée que cette fille était une source d'ennuis, elle n'aurait jamais imaginé qu'elle pût commettre un acte aussi odieux. Trahir toute une ville pour conserver un homme qu'elle ne méritait pas, et qui aurait été tellement mieux avec une autre ! Elle s'efforça de dissimuler sa rage à Masgard, car il se serait moqué d'elle.

– Tom a disparu, se contenta-t-elle donc d'annoncer. Il est mort, je suppose.

– Alors, il a eu de la chance, rigola Masgard, la bouche pleine. Non que ça importe, vu que sa petite caille s'est envolée avant même que l'encre du contrat n'ait séché…

Soudain, la porte de la salle à manger s'ouvrit brutalement. Oubliant Hester, Freya se retourna. L'un des acolytes de Masgard, celui qui avait un casque à cornes, se tenait sur le seuil.

– Un incendie, Seigneur ! Dans le port !

– Quoi ?

Le chef des Grands-Veneurs se rua à la fenêtre, en arracha les tentures. Dehors, la neige virevoltait au-dessus des jardins; au loin, une lueur rouge vacillait, soulignant les silhouettes des tuyaux qui couraient sur les toits de la Perspective Rasmussen.

– Des nouvelles de Garstang et des autres qui sont restés là-bas ? demanda-t-il à son lieutenant.

L'homme secoua la tête.

– Par les crocs du loup ! jura Masgard. Quelqu'un a déclenché ce feu. On attaque notre aérostat.

Tirant son sabre, il s'arrêta près de la chaise de Freya.

– Si l'un de vos minables sujets s'en est pris au *Turbulence de l'Air Pur*, menaça-t-il, je l'écorcherai tout vif et je vendrai sa peau comme tapis !

La margravine se tassa sur son siège.

– Il ne peut s'agir d'un habitant d'Anchorage, vous les retenez tous…

Tout à coup, elle s'interrompit, pensant à Pennyroyal. Elle ne l'avait pas aperçu, dans la salle de bal. Était-il encore libre ? Essayait il de les aider ? Cela paraissait peu vraisemblable, mais c'était le seul espoir qu'elle avait, et elle s'y accrocha, cependant que Masgard la mettait sur ses pieds et la jetait dans les bras de son lieutenant.

– Ramène-la avec les autres ! beugla-t-il. Où sont Ravn, Tor et Skaet ?

– Ils montent la garde devant l'entrée principale, Seigneur.

Piotr fila, laissant son sbire traîner Freya le long du couloir joliment incurvé. La jeune fille songeait qu'elle aurait dû tenter de s'échapper, mais l'homme était grand et fort, bien armé aussi. Les portraits des membres de sa famille la toisèrent au passage, à croire qu'ils étaient déçus qu'elle ne résistât pas davantage.

– J'espère bien que votre précieux dirigeable a été détruit ! lança-t-elle.

– Aucune importance, répliqua l'autre. C'est vous qui en paierez les conséquences. Arkangel sera bientôt là. Nous n'aurons pas besoin du vaisseau pour partir de votre ville pourrie quand cette dernière sera dans le ventre du Fléau !

Ils approchaient de la salle de bal, et Freya perçut un brouhaha venant de l'intérieur. Les captifs avaient sans doute aperçu le brasier et jacassaient, tout excités. Soudain, quelque chose siffla aux oreilles de la jeune fille, et son escorte tomba à la renverse sans émettre un cri. Elle crut qu'il avait glissé, mais quand elle se retourna, elle découvrit la flèche d'une arbalète qui saillait de son casque, ainsi qu'un filet de sang épais qui se mettait à dégouliner d'une des cornes.

– Pouah ! marmonna-t-elle.

Une longue silhouette émergea de l'alcôve ombreuse située près de la porte de la salle de bal.

– Professeur Pennyroyal ? chuchota Freya.

Mais il s'agissait de Hester Shaw, qui installait déjà une nouvelle flèche dans son arbalète.

– Vous ! s'exclama la margravine. Vous êtes revenue !

– Belle déduction, Votre Splendeur.

La souveraine rougit de colère. Comment cette fille osait-elle se moquer d'elle ? Tous ces événements étaient sa faute.

– Vous avez vendu notre itinéraire ! gronda-t-elle. Quel toupet !

– Économisez votre salive, rétorqua Hester. De toute façon, j'ai changé d'avis, et je suis là pour aider.

– Pardon ? s'emporta Freya en prenant soin toutefois de maîtriser sa rage et sa voix. Et comment comptez-vous vous y prendre ? Vous nous auriez aidés en ne mettant pas les pieds ici dès le départ ! Tom n'avait pas besoin de vous. Vous êtes égoïste, mauvaise, froide, et vous vous fichez de tout le monde, sauf de votre horrible petite personne !

Soudain, elle se tut. Elle et Hester s'étaient souvenues au même moment que cette dernière était armée, et qu'il lui suffisait d'un trémolo du doigt pour clouer Freya au mur. Au demeurant, elle l'envisagea et effleura la poitrine de sa rivale du bout de sa flèche.

– Vous avez raison, finit-elle cependant par chuchoter. Je suis méchante. Je tiens ça de mon père. Mais j'aime Tom, et cela signifie que je dois m'occuper de votre imbécile de ville aussi. De plus, il me semble que je ne vous suis pas inutile, là.

Baissant son arbalète, elle jeta un coup d'œil à l'homme qu'elle venait de tuer. Un pistolet à gaz était fourré dans sa ceinture.

– Vous savez vous servir de ce machin ? demanda-t-elle.

Freya hocha la tête. Son éducation avait plus porté sur l'étiquette et le maintien que sur l'usage des armes, mais elle pensait avoir compris les principes de base.

– Alors, suivez-moi, lui ordonna Hester.

Il émanait d'elle une telle autorité qu'il ne vint même pas à l'esprit de la margravine de désobéir.

Le plus difficile, jusqu'à présent, avait été de se débarrasser de Tom. Hester ne voulait pas le mettre en danger et elle ne pouvait pas être la fille de Valentine s'il traînait dans ses pattes. Dans le salon obscur des Aakiuq, elle l'avait attiré à elle et lui avait murmuré :

– Tu connais une porte dérobée menant au Palais d'Hiver ? Si l'endroit grouille de Grands-Veneurs, il nous est impossible d'entrer par le portail principal et de demander à parler à Masgard.

Tom avait réfléchi puis, fouillant dans ses poches, il en avait sorti un objet luisant qu'elle n'avait su identifier.

– Un rossignol de Grimsby, lui avait-il expliqué.

Ce sont les amis de Caul qui me l'ont donné. Je te parie que je devrais réussir à ouvrir le sas de chaleur qui se trouve à l'arrière de la Wunderkammer.

Il avait semblé si content de lui qu'elle n'avait pu s'empêcher de l'embrasser.

– Vas-y, alors, avait-elle dit, le baiser donné. Et attends-moi dans le musée.

– Quoi ? Tu ne viens pas ?

Cette fois, il avait eu l'air surtout apeuré.

– Je vais fouiller du côté de leur vaisseau, lui avait-elle marmonné en posant un doigt sur ses lèvres pour couper court à ses protestations.

– Mais les gardes...

– J'ai été l'apprentie de Shrike, avait-elle répondu en affichant une confiance qu'elle était loin de ressentir. Il m'a appris des tas de trucs que je n'ai jamais eu l'occasion d'utiliser. Tout ira bien. Maintenant, file.

Il avait voulu objecter, s'était interrompu, l'avait enlacée puis avait déguerpi. Durant une ou deux secondes, elle avait été soulagée de se retrouver seule, puis elle avait ressenti un brusque et énorme besoin qu'il soit là, près d'elle, dans ses bras, pour qu'elle pût lui dire tout ce qu'elle aurait dû lui dire avant. Elle s'était ruée à sa poursuite, mais il avait déjà disparu. Elle avait murmuré son nom à la neige. Elle ne s'attendait pas à le revoir. Elle avait l'impression de glisser rapidement vers un abîme.

Pennyroyal était toujours accroupi au pied de l'escalier. Hester s'était rendue dans la cuisine afin d'y prendre une lampe à pétrole dans le placard accroché au-dessus de l'évier.

– Qu'est-ce que vous fabriquez ? avait sifflé l'explorateur quand elle l'avait allumée.

La flamme avait d'abord doucement lui derrière le verre enfumé avant de prendre et d'illuminer les murs, les fenêtres et le visage blême de Pennyroyal.

– Les hommes de Masgard vont nous voir ! s'était-il affolé.

– C'est le but.

– Je refuse de vous aider. Vous ne pouvez pas m'y obliger. Vous êtes folle.

Cette fois, elle n'avait même pas recouru à son couteau, se bornant à approcher son visage de gargouille du sien et de lâcher :

– C'est moi, Pennyroyal, pas vous. C'est ma faute si les Grands-Veneurs sont ici.

Elle voulait qu'il comprît à quel point elle pouvait se montrer impitoyable.

– Vous ? Mais, par Poskitt tout-puissant, en quel honneur ?

– Tom. Parce que je souhaitais le récupérer pour moi seule. Lui était mon or du prédateur. Sauf que ça n'a pas fonctionné et, maintenant, je dois essayer de réparer.

Dehors, des pas avaient crissé sur la neige, un chuintement avait résonné quand le sas de la cuisine s'était ouvert. Hester s'était glissée dans l'ombre de la porte, cependant que la sentinelle gardant le *Turbulence de l'Air Pur* était entrée dans la pièce, si près d'elle qu'elle avait senti la bouffée de froid accompagnant ses fourrures couvertes de neige.

– Debout! avait-il aboyé à l'adresse de Pennyroyal.

Il s'était ensuite retourné pour vérifier la présence d'éventuels autres fugitifs. Juste avant qu'il ne la distingue, Hester avait tendu le bras et planté son couteau entre le sommet de son armure et le bas de son masque antifroid. Le malheureux avait émis un gargouillement. Son corps, en se pliant, avait arraché son arme à la jeune fille qui s'était écartée quand l'arbalète de son adversaire s'était déclenchée, la flèche se fichant dans l'armoire installée derrière elle. Le Grand-Veneur avait tâtonné du côté de sa ceinture afin de s'emparer de son poignard. Lui prenant le bras, Hester avait tenté de l'en empêcher. Sans bruit, hormis celui des débris de vaisselle qu'ils écrasaient, ils s'étaient battus, tandis que Pennyroyal se mettait à l'abri. Les yeux verts écarquillés de l'homme étaient furieux, indignés, derrière la visière de son masque, puis ils avaient fini par se focaliser sur quelque chose de très lointain, les gargouillements avaient cessé, et il était tombé, manquant d'entraîner son ennemie dans sa chute. Ses pieds avaient tressauté dans l'air pendant quelques secondes, puis il n'avait plus bougé.

C'était la première fois que Hester tuait quelqu'un. Elle s'était attendue à éprouver de la culpabilité. Il n'en avait rien été, elle n'avait rien ressenti. « Voilà à quoi ça ressemblait, pour mon père, avait-elle pensé en prenant à l'homme mort son manteau et sa toque de fourrure ainsi que son masque antifroid. Juste un boulot qu'il fallait faire afin de préserver sa ville et son aimée. Après avoir liquidé maman et papa, il s'est seulement senti clair et net, comme du verre. » Elle s'était aussi emparée de l'arbalète et du carquois de flèches.

– Apportez la lampe ! avait-elle ensuite ordonné à Pennyroyal.

– Mais, mais, mais…

À l'extérieur, la neige tourbillonnait comme des papillons blancs sous les lampadaires du port. Tout en poussant l'explorateur terrifié devant elle, Hester avait repéré, entre deux hangars, une grande tache de lumière lointaine du côté de l'est.

La passerelle d'accès au *Turbulence de l'Air Pur* était déployée, et un autre Grand-Veneur attendait là.

– Qu'est-ce qu'il y a, Garstang ? avait-il braillé. Qui as-tu trouvé ?

– Rien qu'un autre type, avait répondu la jeune femme en espérant que le masque étoufferait sa voix.

Après tout, la pelisse dissimulait sa maigreur.

– Bah ! Un vieux croûton, avait marmonné le sbire en se tournant pour s'adresser à ses collègues restés dans la nacelle. Emmène-le au palais, Garstang, et fourre-le avec les autres ! On n'a pas besoin de lui ici.

– Je vous en prie ! avait soudain piaillé Pennyroyal. Écoutez-moi, monsieur le Grand-Veneur ! C'est un piège ! Elle...

Hester avait tiré une flèche dans le dos de celui qui se tenait devant l'entrée du dirigeable, il était tombé en arrière en poussant un hurlement. Aussitôt, ses camarades avaient tenté de se ruer dehors, mais elle avait balancé la lampe à huile à l'intérieur. Le manteau d'un des Grands-Veneurs s'était enflammé, et le feu n'avait pas tardé à se répandre dans toute la nacelle. Hurlant de terreur, Pennyroyal avait déguerpi. Hester avait tourné les talons pour le suivre... au bout d'à peine deux pas, elle s'était mise à voler, soulevée par un courant d'air chaud. Elle avait atterri le nez dans la neige, laquelle n'était plus blanche, mais safran et rouge – un véritable Halloween. Il n'y avait pas eu d'explosion, juste un souffle, lorsque les ballons de gaz avaient pris feu. Deux hommes avaient surgi du vaisseau embrasé, frappant sur les flammèches qui consumaient la fourrure de leurs manteaux. Le premier avait couru vers Hester, qui avait tâtonné à la recherche de son arme, mais il ne l'avait même pas regardée, se contentant de galoper devant elle sans s'arrêter, criant au sabotage. Elle avait donc eu largement le temps d'installer une nouvelle flèche dans l'arbalète et de le descendre par-derrière. Pennyroyal s'était volatilisé. Contournant l'incendie, la jeune femme avait découvert le dernier Grand-Veneur au milieu d'un nuage épais et sombre de fumée. Elle lui avait arraché son sabre de la main, tandis qu'il agonisait, l'avait glissé à sa ceinture et avait décampé en direction de la Perspective Rasmussen et du Palais d'Hiver.

La clé de Parrain cliqueta dans la serrure, et le sas arrière s'ouvrit. Tom se glissa dedans, humant les odeurs familières de l'endroit. Le couloir était désert, sans même une empreinte dans le tapis de poussière. Le pilote se faufila vers la Wunderkammer obscure. Les squelettes de Traqueurs lui flanquèrent, une fois encore, une trouille bleue ; néanmoins, le rossignol fonctionna là aussi, et il entra dans le silence plein de toiles d'araignée du musée, tremblant mais fier de lui.

Le carré de papier aluminium luisait doucement, réveillant en lui le souvenir très net de Freya et de la caméra qui l'avait espionné de derrière la grille d'une des bouches d'aération pendant qu'il embrassait la margravine.

– Caul ? chuchota-t-il, plein d'espoir, en scrutant la pénombre.

Il n'y avait cependant aucun maraudeur à bord d'Anchorage en ce moment, juste des Grands-Veneurs. Soudain, Tom suffoqua, terrifié à l'idée de ce que Hester était en train de faire. L'idée qu'elle fût dehors, en danger, alors que lui l'attendait ici, était insoutenable. Un rougeoiement inonda le ciel, quelque part du côté du port. Que se passait-il ? Devait-il aller voir ?

Non. Hester lui avait donné rendez-vous ici. Elle ne l'avait jamais laissé tomber. Il tenta de se distraire en choisissant une arme parmi celles qui étaient exposées. Il s'autorisa un glaive lourd et émoussé à la poignée et au fourreau richement décorés. Dès qu'il l'eut en main, il se sentit tout de suite mieux. Il fit les cent pas entre les animaux empaillés mangés aux mites et les vieilles machines, brandissant son arme, guettant Hester, impatient de sauver Anchorage en sa compagnie.

Ce ne fut que lorsque la mitraille débuta dans la salle de bal, charivari de cris et de coups de feu dont les échos rebondissaient sur les murs des couloirs du palais, qu'il devina que, en dépit de ses affirmations, elle était passée par l'entrée principale et avait commencé le sauvetage sans lui.

Le pistolet à gaz était plus lourd que ce qu'avait cru Freya. Elle tenta de s'imaginer en train de tirailler

– en vain. Fallait-il qu'elle explique à Hester qu'elle était morte de peur ? Elle n'en avait guère le temps, apparemment. Sa compagne était déjà à la porte de la salle de bal et lui faisait signe de la suivre. Ses cheveux et ses vêtements empestaient la fumée.

Ensemble, elles poussèrent les lourds battants. Personne ne se retourna sur elles. Les Grands-Veneurs et leurs prisonniers étaient collés aux fenêtres, contemplant les immenses ailes de feu qui volaient au-dessus du port. La margravine agrippait son arme de ses paumes moites, attendant que Hester crie : « Mains en l'air ! » ou : « Que personne ne bouge ! » ou les paroles adéquates dans ce genre de circonstances. Au lieu de quoi, elle leva son arbalète et décocha une flèche dans le dos du premier vilain.

– Hé ! Ce n'est pas…, commença à protester Freya.

Puis elle se jeta sur le sol, car le voisin du mort, qui s'était écroulé par terre, s'était retourné et déclenchait une salve nourrie dans sa direction. Elle avait oublié que tout cela n'était pas un jeu. Rampant sur le sol, elle entendit les balles entailler les boiseries et glisser sur le marbre. Hester lui arracha son pistolet et transforma le visage du Grand-Veneur en une bouillie rouge. Smew en profita pour voler la pétoire du malheureux et la braqua sur un troisième homme.

– Rasmussen ! hurla alors quelqu'un.

Soudain, toute la pièce ne fut qu'une clameur,

reprenant l'ancien cri de guerre d'Anchorage, du temps où les ancêtres de Freya avaient mené des batailles contre les pirates de l'air et les Traqueurs des empires nomades.

– Rasmussen !

Il y eut des coups de feu, un hurlement, un long roulement de xylophone quand un sbire de Masgard, dégommé, s'affala contre un candélabre. Tout fut très vite terminé. Windolene Pye prit en charge les soins aux blessés, cependant que les hommes se servaient dans l'arsenal des Grands-Veneurs.

– Où est Scabious ? cria Hester.

Le vieillard fut poussé en avant. Il paraissait très en forme et agrippait un pistolet.

– Arkangel arrive, dit la jeune femme. J'ai aperçu ses lumières depuis le port. Il faut que vous remettiez cette ville en mouvement, et fissa !

– Nos ennemis ont investi le quartier des mécaniciens, et la roue à aubes a été détruite, objecta Scabious. Avec nos seules chenilles, nous n'irons pas vite, et il est d'abord nécessaire de nous débarrasser de la roue.

– Occupez-vous-en, alors, répliqua Hester en se débarrassant de son arbalète pour s'équiper d'un sabre.

Le chef des mécaniciens avait mille questions à poser, mais il les mit de côté et hocha la tête. Il partit vers les escaliers, suivi de la moitié de la ville, les citadins désarmés s'emparant de chaises et de bouteilles au passage. Bien que terrifiée, Freya se dit qu'elle se devait de les accompagner afin de conduire l'attaque, telle une de ses aïeules depuis longtemps disparue. Elle se précipitait vers la porte quand Hester la retint.

– Restez ici, vous. Vos sujets ont besoin de vous vivante. Où est Masgard ?

– Aucune idée. Il est parti vers le portail principal, je crois.

Hester acquiesça.

– Tom est dans le musée, lâcha-t-elle.

– Il est ici ? s'exclama la margravine, qui avait du mal à suivre.

– S'il vous plaît, Votre Splendeur, veillez à ce qu'il ne lui arrive rien quand tout ce charivari sera terminé.

– Mais...

Freya n'eut pas le temps d'en dire plus, car Hester avait disparu. La souveraine se demanda si elle devait la suivre, puis se ravisa. Que pouvait-elle faire contre Masgard ? Se retournant, elle vit un groupe d'habitants blottis les uns contre les autres. Les très vieux et les très jeunes, les blessés, et ceux qui avaient trop la frousse pour se joindre aux combats. Freya ne pouvait que les comprendre. Serrant les poings pour atténuer le tremblement de ses mains, elle afficha son sourire le plus officiel.

– N'ayez pas peur, les rassura-t-elle. Les Dieux Givrés sont avec nous.

Sur le chemin de la salle de bal, Tom rencontra M. Scabious et ses troupes qui, tel un torrent de corps sombres, de lumière reflétée sur du métal, de visages blancs et crus sous les lampes, venaient à lui. Ils remplissaient le couloir comme la mer envahissant un bateau en perdition. Tom craignit qu'ils ne le prissent pour un Grand-Veneur mais, en l'apercevant, Scabious le héla, et la marée emporta le jeune homme, le flux se transformant en mascaret de visages souriants et accueillants : Aakiuq, Probsthain, Smew. On lui tapota les épaules, le couvrit de bourrades amicales dans les côtes.

– Il est bon de vous revoir, Tom ! brailla Smew en s'accrochant à sa taille.

– Hester ! cria l'intéressé en essayant d'échapper à la vague. Où est-elle ?

– Elle nous a sauvés, répliqua le nain. Quel caractère ! Elle a surgi dans la pièce et a massacré les Grands-Veneurs, aussi impitoyable qu'un Traqueur ! Quelle jeune femme !

– Mais où... Est-elle avec vous, monsieur Scabious ?

Ses paroles furent avalées par le martèlement des pieds et les vindicatifs « Rasmussen ! Rasmussen ! », alors que la foule se ruait dans un escalier conduisant au quartier des mécaniciens. Des hurlements et des coups de feu résonnèrent dans les coursives basses de plafond, et Tom caressa un instant l'idée d'aller aider, idée à laquelle il renonça cependant, à cause de Hester. Criant son nom, il traversa en courant l'Arcade Boréale et surgit sur la Perspective Rasmussen. Deux traces de pas différentes ponctuaient la neige, se dirigeant vers le port. Il hésita, se demandant si l'une d'elles appartenait à Hester, puis il aperçut un visage qui l'observait depuis le seuil d'une boutique, de l'autre côté de la rue.

– Professeur Pennyroyal ?

L'explorateur déguerpit en trébuchant sur les congères et s'évanouit dans une ruelle latérale. Des piécettes s'échappèrent de ses doigts. Il s'était rempli les poches de la menue monnaie de la caisse d'une boutique.

– Professeur ! brailla Tom en tirant son sabre et en le pourchassant. Ce n'est que moi ! Où est Hester ?

Les empreintes gauches de Pennyroyal menaient à l'extérieur du pont. Là, une passerelle descendait dans la ville basse. Tom s'y engouffra, posant ses pieds dans les traces d'ours laissées par les bottes luxueuses du bonhomme. Une fois en bas, il stoppa net, effrayé par des ailes noires. Il ne s'agissait cependant pas d'un Oiseau-Traqueur, juste de l'enseigne d'une taverne appelée *L'Aigle Déployé*. Tom reprit sa course, songeur – aurait-il toujours peur des oiseaux, désormais ?

– Professeur Pennyroyal !

Masgard ne s'était pas attardé près de l'entrée principale du palais, au milieu des cadavres des hommes que Hester avait tués sur son passage. Elle songea que Scabious et sa clique l'avaient eu, peut-être ; ou alors, en percevant les bruits de la bataille, il avait compris que le vent avait tourné et s'était précipité vers le port en espérant y trouver un vaisseau qui le ramènerait à Arkangel.

La jeune femme traversa le sas de chaleur. Comme son masque antifroid bloquait sa vision périphérique, elle s'en débarrassa avant de descendre la rampe conduisant à la Perspective Rasmussen, le visage caressé par les doigts glacés des flocons. Une longue ligne d'empreintes toutes fraîches s'étalait devant elle, déjà en partie recouverte par la neige. Elle les suivit, attentive aux grandes enjambées du marcheur qui l'avait précédée. Au loin, la silhouette d'un homme se découpa dans le rougeoiement de l'incendie. Masgard ! Hester accéléra. En se rapprochant, elle l'entendit appeler ses compagnons morts.

– Garstang ? Gustavsson ? Sprüe ?

La panique colorait la voix de Piotr. Il n'était,

somme toute, qu'un gosse de riche qui s'amusait à jouer les pirates, il n'avait jamais envisagé que quelqu'un pût s'opposer à lui. Il était venu chercher la bagarre, et maintenant que la bagarre l'avait trouvé, il ne savait plus qu'en faire.

– Masgard ! le héla-t-elle.

Il se retourna vivement, hors d'haleine. Derrière lui, le *Turbulence de l'Air Pur* n'était plus qu'un amas de métal calciné. Les divers pieux d'amarrage semblaient danser les uns avec les autres sous l'effet des ultimes lueurs du feu.

– Qu'est-ce qu'il te prend, aviatresse ? hurla l'homme. Tu commences par me vendre cette cité, puis tu l'aides à s'en sortir. Je ne pige pas. C'est quoi, ton plan ?

– Je n'en ai pas. J'invente au fur et à mesure.

Masgard tira son sabre et le brandit, avançant sur elle en exécutant plusieurs parades. Lorsqu'il ne fut plus qu'à quelques pas, Hester plongea et planta sa lame dans son épaule. Elle n'eut pas l'impression d'avoir provoqué beaucoup de dégâts, pourtant il lâcha son épée et plaqua ses mains sur sa blessure avant de glisser à terre.

– Pitié ! cria-t-il.

Fouillant dans son manteau, il en sortit une bourse rebondie, éparpilla sur le sol des pièces étincelantes.

– Mes hommes ne sont pas ici, mais prends ça et laisse-moi la vie !

Hester s'approcha de lui. Elle abattit son sabre à deux mains, encore et encore, jusqu'à ce que les hurlements cessent. Puis elle jeta son arme et resta plantée sur place à regarder le sang de Masgard teinter la neige de rose, tandis que les flocons enfouissaient peu à peu les souverains qu'il avait répandus. Ses coudes étaient douloureux, et elle était bizarrement déçue. Elle avait espéré plus de cette nuit. Elle aurait voulu autre chose que ce sentiment d'hébétude et de vide qui l'envahissait à présent. Elle avait espéré mourir. Il lui paraissait mal d'être encore vivante, pas même blessée. Elle repensa à tous les Grands-Veneurs défunts. Nul doute que d'autres gens avaient été tués au cours de la bataille, par sa faute à elle. N'était-elle pas censée être châtiée ?

Quelque part du côté des entrepôts du pont inférieur, un coup de feu retentit.

La piste de Pennyroyal avait mené Tom dans des rues familières qu'éclairaient les lueurs de l'incendie. De plus en plus mal à l'aise, il bifurqua dans une venelle pour tomber sur le *Jenny Haniver*, tel qu'il l'avait garé, entre deux hangars. L'explorateur tentait d'en ouvrir la porte.

– Professeur ! cria Tom en avançant. Que faites-vous ?

– Bon sang ! marmonna l'autre en découvrant qu'il

avait été pris. À votre avis, Tom ? ajouta-t-il ensuite, en retrouvant un peu de sa morgue d'autrefois. Je me sauve de cette bourgade avant qu'il ne soit trop tard. Si vous avez deux sous de jugeote, accompagnez-moi. Par Poskitt ! Vous avez bien caché votre vaisseau. Il m'a fallu un sacré moment pour le dénicher...

– Il est inutile de s'enfuir, vous savez ! Nous pouvons rallumer les moteurs et semer Arkangel. Et puis, pas question que j'abandonne Hester.

– Vous renonceriez à cela si vous étiez au courant de ce qu'elle a fait. Cette fille n'attire que les ennuis. Elle est folle à lier. Aussi cinglée que laide...

– Je ne vous permets pas de parler d'elle ainsi ! s'indigna Tom en voulant retenir l'autre.

Ce dernier extirpa un pistolet de sous sa robe et lui tira dans la poitrine. Le recul de l'arme projeta Tom dans une congère. Il tenta de se relever, en vain. Un trou humide et chaud déchirait son manteau.

– C'est injuste, murmura-t-il.

Il sentit le sang, tiède et salé, envahir sa gorge et sa bouche. La douleur surgit, pareille aux grandes vagues grises qui, incessantes, acharnées, assaillaient l'Aire des Crapules. Des pas crissèrent dans la neige et Pennyroyal se pencha sur lui, l'air tout aussi surpris que sa victime.

– Houps ! Désolé. Je voulais juste vous effrayer. Le coup est parti tout seul. C'est la première fois que je me sers d'une arme. Je l'ai prise à l'un des gars que votre bonne amie a descendus.

– Au secours, réussit à chuchoter Tom.

L'explorateur ouvrit son manteau afin d'examiner les dégâts.

– Beurk ! marmonna-t-il avec une grimace.

Fouillant dans les poches, il s'empara des clés du *Jenny Haniver*.

Soudain, les moteurs de la ville redémarrèrent, secouant les plaques du pont. À la poupe, des scies grinçaient, là où les hommes de Scabious découpaient la roue détruite.

– Écoutez ! souffla Tom, qui eut le sentiment que sa voix, lointaine et faible, appartenait à un autre que lui. Ne prenez pas le *Jenny* ! M. Scabious va nous faire repartir. Nous allons distancer Arkangel...

– Franchement ! s'exclama Pennyroyal en se relevant. Vous êtes un incorrigible romantique, Tom. Où voulez-vous que nous allions, hein ? Je vous rappelle qu'il n'existe nulle vallée verdoyante en Amérique. Cette ville se précipite droit vers une mort froide et lente sur la banquise ou une mort brûlante et rapide dans les entrailles d'Arkangel. Que ce soit l'une ou l'autre, je n'ai pas l'intention d'être présent quand ça arrivera.

Lançant les clés en l'air, il les rattrapa.

– Je suis pressé, chantonna-t-il. Désolé. Salut !

Tom se mit à ramper dans la neige, bien décidé à retrouver Hester. Cependant, au bout de quelques mètres, il avait oublié ce qu'il voulait lui dire. Il resta allongé là, pantelant, tandis que les moteurs de l'aérostat se mettaient en route, de moins en moins bruyants quand Pennyroyal eut décollé et se fut éloigné dans la nuit. Cela n'avait plus vraiment d'importance. Même mourir ne comptait guère, bien qu'il semblât au jeune homme qu'il était bizarre d'avoir échappé aux Renards du Ciel et aux Traqueurs, et d'avoir vécu tant d'aventures étonnantes sous la mer pour finir ainsi.

La neige tombait dru. Elle n'était plus froide, juste douce, douillette, enfouissant la cité dans son silence, enveloppant le monde entier dans un rêve paisible.

33
Glace fine

Juste après l'aurore, des hourras résonnèrent dans le quartier des mécaniciens. La roue abîmée avait enfin cédé, et la locomopole s'était remise à avancer, filant sud-sud-ouest. Malheureusement, privée de sa roue à aubes, ne pouvant compter que sur ses chenilles, Anchorage progressait très lentement, à peine quinze kilomètres à l'heure. Déjà, entre deux averses de neige, on apercevait à l'est la masse imposante d'Arkangel, pareille à une montagne de pollution.

Freya se tenait au côté de M. Scabious sur la passerelle arrière. Le chef des mécaniciens avait un pansement rosi sur le front, là où la balle d'un Grand-Veneur avait éraflé sa peau. C'était cependant la seule blessure qu'avait occasionnée la prise de la salle des machines. Les envahisseurs n'avaient pas tardé à être submergés par les nombreux citadins et s'étaient enfuis sur la banquise, attendant que les banlieues de reconnaissance d'Arkangel les récupèrent.

– Nous n'avons qu'une chance d'en réchapper, marmonna Scabious en contemplant les rayons du soleil bas qui envoyaient des reflets sur les vitres du prédateur. Si nous parvenons à descendre suffisamment au sud, la glace sera plus fine, et nos poursuivants renonceront à nous chasser.

– Sauf que nous risquons de passer à travers la banquise, non ? objecta Freya.

– Ce danger n'est pas à écarter. De plus, nous ne pouvons nous permettre d'envoyer des équipes de reconnaissance, dans la mesure où nous devons aller aussi vite que possible. Bref, l'Amérique ou la mort.

– Oui, acquiesça la souveraine. Non, se corrigea-t-elle en songeant qu'il était inutile de mentir plus avant. C'était un mensonge. Pennyroyal n'a jamais mis les pieds là-bas, il a tout inventé. Voilà pourquoi il a tiré sur le pauvre Tom et s'est enfui à bord du *Jenny Haniver*.

– Ah bon ? se borna à murmurer le vieillard en se tournant vers elle.

Elle attendit qu'il ajoute quelque chose.

– Eh bien, finit-elle par s'impatienter, vous ne dites rien de plus ? Vous ne me reprochez pas d'avoir été sotte, d'avoir cru aux balivernes de ce type ?

– En vérité, Freya, répondit-il en souriant, j'ai douté du bonhomme dès le début. Il m'a paru faux.

– Pourquoi ne pas l'avoir mentionné, alors ?

– Parce qu'il vaut mieux voyager avec l'espoir au cœur qu'arriver quelque part. Votre idée de traverser les Hautes Glaces m'a tout de suite plu. Qu'était cette ville avant notre départ vers l'ouest ? Une ruine en mouvement. Les seuls à ne pas nous avoir désertés étaient ceux qui avaient trop de chagrin pour envisager de s'installer ailleurs. Nous étions davantage des fantômes que des êtres humains. Regardez-nous, maintenant. Regardez-vous. Ce voyage nous a secoués et chamboulés, au point que nous sommes de nouveau vivants.

– Pas pour très longtemps, toutefois.

– Quand bien même. Et puis, qui sait ? Nous nous en sortirons peut-être. Il suffit que nous réussissions à échapper aux mâchoires de ce monstre.

Le silence s'installa, tandis que tous deux observaient leur chasseur qui paraissait plus proche et plus sombre que jamais.

– Je vous avoue, reprit soudain Scabious, que je n'aurais jamais imaginé Pennyroyal capable de tirer sur quelqu'un. Comment va le malheureux garçon ?

Le malheureux en question gisait sur un lit, telle une statue de marbre, les bleus et les égratignures de son combat contre les Oiseaux-Traqueurs cicatrisant peu à peu, bien visibles sur son visage blême. Dans les doigts de Hester, sa main était froide, et seul son pouls qui battait faiblement indiquait qu'il était vivant.

– Je suis désolée, Hester, chuchota Windolene Pye, comme si parler plus fort risquait d'attirer l'attention de la déesse de la Mort sur cette infirmerie improvisée dans le Palais d'Hiver.

Nuit et jour, la navigatrice s'était occupée des blessés, surtout de Tom, le plus gravement touché. Elle avait vieilli, semblait lasse, vaincue.

– J'ai fait mon maximum, enchaîna-t-elle. Malheureusement, la balle s'est fichée près du cœur, et je n'ose tenter de l'extraire, vu les soubresauts de la ville.

Hester hocha la tête sans cesser de fixer l'épaule de Tom, incapable de regarder ses traits. Par pudeur, Mlle Pye avait tiré une couverture sur le blessé, mais son bras et son épaule étaient nus. Cette épaule pâle et anguleuse, parsemée de taches de rousseur, était la plus belle chose qui fût aux yeux de Hester. Elle la touchait, la caressait, contemplant le duvet qui se hérissait quand elle passait le doigt dessus, devinant les muscles et les tendons sous la peau, les petites pulsations sous les veines bleues du poignet. À son contact, Tom bougea, ouvrit à moitié les yeux.

– Hester ? souffla-t-il. Il a pris le *Jenny*. Excuse-moi.

– Ce n'est pas grave, Tom. Je me fiche du vaisseau. Je ne tiens qu'à toi.

Lorsque, après la bataille, on était venu la trouver pour lui annoncer que Tom était à l'agonie, elle avait cru à une erreur. Elle comprenait à présent que ce n'était pas le cas ; que tel était son châtiment pour avoir vendu la ville de Freya à Arkangel – elle était condamnée à rester dans cette chambre et à assister à la mort de Tom. C'était pire, et de loin, que si elle-même avait été tuée.

– Tom ! murmura-t-elle.

– Il a perdu conscience, le pauvre chéri, commenta l'une des femmes qui aidaient Mlle Pye.

Elle essuya le front du mourant avec un chiffon mouillé d'eau fraîche.

– C'est peut-être tout aussi bien, renchérit une autre.

Dehors, derrière les longues fenêtres, la nuit tombait, et les lumières d'Arkangel illuminaient l'horizon.

Le lendemain matin, le prédateur avait encore gagné du terrain. Lorsque la neige s'interrompait, on distinguait maintenant les immeubles : pour l'essentiel, des usines et des chantiers de démantèlement, les immenses prisons du quartier des esclaves, un grand temple aux tourelles pointues dédié au dieu-loup dont la statue accroupie dominait le pont supérieur. À un moment, un vaisseau de reconnaissance fut envoyé du côté d'Anchorage, afin de s'enquérir de ce qu'il était advenu de Masgard et de ses Grands-Veneurs. Après avoir plané quelques instants au-dessus de l'épave noircie du *Turbulence de l'Air Pur*, il regagna son aire. Plus personne ne s'approcha, ce jour-là. Le Direktor d'Arkangel pleurait son fils, et ses conseillers ne jugeaient pas utile de perdre d'autres aérostats afin de s'assurer la prise d'une proie qui serait, de toute façon, piégée d'ici le crépuscule. La locomopole faisait jouer ses mâchoires, offrant aux observateurs d'Anchorage une vue imprenable sur les vastes chaudières et machines de démantèlement qui les attendaient.

– Il faudrait que nous les contactions par radio, histoire de leur rappeler ce qui est arrivé à leurs Grands-Veneurs, décréta Smew, assis à une réunion extraordinaire du Comité d'Orientation convoquée dans l'après-midi. Nous leur dirons qu'ils subiront le même sort s'ils ne reculent pas.

Freya ne répondit pas. Elle s'efforçait de s'intéresser à la discussion, mais son esprit ne cessait de retourner à l'infirmerie. Tom était-il encore vivant? Elle aurait aimé le veiller. Cependant, Mlle Pye lui avait précisé que Hester ne quittait pas son chevet, et elle continuait à craindre la fille balafrée, plus que jamais d'ailleurs, après ce qu'elle avait infligé à leurs envahisseurs. Pourquoi n'était-ce pas Hester qui avait été blessée ? Pourquoi avait-il fallu que ce fût Tom ?

– Cela ne ferait qu'aggraver les choses, Smew, répondit Scabious après avoir laissé passer suffisamment de temps pour que la margravine donne son opinion. Inutile de les fâcher plus que nécessaire.

Soudain, un gros bruit pareil à une canonnade secoua les vitres de la pièce. Tout le monde sursauta.

– Voilà qu'ils nous canardent ! s'écria Mlle Pye en prenant la main de Scabious.

– Ils n'oseraient pas ! s'emporta Freya. Même Arkangel…

Les carreaux étaient couverts de givre. Enfilant ses fourrures, la jeune fille se précipita sur le balcon, ses compagnons juste derrière elle. Le prédateur était vraiment tout près. Les sifflements de ses patins sur la banquise paraissaient remplir le ciel, et Freya se demanda si c'était la première fois que des locomopoles rompaient le silence de ces contrées non cartographiées. L'explosion retentit derechef, et elle comprit qu'il ne s'agissait pas d'un boulet craché sur eux, mais de ce que tous les habitants de la banquise redoutaient : la couche de glace qui craquait.

– Par les dieux ! marmotta Smew.

– Je dois regagner le Phare, décréta Mlle Pye.

– Et moi, mes moteurs, renchérit Scabious.

Ils n'en avaient pas le temps, toutefois, et personne

ne bougea. Il n'y avait plus rien à faire désormais, sinon attendre et voir ce qui allait se passer.

– Oh non ! souffla Freya. Non, non, non !

Une troisième déflagration se produisit, plus forte, tel le tonnerre. La margravine leva les yeux sur la masse monstrueuse d'Arkangel, tentant de voir si le rapace avait lui aussi entendu les bruits et freinait. Non, apparemment, car il sembla plutôt accélérer, jouant son va-tout. S'accrochant à la rambarde du balcon, elle pria les Dieux Givrés. Elle n'était pas certaine de croire encore en eux, mais quelqu'un d'autre pouvait-il les aider, à présent ?

– Portez-nous vers l'avant, chuchota-t-elle, et ne nous laissez pas transpercer la glace.

Le quatrième craquement surpassa les précédents en violence, et Freya distingua nettement la fissure, vaste et sombre sourire qui s'élargissait, à moins d'un kilomètre sur tribord. Anchorage tangua avant de virer de bord – le barreur devait essayer désespérément de trouver sa route au milieu du puzzle de la banquise qui se fendait. Il y eut une nouvelle embardée et, partout dans le palais, les cristaux, les verres et les porcelaines dégringolèrent et se brisèrent en mille morceaux. Les déflagrations se multipliaient, à présent, venant de tous côtés.

Devinant qu'elle ne pourrait tenir longtemps le cap, Arkangel accéléra encore. Le soleil se reflétait sur les dents d'acier mouvantes de ses mâchoires béantes. Freya aperçut des ouvriers qui filaient en direction des entrailles de la ville, et des badauds en fourrures qui se rassemblaient sur les balcons de la ville haute afin d'assister à la curée. Tout à coup, juste au moment où les mâchoires allaient se refermer sur la poupe d'Anchorage, l'édifice sembla trembler et ralentir. Un geyser blanc envahit l'espace, telle une tenture de billes en verre qu'on aurait déployée entre les deux locomopoles.

Les embruns s'écrasèrent sur Anchorage, pareils à une pluie glaciale. Arkangel tentait frénétiquement de reculer, mais ses roues n'arrivaient pas à mordre dans la glace qui, sous elle, se fragmentait. Lentement, à l'image d'une montagne qui s'écroule, elle bascula en avant, ses mâchoires et les parties avant de son pont inférieur s'enfonçant dans un zigzag d'eau noire de plus en plus large. De grands nuages de vapeur explosèrent quand la mer gelée envahit les chaudières, et un immense mugissement monta de la ville, identique à celui d'une monstrueuse créature blessée qui voyait son gibier lui échapper.

Malheureusement, Anchorage n'était pas mieux lotie, et personne, à bord, n'eut le loisir de se réjouir de la défaite du prédateur. La ville penchait légèrement sur bâbord, ses chenilles hurlantes tentant de garder une prise sur la glace tout en expédiant des giclées blanches un peu partout. N'ayant jamais connu pareilles embardées, Freya ignorait ce qu'elles signifiaient, mais il était inutile d'être grand clerc pour le deviner. Elle agrippa la main de Mlle Pye puis celle de Smew, cependant que Mlle Pye s'accrochait déjà à celle de M. Scabious, et tous fléchirent les genoux, attendant que les flots sombres et bouillonnants surgissent par les escaliers et les engloutissent.

Ils attendirent, attendirent... Lentement, le jour tomba. Les flocons effleuraient leurs visages.

– Je vais voir si je peux atteindre le quartier des mécaniciens, finit par déclarer timidement Scabious.

Dégageant sa main de celle de Mlle Pye, il s'éclipsa. Au bout d'un moment, les moteurs s'éteignirent. Les soubresauts qui avaient secoué la cité paraissaient avoir un peu diminué, mais le sol était toujours aussi incliné de façon anormale, et un faible et étrange mouvement continuait d'agiter la ville.

Smew et Mlle Pye rentrèrent car ils avaient froid; Freya, elle, resta sur le balcon. La nuit et la neige dissimulaient l'épave d'Arkangel, ce qui n'empêchait pas l'adolescente d'apercevoir ses lumières et d'entendre les gémissements de ses moteurs essayant de ramener la ville sur une glace plus solide. Elle ignorait quel sort avait frappé sa propre locomopole qui, en dépit des machines coupées, continuait de progresser, s'éloignant lentement mais sûrement du prédateur piégé.

Une silhouette trapue traversa soudain les jardins du palais. Se penchant par-dessus la rambarde, la margravine la héla.

– Monsieur Aakiuq ?

L'homme leva la tête, son visage sombre encadré par le capuchon de sa parka dont la fourrure formait un O blanc.

– Freya ? Vous allez bien ?

– Oui. Que se passe-t-il ?

– Nous dérivons ! Nous avons dû atteindre l'extrémité de la banquise, et le morceau de glace sur lequel nous nous trouvions s'est détaché.

La souveraine contempla l'obscurité. Si elle ne distingua rien, elle comprit enfin pourquoi le sol, sous ses pieds, montait et descendait. Anchorage flottait, en équilibre instable sur son radeau de glace, comme un patapouf prenant le soleil sur un matelas gonflable. Une épaisse couche de glace qui s'étendait jusqu'au cœur du Continent Mort. Tu parles !

– Oh, Pennyroyal ! hurla Freya au ciel vide. Les dieux te puniront pour nous avoir conduits à ça !

Mais les dieux décidèrent de ne pas châtier l'explorateur. Ayant utilisé un peu de l'argent qu'il avait volé pour acheter du carburant à un dirigeable-pétrolier qui quittait Arkangel, le bandit était déjà loin, filant plein est en se guidant sur les ornières que le prédateur avait dessinées. Médiocre aviateur, il eut de la chance, et la météo l'épargna. Au-delà du Groenland, il tomba sur une bourgade polaire, où il fit repeindre le *Jenny Haniver*, et le rebaptisa. Il engagea une charmante aviatresse répondant au doux nom de Kewpie Quinterval. En quelques semaines, elle le ramena à Brighton, où il put régaler ses amis de ses aventures dans le Grand Nord.

Entre-temps, le Direktor d'Arkangel avait été forcé d'admettre que sa ville ne pouvait être sauvée. Déjà, les riches s'étaient enfuis, torrent de yachts aériens et de charters fonçant vers l'est – les cinq veuves de Widgery Blinkoe gagnèrent assez d'argent en vendant des places à bord du *Mauvaise Passe* pour s'acheter une ravissante villa dans la ville haute de Jaegerstadt Ulm. Les esclaves qui avaient profité du chaos pour s'emparer des ponts inférieurs se sauvaient également, soit à bord de vaisseaux volés, soit sur des banlieues ou des traîneaux pris d'assaut. Un ordre d'évacuation générale fut finalement donné et, au milieu de l'hiver, la locomopole était désertée, carcasse noire qui blanchit peu à peu et perdit ses formes sous le manteau neigeux de plus en plus épais.

Plus tard, quelques audacieux Snowmades spécialisés dans la récupération vidèrent les réservoirs d'essence de l'épave, et des razzias furent organisées afin de piller les richesses abandonnées derrière eux par les habitants. Le printemps en amena d'autres, et des escadres d'éboueurs aériens débarquèrent, tels des charognards. Toutefois, la glace fondait, toujours plus fine, et au beau milieu de l'été, sous l'étrange crépuscule du soleil de minuit, la ville prédatrice se remit à bouger et partit pour son ultime voyage, vers le monde étonnant des fonds marins.

À la même époque, on eut des nouvelles du Shan Guo. Un coup d'État au sein de la Ligue Anti-mouvement avait renversé le Haut Conseil, qui avait été remplacé par un groupe s'appelant les Assaillants Verts. Ses forces étaient conduites par un Traqueur au masque de bronze. Personne, dans le Terrain de Chasse, n'y prêta beaucoup d'attention. Après tout, on se fichait que les partisans de la vie statique se disputent. À Paris, Manchester et Prague, à Traktion-grad, Gorky et Peripateticiapolis, la vie poursuivit son cours normal. Tout le monde parlait de la chute d'Arkangel, et tout le monde lisait le dernier et formidable livre de Nimrod B. Pennyroyal.

UNE PARUTION FEWMET ET SPRAINT !
Le dernier best-seller interurbain de l'auteur de
MERVEILLEUSE AMÉRIQUE
et
CITÉS ZIGGOURATS DU DIEU-SERPENT

L'OR DU PRÉDATEUR

Par le Professeur Nimrod B. Pennyroyal

Le RÉCIT AUTHENTIQUE, haletant et passionnant des aventures d'un homme à bord d'Anchorage, malheureux retenu captif par une margravine belle mais folle, obsédée par l'idée de conduire sa cité maudite jusqu'en Amérique, en traversant les Hautes Glaces !

Les COMBATS du Professeur Pennyroyal contre des pirates-parasites surgis des glaces vous émerveilleront !

Ses DESCRIPTIONS des landes neigeuses
hostiles qui s'étendent à l'ouest du Groenland
et celles des cités sauvages qui y chassent
vous éberlueront !

La TRAGIQUE HISTOIRE
d'une jeune aviatresse défigurée et de son amour
vain pour le Professeur Pennyroyal
qui la conduira à trahir Anchorage à la cité
prédatrice et redoutable d'Arkangel
vous tirera des larmes !

La VICTOIRE du seul Professeur Pennyroyal
sur les Grands-Veneurs
vous réjouira !

Le RÉCIT des ultimes jours d'Anchorage,
la plus belle des cités polaires, et de l'audacieuse
échappée de l'auteur alors qu'elle coulait
dans les eaux glacées de la mer inconnue
vous fera palpiter !

34
Le pays des brumes

Anchorage n'avait pas sombré, cependant. Emportée loin d'Arkangel par de forts courants, elle avait flotté au milieu d'un épais brouillard, son radeau de glace déchiquetée glissant parfois sur d'autres *floes* [1].

Le jour, la plupart des habitants se rassemblaient à la proue de la cité. Les moteurs ayant été coupés, il n'y avait pas grand-chose à faire, pas beaucoup de sujets de conversation non plus, car l'avenir semblait si morose que personne n'avait envie de l'évoquer. Les gens se tenaient là en silence, scrutant les rares trouées dans la brume, cherchant à voir ce spectacle nouveau et étonnant qu'était la mer.

– Croyez-vous qu'il s'agit juste d'un très grand polyna ou d'une réelle étendue d'eau vive ? s'enquit

1. Fragment de mer gelée qui dérive.

Freya avec espoir, une fois qu'elle accompagnait le Comité d'Orientation dehors.

Ne sachant pas très bien quels habits une margravine devait porter pour affronter une mort liquide, elle avait enfilé le vieil anorak brodé et les bottes en peau de phoque qu'elle avait autrefois mis pour les voyages à bord de la barge sur patins de sa mère. Elle arborait aussi un bonnet à pompons, ce qu'elle regrettait, car les boules de couleur ne cessaient de sautiller joyeusement, ce qui n'était guère approprié en ces heures fatales. Elle avait le sentiment d'afficher trop d'optimisme.

– Si ça se trouve, insista-t-elle, nous allons réussir à traverser et nous tomberons sur de la banquise bien solide qui nous permettra de poursuivre notre chemin, non ?

Pâle, fatiguée de veiller sur les malades, Windolene Pye secoua la tête.

– Je pense que ces eaux ne gèleront pas avant le milieu de l'hiver. Nous allons dériver jusqu'à une côte désolée, ou bien la plaque sur laquelle nous sommes se brisera, et nous coulerons. Pauvre Tom ! Pauvre Hester ! Venir jusqu'ici pour nous sauver, tout ça pour rien.

M. Scabious passa son bras autour d'elle, et elle s'appuya contre lui, réconfortée. Embarrassée, Freya détourna les yeux. Devait-elle leur révéler que c'était

Hester qui avait amené Arkangel sur leurs traces ? Cela ne lui paraissait pas très juste, néanmoins, car la malheureuse se trouvait toujours au chevet de Tom. Et puis, Anchorage avait besoin d'une vraie héroïne, en ce moment. Mieux valait que le blâme se portât sur ce menteur de Pennyroyal qui, au demeurant, était responsable de tout le reste. La margravine réfléchissait encore quand, soudain, un dos lisse et noir brisa la surface de l'eau, à l'avant du floe.

Telle une baleine, la chose émergea dans un bouillonnement d'écume et en crachant un geyser d'air. On crut d'abord à une baleine, d'ailleurs, jusqu'à ce que les rivets de la coque métallique deviennent plus distincts, de même que des hublots et un nom.

– Ce sont ces affreux parasites ! brailla Smew en accourant avec son fusil. Ils reviennent à la charge !

Déployant ses jambes d'araignée afin d'agripper les rebords de la plaque de glace, la machine se hissa hors de l'eau. Déjà, des traîneaux de reconnaissance remplis de mécaniciens armés étaient envoyés à sa rencontre. Le nain leva son fusil et visa l'écoutille.

– Non, Smew, objecta Freya en écartant l'arme. Il n'y en a qu'un.

Ce seul vaisseau qui faisait surface au grand jour ne pouvait en effet constituer une menace, n'est-ce pas ? La jeune fille étudia la silhouette raide et maigrichonne qui sortait du sous-marin et fut aussitôt saisie par les hommes de Scabious, dans un concert de cris dont les paroles étaient incompréhensibles. Flanquée de Smew, de Scabious et de Mlle Pye, Freya se dépêcha de descendre vers la ville basse, où elle attendit, nerveuse, qu'on lui amenât le prisonnier. De plus près, ce dernier lui parut encore plus grotesque. Son visage anguleux était mauve, jaune et vert. Si elle s'était doutée que ces parasites étaient des voleurs, elle ignorait cependant qu'ils fussent aussi des monstres.

Quand il se tint juste sous son nez, elle se rendit toutefois compte qu'il n'avait rien d'un monstre, qu'il n'était qu'un garçon de son âge, à qui l'on avait infligé d'affreuses blessures. Il lui manquait des dents, et une abominable cicatrice rouge encerclait son cou. Mais derrière ce masque de croûtes et d'hématomes, ses yeux étaient noirs, brillants et beaux. Se ressaisissant, elle s'efforça de jouer les souveraines.

– Bienvenue à Anchorage, étranger. Qu'est-ce qui vous amène ici ?

Caul ouvrit la bouche, la referma. Il ne savait que répondre. Il avait perdu pied. Depuis Grimsby, il avait réfléchi à cet instant, mais il avait consacré tant d'années à tenter de passer inaperçu aux yeux des Secs qu'il trouvait artificiel d'être ainsi à découvert devant autant de monde. Freya l'avait déstabilisé aussi. Ce n'était pas tant dû à sa coupe de garçonne qu'à son apparence : elle paraissait avoir grandi et grossi, depuis la dernière fois, et son visage était rose. Elle n'était plus la fille pâlotte et spectrale qu'il avait observée sur ses écrans. Derrière elle, Scabious, Smew, Windolene Pye ainsi que toute la ville le toisaient durement, et il se demanda si, finalement, il n'aurait pas été plus simple de mourir à Grimsby.

– Parle ! lui ordonna le nain qui se tenait à côté de la margravine. Sa Splendeur t'a posé une question.

Il appuya son commandement d'un coup de la crosse de son fusil dans le ventre de Caul.

– Il avait ça, Freya, intervint un de ceux qui l'avaient capturé.

Il tendit un tube en étain. La foule recula, craintive, mais la jeune fille identifia aussitôt l'objet comme un porte-document antique. Le prenant des mains de l'homme, elle le dévissa et en sortit un rouleau de papier avant de sourire à Caul.

– De quoi s'agit-il ? s'enquit-elle.

Le vent, que personne n'avait remarqué depuis l'apparition de *La Sangsue Agile*, tira sur les documents, agitant leurs bords fragiles et brunis par le temps, menaçant de les arracher à Freya.

– Attention ! s'écria brusquement Caul en levant les mains. Vous allez en avoir besoin !

– Pourquoi ?

La souveraine remarqua les marques rouges autour des poignets du garçon, là où les cordes avaient entamé sa peau. Les papiers avaient eux aussi des marques rouges, des mots rédigés dans une encre rouille, vieillie – des latitudes et des longitudes, la ligne acérée d'une côte. Un sceau en caoutchouc disait : « Propriété exclusive de la bibliothèque de Reykjavik ».

– C'est la carte de Snøri Ulvaeusson, expliqua Caul. Parrain l'a volée à Reykjavik il y a des années. Il la conservait dans sa salle des cartes depuis. Il y a également des notes. C'est le chemin d'accès à l'Amérique.

Freya sourit derechef, touchée par tant de gentillesse.

– Elle ne sert à rien, objecta-t-elle pourtant. L'Amérique est morte.

Dans son empressement à se faire comprendre, Caul s'empara de sa main.

– Non ! Je l'ai lue pendant mon voyage jusqu'ici. Snøri ne mentait pas. Il a réellement trouvé des vallées verdoyantes. Pas des forêts comme le Professeur Pennyroyal l'a raconté. Pas d'ours. Pas d'habitants. Mais des endroits avec de l'herbe et des arbres et…

N'ayant jamais vu d'herbe et encore moins d'arbres, il s'interrompit, faute d'imagination.

– Je ne sais pas, moi, enchaîna-t-il. Il y aura des oiseaux, des bêtes, des poissons dans l'eau. Vous serez peut-être obligés de devenir statiques, mais vous devriez réussir à survivre.

– Sauf que nous n'arriverons jamais là-bas, dit Freya. Même si ces lieux existent, nous n'y parviendrons pas. Nous dérivons.

– Non, intervint M. Scabious qui avait étudié la carte par-dessus l'épaule de la souveraine. Non, Freya, c'est fort possible ! Si nous pouvons stabiliser ce floe et y fixer des hélices...

– Ce n'est pas très loin, renchérit Mlle Pye, en regardant par-dessus la deuxième épaule de Freya.

Elle posa un doigt sur l'extrémité d'un long bras de mer légendé *Vineland*. Il y avait là un archipel d'îlots, si petits qu'ils auraient pu tout aussi bien n'être que des taches d'encre, mais Snøri Ulvaeusson avait, d'une main enfantine, dessiné un arbre sur chacun.

– Un peu plus de mille kilomètres, sans doute, précisa Windolene Pye. Autrement dit, rien du tout, comparé aux distances que nous venons de parcourir.

Scabious se tourna vers Caul qui recula en se rappelant la façon dont il avait rendu à moitié fou le malheureux avec ses apparitions fantomatiques dans le quartier des mécaniciens. Le vieillard eut l'air de s'en souvenir également, car ses yeux se firent froids et lointains ; longtemps, le silence ne fut rompu que par les frémissements nerveux de la foule et le bruit du vent dans les papiers que tenait Freya.

– Nous oublions nos manières, finit cependant par murmurer Scabious. As-tu un nom, mon garçon ?

– Caul, monsieur.

– Eh bien, Caul, reprit l'autre en tendant la main, tu sembles frigorifié et affamé. Rentrons au palais.

– Oui, bien sûr ! s'exclama la margravine en se rappelant ses devoirs d'hôtesse, tandis que ses sujets se mettaient à parler avec animation de la carte. Venez au Palais d'Hiver, monsieur Caul. Smew nous préparera un bon chocolat chaud. À propos, où est-il passé, ce Smew ? Bah ! Tant pis, je le ferai moi-même.

C'est ainsi que la souveraine entraîna le visiteur le long de la Perspective Rasmussen, Scabious et Mlle Pye à ses basques, les autres suivant l'étrange procession, cependant que la rumeur se répandait du garçon venu de la mer et apportant de nouveaux espoirs. Il y avait là les Aakiuq, les Umiak, M. Quaanik, Smew qui se frayait un passage au milieu de la cohue. Quant à Freya, elle brandissait la carte de Snøri Ulvaeusson tout en plaisantant avec les uns et les autres, comportement manquant quelque peu de dignité. Elle se doutait que maman et papa, son professeur d'étiquette et ses dames de compagnie ne l'auraient guère apprécié, mais elle s'en moquait comme d'une guigne : leur époque était finie ; dorénavant, c'était elle, la margravine.

35
L'ARCHE DE GLACE

Quel charivari de coups de marteau régna à bord d'Anchorage, les jours suivants ! Quel feu d'artifice de lumières et d'étincelles qui brûlaient toute la nuit, tandis que Scabious supervisait la fabrication d'hélices à partir de plaques de pont et de porte-nage à partir de vieux capots de chenilles ! Que de grondements et de pétarades des moteurs qu'on testait, des arbres à cames et des courroies de commande qu'on ajustait ! Caul se servit de *La Sangsue Agile* pour creuser le floe, et les nouvelles hélices furent soigneusement descendues dans l'eau. De son côté, Scabious testait un gouvernail de fortune. Aucun de ces appareillages ne fonctionna vraiment bien, mais ils suffirent. Une semaine après l'arrivée de Caul, les machines repartirent pour de bon, et Freya sentit sa ville se mettre à fendre lentement, très lentement la mer, un clapotis de vaguelettes venant battre le long de cette arche de glace.

Tout aussi lentement, les jours gris s'allongèrent, les icebergs se raréfièrent, et de chauds rayons de soleil percèrent le brouillard – Anchorage atteignait des latitudes où régnait encore un automne tardif.

Hester ne participa ni à ces travaux, ni aux réunions préparatoires, ni à la bonne humeur qui gagnait la cité au fil des ultimes semaines de ce voyage. Elle ne se montra même pas au mariage de Søren Scabious et de Windolene Pye. Elle resta la plupart du temps au Palais d'Hiver, au chevet de Tom. Plus tard, quand elle se souviendrait de ces journées, ce ne serait pas pour se remémorer les paysages d'îles mortes, de morceaux de glace à la dérive qu'Anchorage devait écarter de son chemin et de montagnes dénuées de vie qui se profilaient sur l'horizon américain – ne lui reviendraient que les petites étapes de la guérison de Tom.

Il y aurait le jour où Mlle Pye, rassemblant tout son courage et le maximum de connaissances qu'elle avait grappillées dans des livres de médecine, avait découpé le malade, plantant de longues pinces dans la pénombre humide et mouvante de son corps, jusqu'à ce que… À ce moment-là, Hester s'était évanouie, mais quand elle était revenue à elle, Mlle Pye lui avait tendu la balle de pistolet, minuscule bout de métal écrasé d'une couleur bleu-gris qui semblait désormais inoffensive.

Il y aurait le jour où, pour la première fois, il avait rouvert les yeux et avait parlé ; des mots fiévreux et sans grand sens à propos de Londres, de Pennyroyal et de Freya, ce qui était cependant mieux que rien, et où elle avait tenu sa main, embrassé son front, l'avait ramené dans un sommeil agité et bavard.

Maintenant qu'il était tiré d'affaire, la margravine lui rendait souvent visite. Hester la laissait même prendre la relève auprès de lui, car elle-même ne se sentait pas très bien, à croire que les mouvements de la cité flottante n'étaient pas d'accord avec elle. Au début, il y avait une gêne entre les deux rivales, puis, après plusieurs visites, Hester s'était forcée à demander :

– Ne leur direz-vous pas ?

– Quoi donc ?

– Que je vous ai vendus à Arkangel.

La margravine avait déjà réfléchi à la question de son côté, et elle médita quelque peu avant de répondre.

– Et si je le faisais ?

Hester avait baissé les yeux en caressant le tapis épais du bout de sa vieille botte éculée.

– Alors, je ne pourrais pas rester. Je m'en irais, et vous auriez Tom.

Freya avait souri. Le pilote lui plairait toujours, mais son engouement pour lui s'était un peu amoindri sur les glaces du Groenland.

– Je suis la margravine d'Anchorage, avait-elle murmuré. Quand je me marierai, ce sera pour de bonnes raisons politiques, à quelqu'un de la ville basse, peut-être, ou à...

Elle avait hésité, rougi, en pensant à Caul, si charmant et timide.

– Bref, s'était-elle empressée de reprendre, je désire que vous restiez. Anchorage a besoin d'une personne de votre trempe.

Hester avait acquiescé, songeant à son père, quelque part dans un bureau du Haut Londres, ayant une conversation identique avec Magnus Crome.

– Si je comprends bien, avait-elle riposté, quand des ennuis surgiront, comme Parrain et ses Garçons Perdus découvrant votre colonie, ou des pirates de l'air vous attaquant, ou un traître du genre de Pennyroyal exigeant d'être tranquillement éliminé, vous ferez appel à moi pour que je me charge de vos sales besognes ?

– Vous vous défendez plutôt bien, dans ce domaine, non ?

– Et si je refusais ?

– Je raconterais à tout Anchorage ce qui s'est passé. Sinon, ce sera un secret entre nous.

– Voilà ce qui s'appelle du chantage.

– Ah bon ? Nom d'un chien !

Freya avait paru plutôt contente d'elle, comme si elle commençait enfin à saisir comment on gouvernait une ville. Hester l'avait contemplée quelques minutes avant de lui adresser son sourire tordu.

Enfin, tout près de la fin du périple, une nuit, Hester fut tirée de son demi-sommeil par une petite voix familière.

– Hester ?

Elle se secoua et se pencha sur lui, effleurant son front, souriant à son visage blanc et soucieux.

– Tu vas mieux, Tom !

– J'ai cru mourir.

– Tu as bien failli.

– Les Grands-Veneurs ?

– Partis. Arkangel est coincée dans un piège de glace, derrière nous. Nous nous dirigeons vers le sud, droit au cœur de la vieille Amérique. Enfin, du vieux Canada, plus précisément. Personne ne saurait affirmer où se situait l'ancienne frontière.

– Alors, le Professeur Pennyroyal ne mentait pas ? Le Continent Mort a vraiment reverdi ?

– Aucune idée. C'est compliqué. On a retrouvé une carte d'autrefois. Au début, je n'ai pas pigé pourquoi ils croyaient plus ce Snøri Ulvaeusson que

Pennyroyal, mais il y a réellement des taches vertes çà et là. Des fois, quand le brouillard se lève, on aperçoit des petits arbres noueux et des machins qui s'accrochent de toutes leurs forces aux flancs des montagnes. J'imagine qu'ils sont à l'origine des multiples légendes racontées par les pilotes. En tout cas, il n'y a rien de ce que promettait Pennyroyal. Ce n'est pas un Terrain de Chasse, juste une ou deux îles. Anchorage n'aura pas le choix, il faudra qu'elle s'arrête.

Tom eut l'air effrayé, et elle lui serra la main tout en se reprochant silencieusement de l'avoir apeuré. Elle avait oublié à quel point les citadins de son acabit redoutaient la vie statique.

– Je suis née sur une île, je te rappelle. C'était chouette. Nous aurons une existence heureuse.

Il hocha la tête et sourit. Elle avait bonne mine : pâle, et toujours hideuse, mais frappante dans les nouveaux vêtements noirs qu'elle avait empruntés dans une boutique de l'Arcade Boréale afin de remplacer sa salopette de prisonnière. Elle s'était lavé les cheveux, les avait attachés avec un gadget argenté et, s'il se souvenait bien, c'était la première fois qu'elle ne tentait pas de dissimuler son visage quand il la regardait.

– Et toi ? Tu vas bien ? Tu es toute blanche.

– Tu es bien le seul à remarquer mon air, rit-elle. Enfin, en dehors de ce qui saute aux yeux. Je me sens juste un peu nauséeuse.

Inutile de lui dire ce que Windolene Pye lui avait annoncé quand elle s'était plainte à elle de souffrir du mal de mer. Le choc risquait de l'affaiblir de nouveau.

Il caressa ses lèvres.

– J'ai conscience que ç'a été affreux pour toi, de liquider tous ces hommes. Je me sens encore coupable d'avoir tué Shrike, Pewsey et Gench. Ce n'était pas ta faute, cependant. Tu y as été obligée.

– Oui, chuchota-t-elle.

Elle lui sourit, songeant combien lui et elle différaient, car, quand elle repensait à la mort de Masgard et de ses Grands-Veneurs, elle n'éprouvait aucune culpabilité, juste une espèce de satisfaction et une forme de stupeur de s'en être sortie sans une égratignure.

Elle s'allongea sur le lit, près de lui, se rappelant tout ce qui s'était passé depuis leur première arrivée à Anchorage.

– Je suis la fille de Valentine, souffla-t-elle, une fois certaine que son compagnon s'était endormi.

Elle eut alors le sentiment que c'était un statut aussi bien qu'un autre, là, maintenant, Tom dans ses bras, et l'enfant de Tom dans son ventre.

Freya s'éveilla pour découvrir qu'un mince rayon de jour gris transperçait ses rideaux. Dehors, dans la rue, des voix criaient.

– Terre ! Terre !

Voilà qui n'était guère une nouvelle, dans la mesure où la ville longeait les côtes depuis pas mal de jours, naviguant avec prudence dans l'étroit bras de mer que Snøri Ulvaeusson avait baptisé Vineland. Pourtant, les braillements se poursuivirent. Sautant du lit, la jeune fille enfila sa robe de chambre et alla ouvrir la porte-fenêtre, sortant sur le balcon glacé. De chaque côté de la cité, des montagnes noires parsemées de neige se reflétaient dans l'eau. Au milieu des dépressions et des pentes, des sapins rabougris pointaient, pareils à des cheveux repoussant sur un crâne rasé. Et là-bas, plus loin...

Freya agrippa la balustrade, heureuse que le métal gelé lui morde les doigts et lui prouve qu'elle ne rêvait pas. Devant elle, le profil d'une île se dessinait plus nettement dans la brume, et elle aperçut des pins sur les hauteurs, des bouleaux où s'attachaient les ultimes feuilles de l'été, dorées comme des pièces d'or pâle. Il y avait des pans de bruyère verte et de fougères rouille. Une dentelle de neige s'accrochait aux troncs noirs des sorbiers, des prunelliers et des chênes; au-delà d'un détroit aux eaux luisantes, une autre île surgissait, puis encore une autre. Freya éclata de rire, sentant sa ville trembler sous ses pieds pour la dernière fois, ralentir, tanguer et la mener dans les mouillages secrets et sûrs de l'Ouest.

TABLE

Deuxième partie

Troisième partie

L'AUTEUR

Né en 1966 à Brighton, en Angleterre, **Philip Reeve** habite aujourd'hui avec sa femme et leur fils dans le comté de Dartmoor. Il a d'abord été libraire avant de devenir illustrateur de grand talent, puis auteur à succès. Avec *Mécaniques fatales*, paru en 2001, il signe son premier roman, qui reçoit un accueil enthousiaste ainsi que de nombreux prix littéraires. Porté à l'écran par Peter Jackson en 2018, il s'agit du premier tome d'une série époustouflante, *Mortal Engines*, qui comprend trois autres volumes. Véritable Jules Verne contemporain, Philip Reeve sait aussi bien créer des mondes fantastiques, tel celui de *Planète Larklight*, que s'approprier des univers légendaires, comme celui du roi Arthur et des chevaliers de la Table ronde, qu'il a revisité dans un roman pour adolescents : *Arthur, l'autre légende*, récompensé par la prestigieuse Carnegie Medal.

Avez-vous lu
les autres tomes
de *Mortal Engines* ?

1. Mécaniques fatales

Dans un futur lointain où les cités montées sur roues se pourchassent, affamées, Londres, l'immense locomopole, est en quête de nouvelles proies ! La jeune Hester Shaw, elle, est tenaillée par une autre faim : la vengeance. Accompagnée de Tom, un apprenti Historien, parviendra-t-elle à retrouver l'assassin de sa mère ?

3. Machinations infernales

Tom et Hester vivent désormais sur Anchorage, la cité polaire, qui sommeille dans un coin perdu du Continent Mort. Mais leur fille, Wren, quinze ans, s'ennuie et attend l'aventure... Une proie rêvée pour les Garçons Perdus envoyés en mission pour dérober un mystérieux Livre d'Étain. Quand le vol tourne mal, ils enlèvent Wren dans leur vaisseau. Tom et Hester partent aussitôt à la recherche de leur fille...

4. Plaine obscure

Londres, autrefois l'une des plus grandes locomopoles, n'est plus qu'une épave radioactive, hantée par les espoirs brisés de ses anciens habitants. Et vingt ans après sa fuite précipitée, Tom fait une incroyable découverte dans les décombres de la vieille cité ! Mais avec sa fille Wren, ils ne sont pas les seuls à s'intéresser à Londres : les armées des locomopoles approchent...

Le papier de cet ouvrage est composé de fibres naturelles,
renouvelables, recyclables et fabriquées à partir de bois
provenant de forêts gérées durablement.

Mise en pages : Maryline Gatepaille

Loi n° 49-956 du 16 juillet 1949
sur les publications destinées à la jeunesse
ISBN : 978-2-07-511554-4
Numéro d'édition : 341298
Dépôt légal : novembre 2018

Imprimé en Italie par Grafica Veneta S.p.A